U0024259

金沙作品集・長篇小說選

金沙｜著

自序

從一九五六年起，我便在工作餘暇用心於十三世紀在雲南屹起的「南詔」以及後繼的「大理國」有關的種史料和民間傳說。從「蠻書」、「南詔野史」以致近代有關此一歷史事蹟的許多研究著作，我都曾閱覽研讀乃至收藏。此期間，也曾產生用我自己的觀點寫一本「南詔大理國」故事的想法，但現有的已不在少，寫作技巧及歷史觀點固不相同，然故事則一，因此在歷史資料有限的情形下，再添一本也必缺少新意，甚至可能吃力不討好，沒有什麼意義。所以在相當長時間中，我先後寫了〈南詔問題研究〉、〈關於南詔研究〉、〈鄭回的能耐與貢獻〉、〈妙香國帝王禪位為僧成風〉及〈唐與南詔和親功虧一簣〉等雜文。

這之後也寫過〈松明樓故事〉等短文，近乎遊戲文章，往事後覺得一無是處。終於從一九八五年夏天開始再把〈松明樓故事〉改寫成〈寧北妃〉，接著一口氣再寫了〈閣羅鳳〉和〈點蒼春寒〉；〈寧北妃〉與〈點蒼春寒〉是中篇小說，〈閣羅鳳〉是十五萬字的長篇，都曾在世界日報小說版連載。〈閣羅鳳〉還由聯合報文藝版編輯推薦參加當年該報舉辦的長篇小說比賽，結果只入圍而未獲名次；〈寧北妃〉則再獲台灣《小說月報》連載。《小說月報》的編者在介紹時寫道：

自古，寶劍贈烈士，美人愛英雄，可是，這個雄才大略的唐代南詔國王，卻始終得不到心儀美人的青睞，是緣慳？是勢乖？還是……

原籍雲南的金沙先生，積在泰國華文報數十年的健筆，以及潛心多年研究南詔歷史所得，本文不但故事性強，並且充滿著邊疆少數民的充沛活力，以及粗獷性格，是不可錯過的精彩佳作！

〈寧北妃〉在《小說月報》發表後，曾收到幾封好評的信件，該月報編者也還來信希望繼續創作。但不久該刊竟因虧損而宣告停刊。

〈寧北妃〉、〈閣羅鳳〉與〈點蒼春寒〉是連續性的故事，但有獨立性。這三個可分割的故事中，以寧北妃的結構比較緊密，也具有相當哀惋刺激的戲劇性。在這個約五萬字的故事中，筆者最得意的著力點是把統一六詔的皮羅閣這個歷史英雄人物，與一個和雲南「火把節」起源有關的非凡美人——「栢節聖妃」用一條愛情的紅線繫起來。這個雖屬虛構的故事，不但感人、聖潔高貴，偉大而非常有意義。

目次

閣羅鳳

閣羅鳳愈是在興奮的時刻，愈覺得瑟瑟對他的重要，愈是緊張的到來，愈覺得少不了瑟瑟。正是他深愛著瑟瑟時，看過施望欠的戰略計劃，更覺得其人真是仰之彌高望之彌深，難怪他的女兒這般的智慧，冰雪的聰明。因此，閣羅鳳在指揮著要與劍南節度使鮮于仲通的實力一決雌雄的整個戰略計劃時，連帶的想到，他今天可以沒有王位，但不可沒有瑟瑟……

秋天七月，大理的風像有神在操縱指使，並不吹飛屋瓦，但路人卻須瞇著眼睛走路，要舉頭看看蒼山頂的白雪是做不到的，要放眼遠眺洱海的漁舟，也很不方便。一大清早，行人稀少，只有鳥語伴著風的呼嘯，還有乾葉子刮過石子路的沙沙聲。這時，聖鹿坡前，一位持著禪杖的壯健和尚，赤著兩腳，飛也似的行進著，他不是別人，而是南詔王皮羅閣的第二王子閣頗，近些年來，人人稱他「閣頗和尚」。閣頗和尚係在雞足山上修持密宗，在蒼洱區已經很有名氣。雞足山之有名，係因釋迦文殊的大弟子迦葉尊者曾在山上華首門持金襴衣入定以待彌勒降世，在佛教徒心目中，雞足山因此成了聖地。而今閣頗和尚修持之所雖只是一間草房，房前有塊大石墩，這地方東瞻雞山之絕頂，一列峭壁鋒芒盡出，圍繞過來，圍著他修持的草房與石墩，西面正對著點蒼山，有玉帶雲浮上天際，洱海就在腳下。

閣頗和尚一直衝上聖鹿坡，朝著他兄長閣羅鳳王子練兵的禁地走去，一會兒就到禁地大門邊，當然誰也不敢阻止，閣羅鳳瞬即聞訊，迎將前去，認真的兩手合十而拜，口中說道：「閣頗上人，辛苦了！」之後，即刻把和尚請上他的王子座上。閣頗和尚從容地放好手中的禪杖，就盤膝坐了。

閣羅鳳王子，是大理當今除了皮羅閣以外的權威者，他早已操著蒼洱地區以及鄰近四面八方所有人眾的生殺之權。他揮退左右儀仗侍衛，向閣頗和尚問道：「帶來什麼好訊息，還是要勸我去當和尚？」

閣頗和尚莊重地啟口道：「父王和您這些年來，一個是東征西討，一個是南伐北剿；這洱海周圍，以至於遠達拓東，不知死了多少生靈，您驅逐施望欠的目的既已經達到，衲以為，該適可而止了吧？」

「適可不止，適可不止，適可不止！」

閣羅鳳一連重複三遍，臉上有幾分冷笑，但不說其他。心中想，和尚曉得什麼？

閣頗和尚方才提到的施望欠，乃是鄧川劍川之間的一個詔；閣羅鳳已經剷除施浪詔的勢力，還在派人天涯追蹤，捉拿施望欠一家子。這在閣頗和尚眼裡，是非常不該的行為，要窮追嗎？一定會把施望欠一家殺害？救人一命，勝造七級浮屠，修持密宗的人，不要說人命，連蒼蠅蚊子的命都不願傷害。所以，他聞知施望欠被閣羅鳳的鷹犬追蹤天涯時，故意下雞足山，來找他兄長求個人情。如今，除了閣頗和尚，誰還敢向皮羅閣或閣羅鳳倆父子求人情？他下雞足山，乃是與人命攸關。

閣羅鳳之所以要追拿施望欠一家，他心中有個祕密藏得很深，可能無人知悉，又或者也不盡然，因為許多人也都會作與他同樣的想法，但也同樣深藏不露。原來，施望欠的掌上珠——瑟瑟公主，是蒼洱區遠近百里內外皆知的美女，見過的人傳出她美如天仙，賽過前些年越析詔的孫女慈善；未見過的人談論，聽說那瑟瑟公主有一雙令人望之深不可測的媚眼，男人一經望見，便都飄飄然如沐春風，如醉如癡，不敢正視。閣羅鳳在外表上是一位道貌岸然的王子，心卻是一顆風流瀟灑、放蕩無羈的心；閣羅鳳王子具有非常複雜的情緒，所有的人都覺得他的心思深不可測，他的智慧仰之彌高，聰明的南詔宮中人等，誰也不敢猜測閣羅鳳的未來行為，何況閣羅鳳前此曾經暗示，非要把至今還反抗南詔的所有勢力的頭目，連同家人後代斬草除根。人們所懷疑的是，對閣羅鳳把其他部落領袖家族的趕盡殺絕，王儲妃高潔清竟從來不加勸諫，高潔清就是清平官高康定的姑娘，自幼飽讀詩書，漢人的女兒，有濃厚的孔孟思想。閣羅鳳自小稱高康定為清平官伯伯，也對漢人的思想行為有敬重仰慕之心。高潔清之嫁閣羅鳳，實在係因雙方的父輩親如兄弟之故，皮羅閣當時為了政治利益，也為了友誼，讓兒子娶了漢人，原是無可厚非的，只是豪放不羈的彝族一旦娶了循規蹈矩的漢家女，就無形之中受到了許多行為上的約束，以至於在心理上稍感不快。

多少年來，閣羅鳳在高潔清潛移默化的影響下，像一匹野馬被套上韁繩般，雖不自在卻已經成了習慣。事實上，高潔清已慢慢的建立了一種閫威，不提建議則罷，一提建議閣羅鳳就似乎非同意不可，勉強的接受。只不過，壓力愈大，反抗力愈強，閣羅鳳內心深處已漸生反感，許多事，他是愈藏愈深了。二人之間，相處是漢人的相敬如賓，情感也僅止一般情感，幸好一索得男，早早生下南詔王所渴望的孫子，取名為鳳迦異。

依父子連名，蒙氏南詔從開國者細奴羅起，其序列是：細奴羅、羅盛、盛羅皮、皮羅閣、閣羅鳳和鳳迦異。因閣羅鳳的雄才大略，心智高超而深藏不露，南詔的氣數確乎正如日方中，唐朝的劍南節度使王昱老奸巨滑，工於心計，更因貪得無厭，使皮羅閣難以應付。

閤羅鳳對唐朝的聲威，在內心深處有幾分畏懼，也有幾分不以為然的反抗性；他曾經深思，南詔為什麼一定要仰唐朝劍南節度使的鼻息呢？而漢人的思想卻又不斷的、潛移默化向雲南浸灌，除非自己願意被漢人同化，南詔永遠是中原唐朝的朝貢國，否則就得開始警惕，從根本上起而反抗，從而建立南詔自己在南中地區的影響力量，期也有揚眉吐氣之日。

時當唐天寶四年春暖花開時，皮羅閣躊躇滿志，心情非常舒暢；能幹的兒子閤羅鳳已逐漸將千頭萬緒的反抗勢力肅清，唐朝所封的雲南王已差不多名副其實。這些年來，他享受和陶醉在蒼山洱海之間；遊遍十九蜂和十八溪，以至雞足和大雪山。雲南風景之雄渾與秀麗，可能是天下僅有；只不過唐朝和吐蕃虎視眈眈，要在大和村王宮中高枕無憂是還做不到的，那貪得無厭的劍南節度使王昱，靠唐廷上官昭容的關係，一向在南中作威作福；想起王昱，也真教皮羅閣氣憤填膺，從漢人清平官高康定得來的情報，那王昱曾接奉玄宗勑書，告訴他「蠻夷相攻，中國大利；卿可審籌其宜，就中處置。」豈非欺人太甚！要不是我們國小力弱，朝貢長安幹嘛？但話又得說回來，要非長安採所謂以夷制夷的策略，而一群邊官又多貪寶貪財，我皮羅閣又怎能這麼容易領有蒼洱全區，且長安已事實承認，整個雲南都已算是我蒙氏的了。

清平官高康定的話，揮之不去，他告訴他，宜再次朝長安，瞻仰瞻仰玄宗丰采，從而肯定對整個雲南的統治。可是，去長安一趟，實在夠勞累，何不就讓閤羅鳳前往，也算稍稍擺擺架子，待觀動靜再去不遲。想到派閣羅鳳去長安，皮羅閣甚以為得計，心想幸好自己有早子，閣羅鳳而今年紀輕輕就已實際統率南詔軍隊，且鋒芒畢露，雄才大略，可預見南詔江山勢將與蒼山並壽，前程似錦。可惜老二閣頗，竟願往雞足山修行，與吐蕃密宗勾勾搭搭；也好，就讓他二人一與吐蕃往來，一向長安結好吧。

皮羅閣正思想著南詔的百年大計，心思正馳騁在無止境的快樂飛昇之際，突然，有個小酋望官進前跪下，氣喘著，驚恐地奏道：「稟大王，大軍將猛刀方才在下關被刺死，頭顱被割只有後頸的皮連著身體，不知是何方神聖幹的？小的是從下關飛馬前來……」

皮羅閣登時雙眉緊鎖，開口罵道：「死狗！你怎不把事情先報告閣羅鳳王子？」

跪著發抖的酋望低著頭奏：

「王子已於事情發生後不到一炷香時間趕到下關，小人就是王子派來的哩！」

南詔王這才放下心來，吼道：

「快滾回下關，告訴閣羅鳳，事情查清妥當之後，立刻來見我。」

對於猛刀之死，皮羅閣不覺可惜，他明察秋毫，這些年來，猛刀也實在作惡多端，上下兩關，不知多少婦女不管願與不願遭他摧殘；大致死狗是死在一個情字上。但，誰敢這般放肆？居然敢在下關殺人。若是拿到，絕不留情，要他到陰間去，讓猛刀踢他幾腳。

閣羅鳳的行蹤往往令人覺得簡直是急如閃電，當天夜裡，他就來見身為南詔王的父親皮羅閣了。

皮羅閣心裡早有準備，一見兒子到來，便爽快的笑出聲，口中說道：「陽瓜州刺使，我想要你去長安見一見唐玄宗，究竟楊貴妃有多好看，你也可乘機瞄兩眼，是不是？」

皮羅閣與閣羅鳳兩父子，素來情感非常好，相處如兄弟般，對話也常單刀直入，半斤八兩，並無忌諱。

閣羅鳳靜了一會，說道：

「雲南王陛下，為何稱下官為陽瓜州刺使？」

皮羅閣吼將起來：「死狗！你不是也稱我雲南王了？」閣羅鳳笑得前仰後合，說：「投桃報李啦！既然父王打算要為兒往長安瞧楊貴妃，大家何妨就都稱長安恩賜的官銜了。父親大人，您都想好了嗎？」

皮羅閣瞇著兩眼望著兒子，反問：「你有什麼意見嗎？也講來聽聽。」

閣羅鳳胸有成竹，說：「稟父王，您既要動這樣的一著棋，就往深一點著眼。瞧楊貴妃當然是胡扯；您想，唐朝是個什麼打算，他們一貫的手法怎樣？就談女人吧，貞觀時期，有文成公主的配松贊乾布；中宗時候，又有金城公主的配棄隸縮贊；在長安眼裡，我們南詔當然不是東西，然而，也該配個公主給您啊！」

皮羅閣大笑，閣羅鳳說：「我還沒有說完，說到我，我已是人子之父。所以，父王，鳳迦異不能去長安嗎？他已十二歲，說不定長安還會配給他個什麼銀城公主，則父王以王孫和長安李家結親，豈不更妙！」

皮羅閣一時笑聲如雷，雖是坐著，卻用兩手拍大腿。笑出眼淚，邊說：「硬是要得！哈哈！我兒真是棋高一著，就這樣辦吧，去告訴你媳婦，準備讓鳳迦異往長安一行。對啦！殺猛刀的兇手拿到沒有？」

閣羅鳳道：「重要的事是我已委趙佺鄧代理大軍將，父王是否同意？同意就乾脆委他真出。至於追兇的事，兒已派定專人負責，無論是誰？在我的範圍是插翅難飛的，您我都不必為此芝麻綠豆事操心就是了。」

「好吧！死狗！你就去辦你的事吧！」皮羅閣每次和閣羅鳳談話，總是得到理想的結論。他分明高興，所以總是也「死狗」不離口。

閣羅鳳心底裡在笑，父王歷來被他輕易地玩弄於股掌之上。此時他面不改色，冷笑地和皮羅閣說道：

「南詔大王，死狗要竄了；您要不要再踢我兩腳？」

皮羅閣笑得連氣都喘不過來，指著兒子，口中仍習慣地罵「死狗」！

閣羅鳳一溜煙離開南詔王宮，心中在想著父王為何興要我訪長安之念？這多半是清平官的主意；高康定我的岳父，足智多謀，但怎麼不深思，劍南節度使是何等權大？做事波譎雲詭，翻雲覆雨，果然如我願在此時前往長安，難保就不會有三長兩短，則高潔清豈不寂寞孤單？漢人之所以為漢人，大致就像高康定，大致都想天下就只是漢人的天下，普天下不管什麼人的做法和想法都得與他們一樣；就憑我這南詔王子閣羅鳳，不但自幼受漢文化的影響，還娶了詩禮傳家漢人的女兒為妻，因而兒子有了一半的漢人血統，而自己竟還有一個漢人的官銜，什麼陽瓜州刺使，則一旦真的再到長安朝一下唐玄宗，自己南詔的氣息恐怕就得奄奄一息了。漢文化弗遠不屆、無孔不入而教人不知不覺，我閣羅鳳可得為蒼洱地區，大而整個雲南做一番事；毫無保留的傾向唐朝，實非智者所取。雖然漢文化有其服人高深之處，有用「禮」教化人行仁義之長，蒼洱地區多姿多彩的瀟灑豪放之情，卻早在孔明來後遭受到無形但是有力的約束；難道漢人什麼都對什麼都行？

閣羅鳳是隨時在思想這些的。

離猛刀在下關被刺殺才只三十天，有人自永昌把兇嫌遞解到大理交給閣羅鳳。閣羅鳳對著面無懼色的兇嫌望了一眼，小聲問了遞解人員幾句，就叫把「人」放下，把來的獨龍兵遣回永昌，並且各償了一錠銀子。

當夜，閣羅鳳把兇嫌叫到面前，遣走左右，就問：「大軍將是你殺的？」

「是的！」

「是你一個人幹的？」

「是的！」

「你與他有什麼冤仇？」

「那畜牲強擄我的女人，強姦和佔有一段時期玩膩之後，再把被辱者配給其手下，至令我女人自殺了。」

「這都是真的嗎？」

「小的絕對說的是真話。」

「你是什麼部族？什麼名？」

「我是施浪詔治下的卡蘭族人，人人叫我沙多朗。」

「你見過施望欠嗎？」

「見過的。」

「他現在躲藏在什麼地方？」

「不告訴您。」

「如果告訴，我可饒你的命。」

「不打緊，小人視死如歸。」

閣羅鳳對這個人有很好的印象，盤算著此人可能不很簡單，臉上掛上微笑，和藹地說道：

「沙多朗，看你是一個很有出息的卡蘭青年；你能在下關大街上殺死大軍將猛刀，不說一身是膽，的確也得有點功夫。不論是非，我對你的膽識和一身武藝，是很欣賞的，只不過不知你是從何處學來，師父是誰？」

「小意思！猛刀那天馬前馬後的嘍囉不到三十；就算三百，也不能把我沙多朗怎樣。」

「你還沒有答覆我所問的話，沙多朗。」

「我以為大半都答了。」

「你知道我是誰？」

「知道，你是皮羅閣的兒子閻羅鳳。」

閻羅鳳大感興趣，覺得與此犯對話，殊堪玩味，繞了個彎，裝出嘻皮笑臉道：「我說沙多朗呀！聽說那施望欠的姑娘瑟瑟老實的俏，你有一身本事，何不去纏纏試試，纏上了，豈不自在！」

「閻羅鳳，原來您這麼俗氣。您難道不知道，那瑟瑟論武，足以一當百；論文，既懂吐蕃語文，也通漢家的孔墨老莊；施望欠今天被追蹤緝拿，他不肯遠走吐蕃、不肯投降，為的就是他這掌上明珠，要非施浪氣數已盡，這蒼海地區，並沒有第二人有瑟瑟公主一般的才能。這瑟瑟，不是我亂嚼牙根，唐朝當今皇后楊貴妃是遠比不上她一個腳趾頭的。」

閻羅鳳嚥了一次口水，認真的、和藹的問道：「沙多朗，你們卡蘭族人就是能言善道，連樹上的小鳥都騙得到手；照你說，施望欠這個姑娘上得天了；施望欠如今究竟想要怎麼辦？拚死，還是永遠東藏西躲？我實在想給他條活路，後半生好好地過一過。

沙多朗，我說一是一說二是二；我想托你把我的意思轉告施望欠。我決定把你釋放；你仔細的想一想，要多少日能給我回話？」

沙多朗釘住閻羅鳳看，彷彿要從閻羅鳳的兩眼看到他真正的心意，他不立刻回答；閻羅鳳在等著沙多朗的回答之際，也睜大眼睛看著沙多朗，似乎逼著他非答覆他的問題不可。此時，靜寂得他們彼此可聽到對方的呼吸似的，但才一會兒，沙多朗以堅決有力的聲音說道：「您是不是同意絕不傷害施望欠家任何人？」

「不但不傷害，我還想給他一家無憂無愁。」

「用什麼保證，怎樣保證法？」

「我說話算話。」

「那就真是盜亦有道了。」

閻羅鳳聽到「盜亦有道」，頓時光火，手掌用力往桌子上一拍，罵道：「我把你切成八塊，沙多朗，你居然敢胡說八道，狗養的！你說，你該不該死！」

沙多朗依然面無懼色，慢吞吞的說：

「王子殿下，如果您因此把小的切成八塊，您就不是閻羅鳳了；而我沙多朗要是怕被切成八塊十塊一千塊，也就非敢殺猛刀的沙多朗了。殿下想想，蒙氏一舉撲滅了蒙雋、鄧賧、越析、浪穹五詔，吞併了他們的土地，與唐朝的劍南節度狼狽為奸，現在還要向已經微不足道的各族施以壓力，企圖斬盡殺絕；施望欠一家被追蹤三載有餘，要非他祖先在滄洱區厚有積德，施望欠為人忠實老成，怎能逃得過您們父子二人的鷹犬？就像我，要不是您在永昌地區獨龍部落中養下龐大爪牙，怎會成為階下囚？所以，您而今願放施望欠一馬，還要讓他一家無憂無慮，豈非盜亦有道？」

沙多朗像理直氣壯的在說，閣羅鳳也居然按下火氣，豎起耳朵聽；心中自然也是是非非起伏翻騰。

沙多朗的話既止，閣羅鳳大聲喝道：

「說完了沒有？」

「現在說完了。」

閣羅鳳素以雄才大略威鎮蒼洱，當然不會輕易為一名殺人犯的冒犯亂了方寸。這時他鎮定一下情緒，對沙多朗懇切地說道：「好吧！你有種，我不在乎你的胡說八道；現在我要你答覆我，你要幾日的時間為我轉達訊息？」

「二十五日。」

閣羅鳳拿起桌上一支小鎚，朝一面銅鑼的中間凸出處一敲，立刻有一名不穿上衣，但有一塊不知什麼皮包著下身的少年跪在他眼前。閣羅鳳小聲對少年咕嚕了幾句，少年退下。

沙多朗並不關心，這一陣，他似乎視而不見。但一會兒，方才那赤身少年捧著一包東西，東西上還有一片竹塊，閣羅鳳接過，隨便的查看了一下放在桌上。之後，揮去少年。

閣羅鳳望向沙多朗，說：「這裡是十兩銀子，一支出入令箭。你就走吧！」

沙多朗原未料到事情會這麼急轉直下，身歷其境，親眼見閣羅鳳是這麼的乾脆、簡單明瞭但深具權威，內心深處不免欽羨，態度也就和氣得多。他用手指算了一下，誠懇地向閣羅鳳說：「殿下，百聞不如一見，小的非常信得過您的話，下個月月明之夜，我準時前來覆命。」

閣羅鳳把兩樣東西交給沙多朗，說聲：「你就去罷！」

沙多朗就這樣提著銀子，執著出入令箭走出聖鹿營地。許多在事前曾聞知其人乃是殺死大軍將猛刀的兇手，結果是這般從容走出禁地，一般小武將以至兵卒，莫不頓時如置身五里霧中，對當今的事和人，都覺得莫測高深。

沙多朗去後，閣羅鳳嘆了一口氣，兩隻手合扣起來，把手指弄得嗶嗶啪啪；他偏了一下頭，冷笑了一下，又順手抓起小鎚敲鑼。之後，他令侍衛備馬。

大和村南詔王宮中上下，正為王孫鳳迦異的朝長安事忙碌準備，隨從人馬，朝唐玄宗的貢品，以及有關文書金葉都已大體就緒，只等劍南節度使的一紙公文，便可出發就道。這整件大事中，最操心忙碌的是王儲妃高潔清，王孫鳳迦異的母親；清平官高康定的千金。

這鳳迦異朝長安的事，高康定是萬分歡喜，也百般擔憂的；歡喜的是，自己乃黃帝子孫，蒼洱區的世家，詩禮傳家的高氏門中子弟，在南詔是一人之下眾人之上的清平官，尚且是皮羅閣王子的親家，將赴長安朝貢的王孫則是自己的親外孫，而所擔憂的事就複雜極了！第一是蒼海區周圍至今還有反抗勢力；第二是從劍南節度到雲南刺使各層中原官吏之品德，尤其劍南節度使所執行的長安以夷治夷政策，歷來變化難測，有些事情黑幕重重，有些事情非黃白不能走通門路，也就因此，鳳迦異此去，是由他陪同，俾能隨時留心，隨事指點；那能不操心，不擔憂？

但高康定想，這是將永垂青史的事，就像孔明說的「鞠躬盡瘁，死而後已」。反正是值得和該做的，所以雖寢食不安，也終能處之泰然，始終和顏悅色。只是，高潔清就沒有這麼輕鬆了。她擔憂兒子的遠離，老父的健康；遠去長安可能長年累月，去之前她事事得想到，事無巨細，都得準備料理，而且必須親自過目，方能放心。總之，她已經有幾分憔悴了……

閣羅鳳斜披著虎皮，腰一邊插著鏵鞘，英姿勃勃的騎在一匹白馬上，馬的四蹄以上小腿一段是黑的，此馬稱為「烏雲白玉」，據說是吐蕃送的。閣羅鳳的貼身隨從共二十騎，盡皆黑色；這一小隊，在蒼洱區稱「烏追旋風」，二十人的全身和面孔皆光滑油亮，猿臂狼腰，背揹毒箭，弓不離手；他們能射落飛鳥，從無虛發，在大理，誰都為閣羅鳳的威風和儀表羨慕喝采，遠近皆知，南詔王子閣羅鳳智勇雙全。若要問在南詔王統治地區民間對閣羅鳳的看法，也並非全然傾倒，最關緊要的一點是人人對王子娶漢家女，很是不悅，對劍南節度使備加憤恨，要非高家在蒼洱區人望極高，清平官高康定人格超凡，這潛藏在心底的不滿早經匯集奔放，表露於外了。

閣羅鳳進入王宮，先走到高潔清面前。

高潔清一見閣羅鳳，便迎將前來，屈膝行禮，之後輕聲說：「王子，您辛苦了；您已經好幾日未入王宮來，想必已十分操勞。」

閣羅鳳這時彷彿高潔清所體現的就是漢人禮教，不知是什麼原因，他前此並未曾有這樣的念頭。於是，順口說了聲「還好。」就又問道：

「鳳迦異在何處？」

高潔清道：「多半在我父親家，在加緊習唐朝宮廷禮節哩！」

「那末，我去見一見父王。」

「父王因昨晚接見從安寧來的雲南刺使張虔陀，多喝了兩杯步頭那邊的雜菓酒，說有點頭昏，方才都還在熟睡中。」

「那我就陪妳一陣。」

高潔清趕忙揩烏木椅，把虎皮墊擺上。

閣羅鳳坐下，高潔清蹲下為他解半統牛皮靴的蔴帶，然後雙手一只只為閣羅鳳脫下。這時，有一阿卡族女傭跪著用膝移動前來，手中端著有茶壺茶杯的大理石盤子，輕輕放在閤羅鳳面前桌上，又跪著退去。

閤羅鳳與高潔清見面，起先總有些兒拘束，總是要找點別的話說一說，他待阿卡女傭離去後，就和高潔清說：

「這阿卡姑娘卡兒，怎麼她娘還不領去？人很乖巧，但也真是可憐。……」

高潔清輕聲慢語的答道：「前幾天她娘還來過，我說要她帶走卡兒，她即跪下求情，說希望讓她住下來；要是離開南詔宮，她那男的說不定會把卡兒捉去哩！夫婦二人的情感破裂，孫子就變成喪家之犬，歷來如此。」

閤羅鳳又說：「我們能不能使卡兒的父母破鏡重圓呢？」

「啊呀！就是前幾天我還聽卡兒家娘講，阿卡男女結婚又分開是不再重修舊好的，倒是還未結婚的男女，彼此間就非常之自由，要怎樣匹配都行，分分合合，但一朝有了娃娃結了婚，就不一樣啦。還說結過婚又分手的男女，彼此遇見時，雙方都還故意的吐口水，以示怨恨。真是怪啦！各族有各族的風俗習慣；阿卡人，女的就像牛馬一樣！最教人想不通的是，凡婦人將生產時，便住進附近小屋，若生下雙胞胎或嬰兒殘缺，比如缺嘴或六指，便立刻將小命了結，不讓活下來。故所以，阿卡中沒有雙胞，也見不著身子有缺破的。」

閤羅鳳靜靜聽著，呆呆的注視著高潔清。一個三十多歲的婦女，一派豐滿、自信、恬靜；

這詩禮傳家的漢人婦，除了必須從一而終的丈夫，就是孩子，在高潔清，則尚有她讀不完的方塊字的書，堆積如山的字紙……

高潔清顯然感覺出，閣羅鳳這番似有什麼心事？但當天夜裡，閣羅鳳不但與她小飲了幾杯，彼此吃了大致半斤乳扇，一小盤竹蟲。酒醉飯飽之後，他們彼此又談了一陣，方才滅了燭。

次日一早，皮羅閣就使人來叫閣羅鳳。閣羅鳳照了照大銅鏡，端整了斜披著的虎皮，看了高潔清一眼，便步出所住的東廂房。方一轉身，突又被高潔清喚住，她叮囑道：

「王子，萬一父王垂詢到關於鳳迦異朝唐的事，得安著他的心，說是此事萬全的，不必多所顧慮。」

閣羅鳳加了一句：「我還要告訴父王，說不定鳳迦異還會得個什麼公主帶回大理來哩！」說後就迅速的離去了。

走出東廂房，閣羅鳳便向大殿衝去。

皮羅閣一見兒子，就大聲問：

「殺猛刀的兇手怎樣處置？」

「那人是卡蘭種，兒準備用他。」

閣羅鳳說：「父王，您真喜歡嚇我，我料他連做夢也不敢想拔去我一根毛，此事就不必再提了。倒是清平官帶著鳳迦異遠去長安，最快也得一百天左右；長安去來，不免勞累，恐怕得先想出一個適當的人來，實習和在最近的將來代替清平官職務。是不是，父王陛下？」

「你看誰比較適當？」

皮羅閣對兒子就這麼言聽計從，向來不罵兒子逾越，總是對閣羅鳳所作所為非常欣賞，自來放心，甚具有幾分得意。

「孟郡總管，我們南詔的開國功臣王盛，父王竟把他忘得一乾二淨；由他來做清平官，自然比我岳父行多了。」

皮羅閣恍如大夢初醒，笑著說道：「對了！對極了！王盛是能幹人，也相當的有頭腦。但是，我說，閣羅鳳呀！你以後不可在任何情形之下貶高康定，他是我自小以來的朋友；這小孔夫子對我們南詔曾經有過貢獻，知道嗎？好在王盛並不是漢人，他們是白旗，也算大理這地帶的世家了。好啦！你說王盛就王盛，此事等我和高康定打個招呼，就算數了。」

閣羅鳳等著，看皮羅閣還有什麼要說。

皮羅閣望著兒子，英武如自己當年，萬分自在。他仔細的端詳了一會，又想起一個問題，說：

「還有，那施望欠躲到哪裡去了？有時候我擔心他會向鐵索橋那邊跑去；不說是縱虎歸山，至少將來還是會有麻煩的，你要認真處理這個人以及有關的問題，知道嗎？」

閣羅鳳自幼崇拜他父親，他總是見微知著，不放棄任何小問題，但都抓著要點。施望欠的問題是當前最關重要的，幸好自己近些時已理到線索，撥開雲見青天就將是最近的事。於是，他認真的和皮羅閣說：

「關於施望欠，為兒一定遵照父王深謀遠慮的路線進行處理。我說父王深謀遠慮，是因為您見到如果施望欠往鐵索橋那邊跑無異縱虎歸山這一著。老實說，在處理我們以蒼洱區為中心的周圍民族問題上，歷來我們都受到中原的牽制，近三十多年，我們總跳不出長安所劃的圈子，更有進者，我們還正在往牛角尖鑽，在吐蕃與唐朝之間，南詔很有可能成為磨心。所以啦！最低限度，對我們周圍的各族勢力，什麼詔什麼詔的，得漸漸的寬大，別讓他們狗急跳牆。父王，您同意嗎？」

皮羅閣當然知道，這麼膚淺的見地，談得上什麼深謀遠慮；其實，要真的是雄才大略，對所有的反對勢力，還是根本的來個趕盡殺絕，才能高枕無憂，想到這裡，連帶的又思及殺害生靈的問題，皮羅閣驟然問閣羅鳳。

「閣頗那禿驢大致找過你了？」

「不久前見過的。」閣羅鳳答。

「他有沒有說不殺生，息止干戈的事？」

「說了！不殺生，連蚯蚓都不可以拿去餵魚。不過，他說他的，只不過閣頗並不是簡單的和尚，父親大人以為如何？」

皮羅閣道：「我的兒子還能是簡單的嗎？閣頗這禿驢，在修什麼密宗；怎麼個密法簡直是一團謎，不足為外人道，但無論如何，有一點是極之重要的，閣頗熱愛大理，對漢族勢力的伸張以及漢人的視別族為夷蠻，非常的反胃。有一回他和我發牢騷，說在他有生之日，將絕不讓蒼山洱海、雞足山這些乾淨的地方落入漢人之手；他同時看出來，我們根本缺乏著一種反抗中原思想的力量，例如宗教文化這種的力量。你以為閣頗是不是有神經病？」

「父王的兒子怎會有神經病？閣頗之所以修持密宗，就是在心理上在反抗漢文化；即使他並不喜歡吐蕃，他仍抓緊一點東西，而密宗也者，正是他認為足以使自身異於漢人的突出色彩。他修持他的密宗，我們別再管他罷！」

皮羅閣道：「看來，你與我是半斤八兩，對閣頗竟都有如此圈外有圈、景外有景的看法，總算英雄所見略同。對閣頗，我們就放著他搞吧！」

閣羅鳳接著說：「那麼，原則上我們就放施望欠一馬。」

皮羅閣竟又笑將起來，說：「我兒可別放走那匹小馬啊！」

閣羅鳳也大笑起來，回答道：「為兒定把牠牽來養在大和村中……」

「死狗！你真是我的好兒子。」

閣羅鳳見說到父王高興，就戛然停止，說：「啊！我有事要辦，得告退了。」說完便溜了。

深秋，大理已飄雪，蒼山大半已披上白色；洱海水冰涼，無論是走在蒼山腳，或行走在洱海濱，人人多半都能看到自己的影子；冰能照人，水如鏡更能照人，到了夜裡，天上掛著月，洱海中也有月，風颳來時，令人冷入骨髓。

正是月明之夜，閣羅鳳方思及沙多朗，沙多朗竟從屋簷上輕輕落將下來，走到閣羅鳳面前，閣羅鳳心中歡喜，口中卻說：「你有出入令箭，怎麼這般鬼祟？」

沙多朗道：「外面大門關得死緊，叫無人應，為了履行諾言，便只有鬼祟一途了。這實在是不得已，以後再不敢就是了。」

閣羅鳳問：「如何？」

沙多朗答：「施望欠要與你一見。」

「怎麼個見法？」

「十四天之後，就是十一月三十日，沒有月色，你直向劍川大路單騎走去，有人就會前來迎接。」

閣羅鳳：「我還有隨從——我的『烏追旋風』可不願讓我單騎夜行啊！」

沙多朗說：「研究過了。這樣的，您用兩騎作斥候在先，每騎離五六丈，之後就是您；您騎的是黑馬，您的隨從跟遠一點，但須先告訴他們，您的坐騎停下時，隨從們也遠遠停下。什麼時候該停，到時您就知道。王子明白了嗎？」

闍羅鳳聽了後，思索了一下說：

「沙多朗，這很有趣；不是圈套吧？」

沙多朗答：「憑王子的智慧，施望欠今天還會出此下策嗎？再說，在您的勢力範圍內，誰會以卵投石？這種會晤前必經的過程，也是免不了和不得已的，我以為，您大可放心。」

闍羅鳳道：「就照你說的辦吧！」

「那末，我可以走了？」

「我想留下你為我做事如何？」

「等您見了施望欠，我會再來。」

「你是答應了？」

「是！」

闍羅鳳與沙多朗一問一答，非常爽快。之後，沙多朗說：「我告辭了，別忘三十日月黑之夜，地點是北上劍川大道上。」

沙多朗方轉身，闍羅鳳說：「等一下，你還是大模大樣的從大門出去吧。」說後，敲一下鑼，叫衛士二人陪沙多朗離去；待叫醒守門的兵丁，開了大柵門，沙多朗像風一般，瞬即無影無蹤。

沙多朗是向賓川而去，那是往雞足山的方向。

閣羅鳳這才定下心，思考已答應的問題；十一月三十日，月黑之夜，這究竟是吉是凶，是憂是喜？終歸於他想，我安排我的。

帶有刺激性的眼前事，使閣羅鳳在心深處覺得興奮，想到沙多朗口中說的瑟瑟，他頓然覺得，在唐朝龐大勢力邊沿，在吐蕃與中原的夾縫之間，對自己地區歷來相處如兄弟的各族，實在不該逼人太甚，終讓漁人得利。瑟瑟真的那麼了不起嗎？如果真的是個人，我怎能不與她一見？又倘若俏到使我也喜歡，這，就比較麻煩了。

當夜，閣羅鳳做了連續不斷的美夢；也一度夢中驚醒，因在前往劍川的大路上發生你死我活的撲殺。

第二天，閣羅鳳把白族人段儉衛與趙佺鄧叫來，把要去劍川會施望欠的事詳細的說了，要他們研究，怎樣防意外，佈置安全網，除了那二十多的從騎，都不宜公然露面。

段儉衛與趙佺鄧，都是文武雙全的精英，膽大心細。他二人輕聲的交換了幾句，段儉衛說：「以當前的情勢而論，又以施望欠的為人來說；來龍去脈，清楚地擺著，王子此去是萬無一失的，再請聽聽趙佺鄧的意見。」

趙佺鄧說：「我與段儉衛都認為，王子既然決定前往，就不必憂慮其他，由鄧川到劍川整個地帶，我將即刻下令佈好密探，嚴格注意民間不尋常的動靜。再是王子去時，前面作斥堠的兩人，其中一人由段儉衛擔任；我則混在烏追旋風中，這就萬無一失了。」

段儉衛又補充道：「本來，我們是無需這麼的如臨大敵的，但人心險惡，唐朝的劍南節度使手段可怕，何況那施望欠的女兒瑟瑟公主，聽說是非常的了不得，還懂得些孔明的陣法。因此，我們為策萬全，暗地還是佈下所能辦到的安全；這一切，就都由趙佺鄧和我負責好了。」

閻羅鳳聽後，把手指嗶嗶啪啪的弄響一輪，面上帶著笑容，說：「有你們這兩根，什麼牛頭馬面都使不了法；兩根都和我去，就姜太公在此！好罷！我們作何快樂？單酒一樣是不夠的。」說後等著其他二人的反應。

閻羅鳳於是說道：「就這樣吧，現在讓我來高高興興的樂一樂吧？段儉衛，你說呢？」

段儉衛說：「就叫幾個白馬姑娘來陪酒就是了。但是，王子殿下，您得把此事密密地封好；所謂『土鍋煲雞不露腳』，若是消息讓儲妃知曉，我與趙佺鄧就不好意思了。」

閻羅鳳道：「好吧！」說後便拿起小槌敲鑼，之後對出來聽命的侍從說：「你，聽好！叫廚子老刁趕快弄些吃的來，下酒菜多一些，不要步頭雜菓酒，要陽寧酒；你，去把前次那幾個白馬姑娘領來。此事要鬼頭鬼腦的進行，不得讓外間知曉。知道嗎？」

「小的知道。」

那乖巧的侍從，帶著會心的微笑，退著出去。

閻羅鳳開心地笑了起來，和段趙二人說：「好主意！好主意！寬坐一下，只須半個時辰，我三兄弟便可盡情地樂半天了。與白馬姑娘作樂，千萬去不得白馬；白馬的十姐妹可不是玩的，小夥子被她們看上，十對一，硬逼著作樂，非把小夥子弄到皮包骨，不會釋放。等一下來的，並不是十姐妹，她們並不同年，最大的二十五歲，最小是十六歲。」

閣羅鳳做事，多半是守口如瓶的，但段儉衛與趙佺鄧例外，他們無事不談，也時常的一起吃喝作樂。

段儉衛此時情緒非常之好，聽閣羅鳳說了方才的白馬姑娘閒話，回道：「白馬的確是天堂，白馬女人豪放不羈，健康多情，天真樂觀，會討男人喜歡；好極了！真的好極了！但是，我的哲學是『淺嘗即止』，只可逢場作戲。」

段儉衛的話尚未了，閣羅鳳大笑起來，搶著說：「精彩極了！『淺嘗即止』，不過，段儉衛、趙佺鄧也聽著，萬一，在不得已時，我以為：哈哈！似乎也不必堅持『淺嘗即止』的限度。如果說非『深入』不可，也大可見機而行，是不是？」說後又大聲的笑，甚至笑出淚水。

段趙二人自然也聽出閣羅鳳的雙關語意，也隨和著笑。趙佺鄧邊笑邊說：「精彩極了！你們都精彩；深淺都精彩！」

三個人笑，真有些兒聲震屋瓦。

不到半個時辰，就有人抬著吃的進來擺上，一眼望去，有小鹿肉乾、有竹蛆、有乳扇、有烤得又黃又脆的野豬肉、有炸香的山雞腿、鹿筋湯、弓魚等，另有兩小罎陽寧酒。真令人垂涎欲滴。擺好後，人都退去。

閣羅鳳道：「來吧！」就移近桌子，坐將下去。段儉衛與趙佺鄧也坐下，成三足鼎立的形勢。閣羅鳳倒酒，因倒得太猛，竟灑了一桌子，然後自己先舉碗近嘴，大大地喝了兩口，又說：「來吧！你們兩根。」

段趙也即抬起滿碗的酒，朝嘴裡灌。

這時，一小隊姑娘魚貫而入，個個花枝招展，一數共六個，進來後，即跪在地上向在坐的人拜。

閣羅鳳說道：「起來，今天不必拘禮；起來吃喝玩樂，你們就坐來我們旁邊。」

六女三男，每個男人左右都是軟玉溫馨，情緒開始有了春的氣息，真個是秋天裡的春天，吃菜喝酒，無憂無慮，談笑聲與酒味，姑娘們的香味混凝，滿屋皆春。在點蒼山腳，在洱海之濱，這一場歡樂，絕不是平常百姓所想像得到的，更不是劍南節度使所能想像的；當然，長安的唐玄宗與楊貴妃甚至李太白他們的飲酒作樂是另當別論；天朝距大理遠之又遠。閣羅鳳在吃喝玩樂之際，多半才會全然地忘記長安，不必計較什麼唐朝的節度使、刺使、太守，也無須思念及自己的陽瓜州漢銜。

那六個姑娘，上身由一段薄紗圍著，手臂和腰肚清楚的露著，下身則長裙掃地；個個都明眸皓齒，烏雲般的髮直披到肩上，一邊還繫著一朵大紅茶花。她們明察秋毫，見到大官兒們輕鬆之狀，又聽閣羅鳳王子叫不必拘禮，自然已知道應該如何適應，都使出女子的長處，分外的溜動著水汪汪的雙眼，說話的聲音也分外好聽，其中有的各自灌下幾口酒，以資壯膽。

一個姑娘開口了，她說：「大人叫我們今天不必拘禮。那麼，我們是不是可以目無尊長，想說什麼就說了呢？」

閻羅鳳看了那坐在段儉衛右邊的姑娘一眼，回答道：「說什麼都可以，做什麼都可以。只有一點要記著，吃喝玩樂回去之後，不可把這天歡樂中的話去講給別人聽；若是違犯了，當心！橫的嘴巴會被打成直的。」

這時有個姑娘「嘻」的笑將出來，此女方才已自己灌了半碗酒，說道：「哈！大官兒們講的話有彎轉，聽來不過癮，修正方才的話是把橫屄打成直屄。」

霎時一陣哄堂大笑，閻羅鳳笑得把嘴裡的東西噴將出來，繼續的笑過不止。稍後依然笑著說：「姑娘們比我們還粗哩！」

剛才說話令人大笑的那姑娘又抓住時機，說：「什麼粗不粗，粗細都沒有關係。」

又是一陣哄堂大笑。

方笑過，趙佺鄧左邊一個小巧玲瓏的姑娘提議道：「大人們笑太多了，讓我們用嘴巴咬東西餵給他們吧！好不好？」

另一個道：「什麼好不好！妳餵妳的；我卻要別人來餵給我。」話還沒完，段儉衛就把嘴湊將過去，把一嘴的東西吐進她口中，這時，姑娘一用力，腰間薄紗脫落，櫻桃竹筍全都露了出來，全場為之大樂，趙佺鄧乘機手一伸，把另一個姑娘的胸紗拉脫，這時，全場是放浪形骸的樂了，是非常的荒唐了。

段儉衛在歡樂中發現，閣羅鳳只是說笑，並未像他與趙佺鄧那麼的不顧一切。於是，他說：「王子啊！王子！您，受了高家的影響太深了；沾了孔夫子的禮教，自己給約束了。『非禮勿視』，您此時實在是過分的克制了吧？我的天，別縮手縮腳的吧！」

閣羅鳳道：「別瞎扯了，我在遊目賞花，在看你們的放蕩表演。」

正是碗盤狼藉，姑娘們胸不著紗的時候，一陣尖叫！

原來，閣頗和尚闖了進來，姑娘們花容失色，閣羅鳳與趙段頓感無地容身，都呆了。

閣羅鳳鎮定了一下，說：「閣頗上人，您這出家人竟不給點退路，教人不知自處；你來做什麼的？」

閣頗這時已背轉身去，說：「閣羅鳳，您離開一下，我有話和您說。」話說完，走出酒色之所。閣羅鳳迅即跟了出去。

裡面男女八人，才鬆了口氣。其中一個姑娘低聲的說：「別緊張！雞足山的和尚有婆娘兒女；並非空即是色，色即是空；他也實在是大開眼界，我寧可讓他多看兩眼哩！」

門外，閣頗和閣羅鳳說：「前幾日我在入定之時，預感到您驛馬星動，恐您氣盛，隨事不加忍讓，特來一見，深望切記我言，切莫殺生。」

說後，隨手從香袋中取出一條長長白絲巾遞給閣羅鳳，交代道：「無論何時，出門之時，如是深夜，務須把此巾斜繫在身上，佛就會保佑您平安；不可視為迷信。您答應我這點小要求，我就打道回山。」

「和尚上人，您真是菩薩心腸了。我答應就是了。」

閣頗說了聲「阿彌陀佛！」反身匆匆去了。

閣羅鳳轉回入室，室內方才的歡樂氣氛已消失泰半，閣羅鳳說：「抱歉抱歉！我那位和尚弟弟掃大家的興了；他要不是和尚的話，我真想贈給他兩個耳光，讓他吐出牙齒。唉！我這和尚弟弟卻是我不敢得罪的，他多了別人一竅，對許多事情，他都另有看法，別具隻眼。對於保護南詔江山，我需要你二人，也需要這和尚在我面臨緊張時，給我幾分清涼，他總有令人出其不備而給予忠告的良法。來吧！繼續吃喝。」

段趙二人舉起碗灌了兩口，段儉衛還對眾姑娘說：「妳們喝酒呀！」

方才的歡樂，實在是中途被掃興的，段趙二人心中又怕閣頗，不知他葫蘆裡賣的是什麼藥？雖閣羅鳳叫繼續吃喝，情緒已大不如前。大家雖繼續吃喝，笑聲卻是低沉下來。閣羅鳳當然已發覺，心中盤算如何挽救和收拾這沉悶局面。幸好姑娘中不乏善解人意的靈犀通，那名喚白綠春的，綻開一臉的笑，說道：「的確是托福沾光，我長這麼大，才是第一次吃到大理的弓魚；據說這種魚能跳過幾尺高的水頭，在躍出水面時是口尾相銜，形似一張弓。還說，弓魚可從洱海順十八溪逆水到蒼山溪流；在清碧的溪水裡成長，所以肉肥鮮嫩。因此，大男人們吃了，真是了不得！」

這一段話，打破了一時的沉悶。

閤羅鳳說：「現在還只是九月初，桃源村的弓魚還未上市，這可能是今年最先成長和被捕到的弓魚；既然大男人吃了會了不得，來吧！吃！」說著，用小鐵叉，叉了一整尾放在自己碗裡。又說：「大家來吧！個個都必須吃。」

白綠春得意地說：「了不得！了不得！吃後更不得了！不得了！」

於是，大家都又笑了。

於是，口無遮攔，亂扯一通。

閤羅鳳似乎很開心，但這分外的開心反而顯示出他的心裡有事，有什麼事？說不出來；很具體，很空洞，也非常之遙遠又似在眼前。

段趙二人有些體會，但深知不宜表示出來，目前最適當的就是暫時作樂，無憂無慮的吃喝，不談什麼正當的事；要談嘛，就是吃喝作樂之前所談的，他們二人就將護衛閤羅鳳往劍川去會晤施望欠了。至於曾聽說過那瑟瑟的美如天仙，有才氣又有一身武藝，也就只這麼回事，與當前大理的一切人事安排，現實環境可能都沒有什麼關係影響；最多，當想到一名有才藝的美人時，在情緒上覺得也還能增添些輕鬆，如此而已。

當然，這一場吃喝玩樂，直到日落西山。

過不了幾天，鳳迦異就要出發去長安，禮品堆積如山，各族的人來來往往。清平官高康定幾乎就已精疲力竭，但無論如何他是非常之興奮，心裡想著，一個身在蒼洱地區的炎黃子孫，曾經飽讀經史，要非身為南詔清平官，怎能前往長安見唐天子？而且，此去意義重大，唐朝既已允許南詔對雲南的統治，未來的南詔王又是自己的女婿，在中國來說自己乃是南詔國丈，此番要去朝貢的，是自己的外孫，這種關係地位，也算得上複雜和重要了。在雲南，高氏在蒼洱地區本已是上上之家，以後就更不必說了，所謂流芳千古，這不朽的功業恐怕就在此去便可建立了。高康定想到這些，的確是高興的，只不過一想到劍南節度使，以及唐朝一般的邊官之貪得無厭，繁文縟節，就又覺得不好應付，極之困擾，甚至因為自己是漢人而難以為情。

這一類的操心，這種心理上的複雜思緒，種種顧慮，剪不斷理還亂的千頭萬緒問題，也壓在高潔清心上；她甚至還非常地擔心此番鳳迦異之前往長安，大理人說「行船走馬三分命」要非兒子身為王孫，何必這麼辛苦？

高潔清，這段時間忙碌和思前想後，似乎自己身在赴長安的道上奔波勞碌，擔驚受怕，因而消瘦不少。

此時，大理已略帶寒意，有時風會夾帶著飛沙；所謂風花雪月——下關風、上關花、蒼山雪和洱海月，都近在咫尺，因此，大理的風也是可怕的。相傳當年孔明到此區域，因心裡害怕，曾一再的宰殺三牲祭拜。

日子一經定奪，到來就分外的快。十月一日，由王孫鳳迦異任朝貢使的赴長安隊伍終於出發。在大和村王宮中舉行了一個歡送禮之後，大隊人馬便向下關移動，行程是直往拓東，然後向北經會澤、昭通到宜賓入川。到了宜賓，劍南節度使有迎接人員帶領前往長安，鳳迦異行前，向皮羅閣先跪下叩頭不起，皮羅閣說：「抬起頭。」

鳳迦異抬起頭面向皮羅閣。這時，皮羅閣用右手中指從一個小碗中著了些白色漿湯，在鳳迦異腦門上點了幾點，又含一口水，朝鳳迦異臉噴了去。鳳迦異移動膝頭，到和尚叔叔前叩了個頭，此時閣頗的兒子頗鐸傳也在虎視眈眈的觀禮，只見閣頗舉起禪杖，口中唸唸有詞，別人也聽不懂喇嘛經，因此氣氛便有些神祕；閣頗用禪杖在鳳迦異頭上繞三繞，然後往地上一奪，說「唵嘛呢叭彌黑！」之後，鳳迦異又跪著移動到閣羅鳳面前叩頭，閣羅鳳說：「我兒此去，是看看唐朝的風光，注意注意他們的典章制度。千萬記著，我們南詔有我們南詔的風俗習慣，美好山水是我們自己的美好山水，不容別人分割或染指。唐玄宗問你什麼，都不必正面答；可以請你外公清平官代答，或說，必須回大理請示祖父。知道嗎？」

鳳迦異答：「知道！」

典禮完成，便走出大和宮，由隨從人員扶上馬。方要上馬時，高潔清才閃出來把兒子抱在懷中，淚如雨下，說不出話。

鳳迦異被折騰了半天，在祖父和父親面前硬裝男兒氣概，一旦被他母親抱入懷中，見他母親垂淚，也就哭了起來。過了好一陣，才止住了哭，咬緊下嘴唇，由隨從扶上馬。大隊就要起跋，鑼鼓聲齊響，牛角吹奏聲四起，隊伍移動，鳳迦異定定的騎在馬上，不敢回頭。

由大和村王宮以迄下關，兩旁擠滿人群，指指點點，在看王孫鳳迦異。有人暗地裡說，長安要拿他做駙馬去了哩！

南詔王孫前往長安後，皮羅閣一時如釋重負，至少暫時不必深思這事，船到橋頭自然直，騎著驢子看書，走著瞧。於是，帶著衛隊侍從，約著王盛父子，啟程前往麗江，再一遊越析之地；暢遊麗江，必定也要到金沙江上游，到玉龍山，到錦繡谷。

一經到了麗江，皮羅閣不免回憶起少年時初次到此的情景，當年全心全意愛著的人，已經成了本主，受無數人崇拜；每年的六月二十四日夜晚，處處火把照耀，姑娘們以金鳳花搗成泥，包指甲使之染紅，紀念寧北妃尋夫屍，手指出血的動人故事。皮羅閣陷入回憶中，萬分的感慨；他遐思，自己一生所愛而得不到的美人，已在蒼洱區永生，女人真不可理解，而今，自己垂垂老矣，為中原，為吐蕃的來往，時常備極煩惱，不快的事，難消的氣常在心頭……

麗江，處處是棕櫚樹，像巨靈之掌；常綠的植物，背景是皚皚白雪，當巨靈之掌綻出粉紅桃紅的花時，一直開到大雪山腳。玉龍大雪山，就像圖畫般，遠掛著遮住半邊天。玉龍山下，長滿玫瑰、薔薇和木香，以及杜鵑山茶，處處是花，舉頭就是白雪，真個是白雪陽春之景，教人不忍離去，不捨離去。

皮羅閣陶醉在他所領有大地上；在大雪山主峰扇子陡，夜晚，明月照積雪。太美了！他想，怪不得吐蕃總是對鐵索橋以東，垂涎欲滴；那些喇嘛，來去無蹤，包括自己的和尚兒子閣頗，也神神秘秘。

就在麗江，正當皮羅閣思前想後，陶醉在無邊風月中時，飛馬突來，報道：

「吐蕃已在鐵索橋近處，設置了神州都督，由尚儉贊駐節；近處的獨龍族和麼些人紛紛內遷。」

皮羅閣聽後，面不改色，只說一聲「知道了！」然後遊興大減，與王盛父子研討對策，同時提早歸期，匆匆趕回大理。

南詔宮中，閣羅鳳因約定要往劍川與施望欠會面，焦急地等待皮羅閣快些回來，何況最近還接東爨方面來報，唐朝似有人到來活動，要歸王與大理的皮羅閣作對，以收牽制之效。

終於皮羅閣趕回大和宮，迫不及待便和閣羅鳳說了吐蕃在鐵索橋附近地區設了神州都督的事；認為「臥榻之側豈容他人鼾睡？」吐蕃是欺人了。閣羅鳳聽後，想了一下，說：「稟父王，為兒也正要湊呈東爨那邊有唐朝派人來從事活動的事。」話猶未了，皮羅閣吼道：「什麼？那還了得？我們南詔竟遭中原與吐番雙重威脅！如此一來，我們的日子便不會好過了。是不是？死狗！你說該怎麼整？他媽的，真的是人善被人欺，馬善被人騎！我想……」

閤羅鳳見他父親惶急，自己反而鎮定起來，笑出聲來，胸有成竹地說道：「父親大人，拿出您當年吞併其他五詔時的殺伐功夫來嘛，怕什麼的？我對他們兩方面的活動，另有看法。實在說，唐朝和吐蕃都深恐大理落入對方之手，所以總是步步為營，隨時設法控制對方進入雲南的通道。這有什麼打緊？南詔正可利用這個矛盾，好好來一手，把他們雙方都玩弄於股掌之上。如果父王相信為兒有這點本事，您就看我的吧。」

皮羅閣聽著，見閤羅鳳說完，就哼了一聲，說：「我不相信你要相信誰？死狗你果真有這樣的能耐，我就早些把王位傳給你。但你得留意，唐朝的劍南節度使王昱不是好惹的；吐蕃的宰相倚祥葉樂，也非一般貨色啊！」

閤羅鳳道：「我知道。」

皮羅閣見兒子胸有成竹，稍放了些心，同時也不想老是為這些事情煩惱，要清靜一下，便伸了個懶腰，說聲「好吧！」但立刻又說：「觀望三兩個月再說，也等鳳迦異長安行完成歸來，再作結論不遲。」

「那麼，我要去做我的事去了。」閤羅鳳不待他父親同意，回頭溜了。

十月中旬既過，閤羅鳳即與段儉衛和趙佺鄧詳細商量前往劍川會施望欠的事，趙佺鄧說：「從上關到洱源直至劍川，我們的人可以徹底控制，就照本來的計劃進行吧！我們出發到洱源時，再走半日程，便照他們約定的，前面兩騎斥堠，各離數丈，我混入『烏追旋風』中，則即使有什麼意外，也都能立予鎮壓，不致危險了。」

閣羅鳳問：「打前站的二人，你段儉衛外，是哪個？」

段儉衛答：「選定了，就是我弟弟段儉保，他本事比我好，他蹲身一彈可縱出三丈以外，雙手能靈活應用，箭也射不著他。段儉保膽大心細，在黑夜裡，能看出周圍任何的風吹草動，由他最先走，我離開五幾丈，跟在他後面，隨時與王子聯絡呼應。」

閣羅鳳說：「很好！不過，為什麼我以前不知道段儉保有這樣好的本事？」

段儉衛答道：「這種雞毛蒜皮事，王子其實也不必一定要知道，在目前我們南詔，所有忠於大王和王子的大小將兵中，有本事的人是很不少的。」

「那麼，我們何時離開大和村？」閣羅鳳問。接著又說：「此事最好不讓外間任何人知道；我也只把事情稟告大王一人。」

趙佺鄧說：「二十日一早我們就得離開大和村，『烏追旋風』一批人在喜洲等待；會合之後，預定二十一日在上關吃晚飯，當天夜裡，全部人馬再好好的配合演習。」

閣羅鳳微微點頭，又突然的問趙佺鄧：「在隊伍中，你的崗位如何？至少我得認出，是不是？」

趙佺鄧答：「我就在全隊之前，像領隊一般；他們自然都聽我指揮。至於本來旋風隊長董可當；副隊長刀康康則混在隊伍中，連我，這個隊共二十三騎。」

閣羅鳳又問：「乾糧呢？」

趙佺鄧答：「都備了，而且一路補充，也都準備妥當。」

在南詔大和宮中，皮羅閣曾經思索，南詔的勢力範圍是擴大了，但困擾問題也增多了。王妃死了這麼多年，自己成了真正的孤家寡人，兩個兒子，一個當了和尚，幸好和尚兒子早已是人子之父。天保佑的是長子閣羅鳳，真的是天縱英才，我後繼有人；似乎在適當的時候，王位可以傳給兒子了。將來遜位之後，到雞足山清清靜靜的度過晚年，豈不是好，唐朝吐蕃種種的麻煩，還是讓多人一竅的聰明兒子去操勞吧。

皮羅閣一邊思想著，再舉起酒壺，朝嘴裡傾，發現已只是點點滴滴，迫不及待，吼道：「酒！拿酒來！」

閣羅鳳已倏然站在面前，奏：「父王，怎麼搞的，連酒都沒有？」

皮羅閣罵道：「死狗！你只顧忙你的，我又煩又無聊，所以本來是一天一壺的；今天這時候就見底了，說明已喝得可怕。」

閣羅鳳像騙小孩般說：「您怎麼整戻大的壺！一天喝十壺也不算多；年紀稍大，喝些酒有什麼了不起？別大驚小怪！」說後，因見無人送酒來，更大聲的叫：「酒！酒！拿酒來！」

侍從已提著大銅壺進來，把酒倒滿小銅壺。

閣羅鳳對倒酒人說：「就把大酒壺放在這裡，你每天晚間必須來看，如是沒有了，就拿去把它裝滿，也把小銅壺裝滿。聽清楚了沒有？」

侍從答：「知道了。」然後怕怕的退出去。

皮羅閣這時，已是王顏大悅，說：「死狗你看，這酒都只聽你的話了；過些日子，我想我也要到雞足山上去養老了。」

閣羅鳳笑將來，說道：「那豈不是閣頗贏了？您從前不曾經罵他，說『堂堂男子，跑到雞足山修行，沒出息』嗎？」

皮羅閣高聲罵道：「死狗你話也不聽清楚，我說到雞足山養老，並不是修行。」

「好吧！不修行就不修行，但有一點，南詔江山是父親打出來的，曾祖父時，我們蒙氏只有巍山左近幾里地；而今，唐朝吐蕃都已對大理刮目相看。王位，父親必須坐一百年一千年！」

皮羅閣分外的歡喜，接著說：「閣羅鳳，別只顧討我喜歡，烏龜才能活一千年。從來，人最多也不過一百歲。不過，麗江大雪山那邊，有人竟活到一百二十幾歲，但總是鳳毛麟角了。我嗎？我能活到八十歲就謝天謝地了！」

閣羅鳳緊接著說道：「父王必定要超過此數。您試想，您如今春秋方近七十，牙齒一顆都不壞，胃口好，吃得動得，騎馬上路，視為家常便飯；活不到九十歲，我要把天都敲碎。父王大致也知道，那大象，牠們壽終時，多半因牙齒已經磨平到沒有了，一天吃不足所需要的東西，因此力弱體衰，終於倒地難起，換句話說，是餓死。父王牙齒好，當然長壽。這是很簡單的道理。」

皮羅閣與兒子對話，歷來是兒子贏，也從來是歡歡喜喜，在笑聲中結束。這時，皮羅閣問：「你還有別的事嗎？」

閣羅鳳答：「當然有。父親大人，我最近就要到劍川某處與施望欠會晤，我準備放他一馬，求個今後彼此相安無事。關於此事，我們目前絕不透露任何風聲；我此來就是稟奏這件事。」

皮羅閣輕描淡寫，對閣羅鳳道：「你要把施望欠貫起來，都是你的事，只不過，你不是為那隻小野馬吧？小心她踢破你的卵蛋！」

閣羅鳳居然顯露出幾分害羞，笑著答皮羅閣，說道：「憑瑟瑟這個小姑娘，她敢踢我；要是話不投機，我會立刻把她扯翻在地，一隻腳踩在她背上，兩手把她頭一扭，教別人知道，吐蕃兵殺人不見血的方法，我閣羅鳳也是老手。父王放心！父王大可放心！」

皮羅閣開心極了，笑聲像打炸雷般爆將出來，說：「兒子啊！兒子！我說『小心卵蛋』；瑟瑟這小妖精可不是好玩的，怎麼整是你的事，可得當心些就是了。」

閣羅鳳會意，大笑。

父子兩個，縱聲的笑……

十月二十一夜裡，上關兵營後面五里坡草地上，熊熊的火烤著小羊，四周擺滿大盤大碗，酒隨便的倒，一群人，男男女女，圍著火高歌談笑。這時，有一對男女因被推在人眾之前，那女的縱聲唱道：

「五里坡來五里坡，
再送五里不算多；
再送五里人來問，
親親表妹送表哥。」

一陣拍掌聲和歡笑聲響將起來。

男的接著唱：

「竹子婆娑一樣高，
砍根下來做短簫；
白天吹得團團轉，
晚上吹得妹心焦。」

不待笑聲停息，女的又唱：

「天上烏雲捲烏雲，
地上毛蟲趕毛蟲；

鳳凰只落梧桐樹，
小妹專等有情人。」

男的又接道：

「百般雀鳥百樣音，
不及畫眉三兩聲；
百般小曲歌會唱，
不如阿妹聲好聽。」

女的不示弱，用兩隻手比著，唱：

「小小煙管五寸長，
裝把黃煙送小郎；
小郎莫道煙管短，
人情還比煙管長。」

唱完，又一對男女站出人前，女的咳了一聲嗽，唱：

「一把芝麻撒上天，
肚裡山歌萬萬千；
墨江唱到麗江去，
來回唱個兩三年。」

男的迅速接上：

「山歌不唱不開懷，
磨子不推不轉來；
酒不勸人人不醉，
花不逢春它不開。」

女的搶著接道：

「小曲不唱忘記多，
大路不走草成坡；
有心同哥唱兩首，
阿妹年輕是非多。」

笑聲又爆出。這時，段儉衛大聲的對眾人說：「我想，請代理大軍將趙佺鄧兄出來唱一首，然後看那個姑娘能接上口，好不好？」

「好！真正好！」大家都在嚷著。

趙佺鄧毫不推辭，向前三步，響亮的唱：

「妹的心似山橄欖，
哥的心似白沙糖；
橄欖跟隨白糖煮，
初吮無味後來甘。」

不等誰請，一個胖姑娘跳將出來，說聲「我來！」便展喉唱道：

「哥的心似甜蜜糖，
妹的心似辣薑湯；
蜜糖放在薑湯內，
有點甜來有點香。」

快樂極了，許多人已準備出場一顯身手。這時段儉衛又站起來發號施令了。他大聲的對眾人說：「換個花樣，請一位姑娘先出來唱一首，然後請王子殿下對，好嗎？」

眾人高聲應「好！」

閻羅鳳見全場的人都看向他，舉起雙手，合起來作了一揖。

「誰出來？」段儉衛問。

一時間，大家都靜下來，面面相覷。

「哪個姑娘出來？快快！」段儉衛又問。

話剛完，有個非常靈活的姑娘，話也不說一句，站出人群，說：

「小妹願意與王子合唱一首，只是要請大家不要見笑。」之後就做出要唱的樣子。場中有些人在說話，交頭接耳，指指點點。段儉衛又高聲吼道：「靜！小姑娘要唱山歌了。」

立刻鴉雀無聲，只有烤羊肉的火堆中炸出嗶啪之聲，那靈活姑娘尖聲的唱道：

「天上星多月不明，
塘裡魚多水不清；
山中樹多迷了路，
小妹有人亂了心。」

一陣掌聲夾著尖叫聲，這時段儉衛把閣羅鳳逼出來，然後說：「王子，唱吧！」

閣羅鳳笑了笑，說：「有誰願代我唱一下；我怎麼能不顧一顧臉，四十多歲的人了，還唱什麼？」

段儉衛一點都不放鬆，說：「王子春秋正盛；方才趙大軍也四十多歲。別推啦！」

閣羅鳳遲疑了一下，右手伸起來搖了一下，說：「唱就唱，聽吧！」

「花開花謝年年有，
人老不能轉少年；
縱有不老長青草，
那能個個有情緣。」

全場歡笑，王子不但英俊，山歌唱得不比誰差。看情形，有的姑娘正躍躍欲試，想站出來接閣羅鳳的歌，段儉衛明察秋毫，這夜間的一場歡樂也非為了唱山歌，自應適可而止，因而他又高聲說道：「大家靜一靜，今夜裡的歡樂，原是為了王子牽領著旋風馬隊要赴麗江大雪山小遊，所以請了眷屬，以及這上關會唱山歌的男女來以示之意，現在，請彈四弦的彈將起來，願意跳舞的自管跳。」

四弦於是八方四面的「嘟嚕張、嘟嚕張、張嘟嚕嚕嘟張」的調出聲來；一位五十多歲的小老頭兩手夾著菸盒，跳將起來，「跨！跨！跨！」的彈出菸盒聲，雙手舞動，兩腳一彎一彎的踏著；全場情緒進一步活潑起來，一個梳著大辮子的姑娘衝到彈菸盒者的面前，面對面，用兩手的手指彈出「他他」響聲，扭動著腰，把整個青春少女的體態展現出來，流動著水汪汪的雙眼，像失去了理智一般。這時，口哨聲與尖叫聲四起，「跨跨」聲慢慢的一致起來，全場「跨跨」響著，彈菸盒的已不僅那小老頭，凡有菸盒的，都跟著在彈了。

不時，響起一聲「唷！合！」接著一陣「哈哈」大笑聲，這上關五里坡的歡樂，的確是歡樂了；這場歡樂的意義，當然也迅速的傳播開了。這就是段儉衛的障眼法，閣羅鳳要到川會施望欠的事。不但無人知曉，也可能無人相信。……

全數二十六騎的隊伍，十月二十九日快要黃昏時，已接近劍川壩。如何去法，是不是繼續往大路走呢？經過一番研究，決定照約定的隊形，緩緩的進行，閣羅鳳把閣頗給的白絲巾斜結在身上，段儉保在最前，他一手拉著韁繩，另一隻舉著長矛，矛上繫著一方白布，那是打暗號用的；段儉衛可以從約好的暗號，停止前進或緊急保護王子。

天快要黑了，大家都提高警覺，特別是段儉保，他真是眼光閃閃，耳聽八方。

就在這時，只聽「嗡」的一響，一支箭射來插入他前面不遠的樹桿上，段儉保一怔，隨即一搖長矛，後面段儉衛停止前進，其他二十四騎也瞬即站定。段儉保兩腿一夾，馬飛奔向前，他隨手拉下那支箭，箭上綁著一小卷信，打開一看，寫的是：「慢慢前行，立刻有飛騎直趨王子前帶路。一切安全，放心！」

段儉保回馬將信交給段儉衛，段儉衛再回馬奔到閣羅鳳面前，把信遞交閣羅鳳；閣羅鳳看後，想了一下，和段儉衛說：「你立刻去和趙佺鄧說，有一單騎會到我身邊，不用怕！不得射箭。」

段儉衛答：「是！」飛馬到趙佺鄧立馬的地方傳令。趙佺鄧登時和段儉衛說：「你想會是什麼戲法？」

「不會有什麼戲法，」段儉衛答。接著又說：「施望欠是講信義的人，他從來不玩花樣。再說我們王子豈是隨便讓人玩的？我們見機行事，隨機應變吧！」說後，回馬前進。遇到閣羅鳳旁邊時說：「王子謹慎，我們已提高警覺，準備隨機應變。」

閣羅鳳道：「不必緊張！沒有問題。」

段儉衛還未離去，一匹白馬飛騰而至，閣羅鳳和段儉衛頓時一驚，望向那白馬身上的人，還不等他們開口，只見那馬上的青年嫩聲嫩氣的對閣羅鳳王子說：「我來帶路。」

閣羅鳳絲毫不緊張，說道：「青年人，閣羅鳳王子已經往前去了！你聽見嗎？」

騎白馬的青年只笑了一下，並不說話，但吹了一聲「習」，走朝前面帶路，段儉衛和閣羅鳳說：「這施浪青年多英俊，但有點姨娘氣。」

閣羅鳳心中正想著別的，不注意段儉衛的話。閣羅鳳想的是：「他憑什麼知道我是閣羅鳳？霎時想到身上的白絲巾，也閃電般快速想到閣頗；想到沙多朗。」無形中打了一個寒噤。但，閣羅鳳止住複雜的思緒，來了一個「不入虎穴焉得虎子」的決心。登時和段儉衛說道：「跟著他去吧！」

那白馬上坐著的青年，有種什麼氣息？

也好像瞇著眼睛看人，面如冠玉；

他腰是狼腰，舉動高雅。

閣羅鳳想，可惜說話帶著姨娘聲。

當天午夜，遠見點點亮光，再走了一程，那騎白馬的青年回馬和段儉保說道：「您去轉告閣羅鳳王子，您們一行先在這村中住下，自有人招待；明天東方發白時，會有人來聯絡。」話說完，就飛馬遠去，無影無蹤。

這段儉保像著了魔，聽了那青年說完話，似乎一身想發抖；這是為什麼？他也想不出個道理，大致是這個男人太好看，舉動帶著教人不能不服從的一種力量。段儉保並沒有說話，只是聽了話後，呆了一陣；呆了一陣之後，才把意思告訴段儉衛，但加了一句：「阿哥，方才領路那青年人有點特別！」

十月二十九日轉瞬即逝，十月卅日東方發白時，突然有二十六匹馬到來。一共五十多匹馬，這山腳小村活了起來。閣羅鳳舉目一看，身在兩座高山夾縫中，除非長出翅膀，是不輕易可離開的，但察顏觀色，想起昨天午夜到後所得的招待，便非常的放下心來。

那來的二十六騎中，有一個瘦高眼窩凹進去的，要求與閣羅鳳王子說話。

閣羅鳳單獨接見，那人說：「王子辛苦了！我先代表施浪詔——施望欠向您致意。我們以蒼洱為中心，擴大點講是雲南；再擴大則該是孔明所稱的『南中』，所有的希望，只能寄託在南詔身上，也就是您閣羅鳳王子的身上，施望欠之所以要與您會晤，乃是從大處著眼，故所以，您勿須提心吊膽的，等一會，我就帶您往見他老人家，希望您最多帶兩個隨從。是不是這樣？」

閣羅鳳聽完，答道：「我先謝謝施詔看得起我，因為您是代表，我先向您說。會他老人家的事，就照您說的辦。」

閣羅鳳隨即把段儉衛叫來，小聲的對著他耳朵說了一陣；段儉衛隨即把段儉保叫來，然後對閣羅鳳說：「就是我們兩個跟王子去。」

閣羅鳳問那人道：「是不是就動身？」

那人答：「是啦！」之後，他就走到附近，把他的馬拉來騎上，說：「王子，就走吧！」才轉了一個大彎，眼前的山更高更險，閣羅鳳一抬頭，山間有大石洞。山邊斜坡上，有一小塊平地，遠望去，已有一個人孤零零的坐在那兒。帶路人下了馬，對閣羅鳳說：

「施詔已坐在那兒，王子您就過去見面。」

閣羅鳳和段氏兩兄弟跳下馬，閣羅鳳說：

「那邊坐著的就是施望欠，我將前去與他會晤，你兩個就在此休息。」

段儉衛說：「五臟廟要祭天地，我們不知要等多久？」

瘦高凹眼人接道：「有準備的，我也要祭五臟廟。肥羊美酒立刻就有人送來。」

閣羅鳳朝施望欠走去。

走不幾步，一眼望見，施望欠一頭白髮，眉尾也是白的，但面色紅潤，道貌岸然的坐在一張竹椅上。施望欠也已見到閣羅鳳向他走近，他立起身，舉起右手臂，對閣羅鳳表示歡迎的樣子。

閣羅鳳走近施望欠，作了一揖，口中說：「詔！後輩閣羅鳳前來拜候，您老人家好嗎？」

施望欠指著他面前的另一張竹椅，作手勢說：「來！來！坐下來；我盼望了很久，總算也有今日了。」

閣羅鳳遵命坐下，把身子立得直直的，說道：「向詔討教。」

施望欠咳了一聲嗽，清一下喉，眼睛直釘著閣羅鳳，和藹的說道：「不錯！果然是不凡，不愧是皮羅閣的兒子。閣羅鳳，你一路辛苦了？」

閣羅鳳道：「不算辛苦，倒有幾分興奮。」

施望欠：「怕不是吧？我想，你也許會有幾分緊張。既來之則安之，現在你定一定神，聽老夫嚕囌幾句。原則上，我同意不但蒼洱區前前後後、左左右右各詔應該統一，整個雲南範圍內，包括爨歸王他們各路，都應統一合作；要統一合作，以後才能生存。

閣羅鳳，這是大勢所趨，在唐朝與吐蕃的夾縫中，如果我們再自相抵消，總要被吞併的，不是被吐蕃吃掉，就將被漢族根本同化。

我約你來，是要把我的憂慮告訴你，也要把我施望欠的見解說一說。你明白了嗎？」

閣羅鳳聽了施望欠方才的開場白，已大大的放了心，笑道：「詔，後輩聽您指教啦！請毫不客氣的指教，勿須保留。」

施望欠說：「我知道你有這點能耐，我的估計不錯；漢人說的『秀才不出門能知天下事』，閣羅鳳，雲南的天下就將是你閣羅鳳的天下，我先向你祝賀了！」

閣羅鳳作揖，口中連說：「不敢！不敢！」

施望欠很爽朗的笑道：「什麼不敢不敢！你大概也同意，中原人有句話是『當仁不讓』；聽著，擔起來！我沒有什麼話要說，所謂我的見解也就包括在簡單的話中了。閣羅鳳，你往我後面山上望去，那是石洞，我所剩下的人馬就駐在裡面，我已不打算再東奔西跑，任由你處置就是了。不過，我直話直說，你將來要有效的控制以蒼洱為中心的雲南，必須有人才，人才決定一切，你必須有長遠的眼光，用高瞻遠矚的姿態，指揮若定。我女兒瑟瑟乃是很不錯的人才，可惜她是個女的，但不打緊，我把她寄託給你，你怎麼說？同不同意？」

閻羅鳳未曾料到施望欠會這樣的直率坦誠，心中又是高興又是害羞，一時不知如何表示，居然微微低下頭說道：「後輩曾經和沙多朗說過，想讓您老一家今後無憂無慮的過下去。」

施望欠見閻羅鳳竟一臉通紅，心中很是得意，對閻羅鳳說：「放輕鬆一些，我們立刻吃一餐早飯。」一說後，雙手拍了幾下，山一邊已有人抬著桌椅，大盤小碗，在他們對坐的右面擺設了酒席。擺好後，大家又都散去，閻羅鳳一眼望著，只有三個座位，心中正想著這早飯是要怎麼吃的，卻又見到有一個年輕姑娘人向他們走近。

施望欠和閻羅鳳說：「來的人就是小女瑟瑟。」

這時，閻羅鳳立起身站著，瑟瑟向施望欠跪下叩了一個頭，又轉向閻羅鳳一叩。

施望欠叫閻羅鳳坐到右邊吃飯桌的位子，自己也起身走過去，坐在主位，之後叫瑟瑟坐在閻羅鳳對面。閻羅鳳因有瑟瑟的到來，心裡的確非常的緊張，眼見面前坐著的瑟瑟卻竟又有幾分面善；瑟瑟若無其事向閻羅鳳好好的看了一輪，那閻羅鳳頓然一身微麻，很是好過。

施望欠說：「你們不是昨天就見過了？」

瑟瑟明顯的知道閻羅鳳已入五里霧中，啟口說道：「王子殿下，瑟瑟昨天黃昏時分身作男裝乘白馬，一度與殿下見過一面。」

閻羅鳳這時才想起來，眼前的瑟瑟，就是昨日黃昏時見到的美男子，怪不得覺得有些面善，這時他心中在想，難怪瑟瑟的名聲響徹蒼洱。她！大致比天上的仙女還要嬌美；地上為什麼竟會有這樣的尤物？此女似乎放射著一種任何人無法抵抗的力量，任何男人在她面前，可能也連說話的聲音都要小下去……

施望欠深知閻羅鳳眼前的處境，又為他歡喜，因為他喜從天降；又有點可憐他，因為他面對著美嬌娃不知何以自處？因愛而自慚形穢。這倒是可喜的男兒的表現，他厚重而無輕浮，他踏實而負責任。施望欠各自舉起酒碗，灌了一大口，說：「你兩個隨意喝酒吃肉吧！瑟瑟，為父決定把你交託給閻羅鳳王子，希望妳將來好好的輔佐他，事事要大處著眼，若是我兒不反對，為父就沒有什麼擔憂的了。」

瑟瑟舉起酒碗，對施望欠說：「父親大人，請喝一口酒，為兒謝謝您養育之恩了！」說後與施望欠對喝了一口，之後對閻羅鳳說：「王子殿下，瑟瑟三生有幸，懇祈收留，若是俯允，請喝盡碗中陽寧酒。」

閻羅鳳抬起酒碗，幾口把碗中酒喝完。

瑟瑟也一口氣把大半碗的酒喝將下肚。

太陽剛冒出東方山巔，閻羅鳳的情緒已經非常鎮定，膽量跟著酒的熱度充實上昇，他已胸有成竹，起身移近施望欠，口中說道：「詔，請受我一拜。」說時跪下叩了一叩，然後起身從腰間解下一塊『玉珮』，雙手交給瑟瑟，同時說：「這是我曾祖父細奴羅當年到長安時，唐朝的武則天女皇帝送給的玉珮，請收下作為一個紀念。」

瑟瑟雙手接下，好好放在施望欠面前桌上，然後從腰間解下一把「鐸鞘」奉獻給閻羅鳳，說道：「這是我父親給我的傳家寶，瑟瑟自十四歲起掛在身邊從未離身，這柄『鐸鞘』可能是當今蒼洱區絕無僅有的好鐸鞘了。」

閻羅鳳身邊也帶著一把鐸鞘，他解將下來獻給施望欠，說道：「這是我們蒙氏的傳家寶，據說是高祖父在巍山時的東西，敬請留下作為一個紀念。」之後就把瑟瑟所送的一把帶在身上。

施望欠是在欣賞那塊玉佩，然後又仔細看閻羅鳳送的鐸鞘。這時老人晶亮的雙眼射出光亮，說道：「天底下的事就這麼奇怪！方才換了主人的這兩把『鐸鞘』，乃是出自一位鑄鐸鞘師父之手。據說一共只有六把，每把的柄上都刻著『東巴經』；這裡已見兩把，其他四把不知在誰的手中？」

這時閻羅鳳再解下方才瑟瑟所贈送的鐸鞘，從柄上端詳，果然刻滿了納西象形文字。閻羅鳳無形中對施望欠深一層的崇敬。

這時施望欠把方才閣羅鳳送給他的那把遞給閣羅鳳，說：「你再看一下這把上刻的，是不是一樣？」

閣羅鳳又端詳了一會，說：「完全一樣，可惜我不懂納西象形文。」

施望欠咳一聲嗽說道：「你們怎麼懂納西象形文，就算在麗江，也只有作神弄鬼的一班覡爹司娘懂得了。別說納西象形文，相信你們就是連彝族文也不識多少；想一想，目前在整個雲南，縮小一點說蒼洱地區，懂得漢文的人有多少，就像瑟瑟，所懂的是藏文和漢文，你閣羅鳳當然有相當的漢文化根柢，因為你的岳父就是小孔夫子。看吧！漢文化遲早就要籠罩下來，使我們地區的各種族無法反抗；否則就是藏文喇嘛經，很可能將不僅止於雞足山的和尚在唸，那麼，我們是不是沒有自己的文化？這個，所以我始終認為，如果我們各兄弟族不從遠處看，不攜手合作，則不亡於唐朝也將亡於吐蕃。」閣羅鳳茅塞洞開，欣見施望欠真正的思想與為人。突然間靜下來不發一言。

施望欠眼見閣羅鳳對自己萬分恭順，五體投地，乃趁機說道：「閣羅鳳，有一事你須緊記在心。就是，我們既然見面，披肝瀝膽，這就是我施望欠與南詔的金石之盟，我的過去，甚至我與任何人的盟約均已無效，今後你聽到任何的舊事，儘管一笑置之。」

閣羅鳳答了聲「是！」之後，竟又低頭沉思。

施望欠眼見閣羅鳳進入沉思，打破沉寂說道：「南詔王子，對於我把瑟瑟交託給你一事，你有什麼困難嗎？」

閣羅鳳答：「並無困難，只是我想，一個月之後我再派人來迎接瑟瑟公主。我現在想要知道的是，您老人家願不願到大理或其它任何地方居住？」

施望欠說：「我已選定在這劍川石窟中隱居，殿下只要下令南詔轄下的所有勢力，不得來侵擾就行了。至於須一個月之後始來接瑟瑟，就照你的決定，我們今天的會見可以就此結束。不過，把飯吃好再說。」

閣羅鳳如釋重負，心中無限的興奮，蒼洱區最好看、最嬌豔的瑟瑟居然成了自己這方面的人，但是我要怎樣處理她呢？想到此，不免又有幾分煩惱，因為此事不能公然的告知高潔清；然而如果不告訴高潔清，她遲早也必然會獲知，那就更不好處理了！想到這一層時，閣羅鳳很不自在，我為什麼不能隨心所欲？我是這麼的不自由嗎？幸好無論如何，只要我不顧禮節，不顧什麼廉恥時，高潔清要阻止是無能為力的。

早飯吃過，瑟瑟先告辭閣羅鳳退去了。閣羅鳳清楚的看著她離去的後影，那麼的苗條豐滿，那麼的飄逸卻又厚重。這時施望欠對閣羅鳳說：「那末，王子可以離開此地了。我很高興我們彼此的會見，沒有什麼不愉快的問題發生。」

閣羅鳳作了一個揖，轉回頭。那高人已把閣羅鳳的馬牽到面前，會同段家兄弟，回到山間小村，所有的人正吃得歡歡喜喜，見王子滿面春風，都交頭接耳，交換意見。段儉衛近前，聽閣羅鳳說了幾句話後，高聲的宣佈道：「大家吃飽後，就得啟程，趕回鄧川好好的休息。」

段儉衛話方完，小村前飛來一騎，他是沙多朗。閣羅鳳驚喜的高聲叫道：「沙多朗，你真是來去無蹤，實在的有點神祕了。」

沙多朗小聲的和閣羅鳳說：「小的此來，也不過為保護殿下，有一個奸細，是吐蕃來的，他在洱源一帶探問得太出形跡了，方被捉來拷問，終於他招認，說至少有五十個藏人殺手潛到鶴慶麗江一帶，因為吐蕃盛傳王子要到麗江遊玩。我看到王子在這裡就好了，您大致要返回大理去了吧？」

閣羅鳳說：「是了！勞累你了，那奸細說的，就別去理吧，沙多朗，你是不是可以來跟我？」

沙多朗答：「目前我還有別的事要做，過一段時間，我定要來投靠王子的。現在我就要走了。」

閣羅鳳說：「好吧！但你也要小心些。」

沙多朗去後，閣羅鳳把段儉衛和趙佺鄧叫來，告訴了沙多朗方才說的話，段儉衛說，所以我們出發到上關時，故意擺了個烏龍，說王子要到麗江遊玩；似乎吐蕃處處在注意我們南詔的事哩！

閣羅鳳一行二十六騎，匆匆趕回大理。

第二天一早，閣羅鳳便到大和村見皮羅閣，皮羅閣一見到兒子，就笑著問道：「怎麼樣，碰到施望欠啦？他大致把你說服了。」

閣羅鳳深知皮閣羅眼光銳利，答道：「父王真是了不起！為兒果然是被那白眉老頭說服了，幸虧他那一套並未逃出我事先準備好的圈子；父王難道忘了？那圈子原還是您所劃的，總之，不外放他一馬，以後不拿他了；就讓他們這一小群人在劍川活下去。這，父王寬宏量大，沒問題吧！」

皮羅閣當然也深知兒子的迂迴戰術，不答他的問題，而笑呵呵的反問：「這大致是那匹小野馬為交換了？直話直說。」

閣羅鳳道：「父王，說正經的，施望欠那姑娘是懂得韜略的，武藝也不錯，站在大前提下，施望欠認為將來只有由蒙氏統治整個雲南，甚至還要大一些；因此他要瑟瑟來協助南詔。」

皮羅閣大笑，說：「是啦！所以我前次就告訴你，當心那小野馬踢破你卵蛋；我再警告你，不管你怎樣的養她，可別讓高潔清知道；務必把馬槽擺遠些。」說後還在笑。

閣羅鳳見他父親那麼開心，轉個話題說：「鳳迦異怕是在長安好過了，說不定將來唐朝果然會招他做駙馬哩！父王，他們當然要相當時間才會轉來。最近，西川方面您有什麼消息嗎？」

皮羅閣對兒子說：「死狗別瞎扯了！你恐怕現在想的，就只是那匹小野馬了；還管什麼西川東川，說實話，唐朝和吐蕃近些日子來，都很注視我們南詔，你必須步步為營；因為，遲早我總得蹺腳，讓不讓這詔位都是你的。對啦！閣頗最近來見過你沒有？死和尚，也不來看看我，從鳳迦異動身那天來過後，就再沒有來了。」

閣羅鳳見氣氛和緩，他父親轉了話題，就見風駛舵道：「閣頗恐怕也一直在關心著我們南詔的處境和未來前途的，別管他吧！父王，還有什麼吩咐？」

「沒有了，你被鬼打著要跑了。」皮羅閣已同意兒子離去，說後又加一句：「你可別忘了去和高潔清過一過，她這些日子心焦焦的。別提會施望欠的事，女人心細，她不免會想到那小妖精瑟瑟，你未來的日子就不好過了。去你的吧！」

閣羅鳳反身就走。

見了高潔清，心情馬上就嚴肅起來。

那高潔清一見閣羅鳳，就忙著擺椅子，脫鞋子，倒茶。閣羅鳳坐定，問道：「有沒有找點什麼藥草吃吃？看妳身子很差，要保重。」

高潔清答：「沒有什麼，曾找些蟲草來煮雞，吃了不少。您在外間辛苦，也要多多保重；我又不知您什麼時候回來，要不我準備些給您吃吃。」

閣羅鳳說：「不要白操心了，我吃什麼蟲草；妳盡量的吃吧！妳怕是掛心妳父親和兒子，弄成這個樣子；我方才還和父王講玩笑，說也許長安會給鳳迦異個什麼公主，妳還是放放心心的吧。」

高潔清總是不苟言笑，答道：「我關心的反而是鳳迦異要幾個月不接近書本，學問如『逆水行舟』，不進則退；別的我並不焦慮。」

一聽說讀書的事，閣羅鳳就覺得很不開胃，口中卻答道：「是啦！不進則退，等他回到大理，再好好的逼他多讀些。」

高潔清並未洞察閣羅鳳的思緒，又說：「鳳迦異動身之前，剛把『中庸』讀熟，這一去，回來又得重讀了。」

閣羅鳳心不在焉的說：「中庸，中庸！很好！很好！」說後，立起身，去搬來酒罈，抬起倒滿一碗，端起來喝了兩大口。高潔清看在眼裡，因方才要幫忙也來不及，連說：「該死了！我竟不倒酒給王子。」

閣羅鳳再端起碗一喝而盡，再又抬起酒罈倒滿一碗，高潔清嘴不敢講，心裡很是不高興，但終於說道：「酒能亂性，王子還是節制些，少喝一點。」

閣羅鳳總有幾分怕高潔清，說：「兩碗，聽妳少喝一點；就只這兩碗。」

人雖工於心計，但有時往往計算錯誤。要不是那兩碗酒，閣羅鳳因聽了「中庸」這兩個字就已不想耐下去，他藉酒的熱力把對漢文化侵襲的反應從意識中驅散，以致終留在高潔清房裡，因而也無形之中，又聽了些「大道之行也」一類的東西……

閣羅鳳無時不在想，施望欠講的話是高瞻遠矚的，以蒼洱區為中心的整個雲南，如果不統一，不是將被唐朝融化，就要遭吐蕃吞併，他父親皮羅閣也是眼光銳利的，已洞察他目前所關心的是「那匹小野馬」。是的，閣羅鳳一直在想，怎樣安排瑟瑟？

在聖鹿坡附近蒼山之前，閣羅鳳終於建了一座花園，種滿了茶花和牡丹，在蒼翠的綠樹叢中，築了幾間小瓦房，從這聖鹿小花園，有彎曲小路通往清碧溪；清碧溪才是蒼山的精華所在，它是仙境中的仙境；走向清碧溪的山道，所見是巉崖壁立，是清澈碧綠的流水，曲折小徑間時有怪石突出，崖上老松茂密，聽了長時間的流水聲後，便迎面見到清碧溪；清碧溪的水清得似乎沒有極限，像一大塊綠色水晶，發出淡淡的翠綠色。

認真的看，可以見底；一潭清溪在山崖和老松之間，溪邊是地氈樣的綠草地，草地上擺著各式各樣並不整齊的石塊。

從聖鹿坡去清碧溪最好是騎馬，也要會騎馬的人，也才能騎著馬去清碧溪……

冬天過去，春季到來，聖鹿坡開遍山茶花，閣羅鳳把一個使命交給儉衛、儉保兩兄弟，他們帶領著三十六匹馬，馱著許多東西，去送給施望欠，最重要的是迎接瑟瑟公主來大理，請她把所要帶的人一起帶來。

閣羅鳳焦急的等待著，他稍稍顧慮的是怕來到之後消息走漏，不消說更怕走漏到高潔清的耳朵裡。這樣的事情由段儉衛來辦，消息怎麼會走漏？真是人不知鬼不覺，這倆兄弟保駕著穿上男裝的瑟瑟，另外有兩個老婆子和一個十多歲的小姑娘，都是隨身侍候瑟瑟的人。這一行人，黃昏過後許久才到達聖鹿坡，當天夜裡，那聖鹿小花園中，有個小小的宴會，除了閤羅鳳，就是段家倆兄弟；為了陪瑟瑟，稍後還把兩段的妻子也接來。

閤羅鳳佈置了一個很舒適的家讓瑟瑟住下，周圍有層層的保護網。閤羅鳳並沒有住下，他似乎不知道要用什麼藉口住下。瑟瑟若無其事，她談笑自若。這聖鹿坡小花園好住極了；瑟瑟不是在花叢中散步，就是騎著馬在周圍觀賞，她並不離開花園範圍。閤羅鳳不時騎著馬從練兵營而來，他對瑟瑟以禮相待，小心翼翼；瑟瑟始終談笑自若，不焦急什麼，也不懷疑什麼，話語中常令閤羅鳳笑起來，一點不傷大雅，輕鬆活潑。

和每天一樣，今早也只兩個人在吃飯；油炸的小鹿肉擺在桌上，瑟瑟說：「殿下，有餚無酒，像什麼話？」閤羅鳳答：「是！我真疏忽。」又加上一句：「但是，這屋子裡不是有酒嗎？」

瑟瑟說：「酒能亂性，我怕殿下不許呢！」

閤羅鳳接道：「這像漢人的口氣。」說著走到屋角提過一罈酒，把兩個空碗擺上，說道：「我們本是喜歡酒的民族，來吧！」

他倒滿兩碗。

瑟瑟捧起面前的酒碗，對閣羅鳳說：

「殿下，我敬您一口。」之後大喝一口。

閣羅鳳舉起碗，牛飲，三兩口喝乾，順手提起酒罈斟滿，也為瑟瑟添滿。

瑟瑟捧起碗，湊近嘴，說：「來吧！酒能亂性。」猛猛的喝了兩口，之後和閣羅鳳說：

「殿下，恕我冒昧，我覺得您沾染了幾分高清平官的味道。」

閣羅鳳問：「漢味嗎？」

瑟瑟說：「非禮勿視、非禮勿言、非禮……」

閣羅鳳搶著說：「據我知道，公主的漢文根底非常的好。」

瑟瑟說：「再好也比不上儲妃高潔清。」

閣羅鳳道：「管什麼高潔清？吃好飯讓我帶妳往清碧溪看看。」

瑟瑟當然聽過，清碧溪是大理最美之所在，答道：「那就快！」於是，把碗中酒喝盡，吃了點肉。問：「清碧溪是有水的了？」

「水清極了！」

瑟瑟飛快的整理了頭髮，帶著一個小包，對閣羅鳳說：「走吧！」

閣羅鳳叫跟瑟瑟來的小姑娘，說：「妳到那邊小草房前說『備馬』，會說嗎？」

不一會，兩匹雄赳赳的馬已在等。

閣羅鳳對馬伕說：「你們不必跟馬，馬料也不要。」

閤羅鳳為瑟瑟墜著馬鐙，讓瑟瑟踏上，翻身上了馬，閤羅鳳翻上另一騎，兩腿一夾，朝前帶路；不一會並騎而進。

身為南詔王子的閤羅鳳，終於與享譽蒼洱區的美人並騎而行；閤羅鳳開始進入一種新的感覺中，浪漫和無拘無束，與和高潔清在一起時全然不同。瑟瑟那麼的輕鬆，一貫的顯示著無所謂的樣子，時常的帶著愉快之色，笑起來時，眼睛看向與她說話的人，發射出足以令人要歌唱的力量；看向她的眼睛，感覺是舒服的，心情是躍躍欲試，想與她山盟海誓，甚至願意為她終身服役……

此時的瑟瑟，用一條從長安來的白絲巾束著頭上的烏雲，深紫紅色的上衣，兩袖和衣邊鑲著白邊；衣僅及肚皮中間，細細的腰枝是露著的。下身的裙是短及膝頭，裙間繫著銀鈴，與手指頭一般大小的小銀鈴；裙的顏色是黑的，銀鈴像星兒掛在夜空，小腿綁著黃白紅幾種顏色交合的綁腿，一雙布做的、白邊小短靴。

紫紅上衣背上揹著箭囊，一望有三幾支箭，弓卻拿在手中把玩；黑裙以白麻編的帶子繫著，右邊掛著鏵鞘。

閤羅鳳細細的欣賞；心想，這才是蒼洱區的顏色，始是鶴麗劍的丰姿，不由的噓了一次口水。他想找話和瑟瑟講，要輕鬆的話，自己本來是活潑輕鬆的個性，只因受漢人的潛移默化，漸漸的莊重起來，這許多年來，除了和父親及一起長大的幾個好友講話還痛快之外，似乎就無法隨心所欲，不能自由自在，而這種的約束力量卻又是自發的，並沒有別人硬逼著非如此不可。就因為這樣，近兩三年來，闍羅鳳逐漸感覺著，中原儒家行規蹈矩的行為思想，已逐漸的束縛著他的情感，他的心，很可能將束縛他的行動和雙手；他自以為是這般想著。

闍羅鳳的坐騎，這時因馬兒貪吃山邊綠綠的籐子，遲了一步；闍羅鳳勒馬趕上，卻走在瑟瑟右邊，他一眼看見瑟瑟帶著的鏵鞘，問道：「妳還帶著一把鏵鞘？」

瑟瑟答：「這把就是殿下送給父親那把，我臨離開他時，父親又給了我。我從十四歲起就帶著這東西。出門，特別是騎馬，若是沒有鏵鞘，不帶弓箭，真不習慣，我會覺得害怕；若是帶著這兩樣東西，什麼野獸我都就不怕牠了。」

接著瑟瑟說：「聽說清碧溪乃是蒼山的仙境，我真高興王子連馬伕都不帶來。」闍羅鳳立刻接道：「我真想不讓別的任何人與妳接近，和有太多的時間看到妳。」瑟瑟道：「這才算是闍羅鳳王子講的話，我由衷的喜歡。」

對話間，路已漸窄，兩騎已無法並行，闍羅鳳便走在前面。

他們正向仙境走去，老松之下，山崖墜下垂籐，籐上繫著黃花，小路邊潺潺清流，清流中，有潔白的石子，清流上有落花逐流。

彩蝶紛飛，小的如手指頭大；大的比手掌小。驟然間，一隻穿山甲從崖子上滾了下來，闍羅鳳耳邊「嗡」的一響，穿山甲中箭伸直，回頭一看，瑟瑟射箭的右手還沒收回，瑟瑟一個微笑，闍羅鳳一臉的愛意，口中說道：「妳多殘忍！」

瑟瑟答道：「王子敢莫是把閻頗上人的話認真了？莫殺生，莫殺生！」

閻羅鳳問：「妳認得他？」

瑟瑟答：「不是我認得他；有認得他的人認得他。」

「喇嘛就知道不殺生。」閻羅鳳說。

瑟瑟道：「那得要看在什麼情形之下。」

閻羅鳳又說：「無論如何方才那穿山甲太無辜了！」

瑟瑟道：「牠的確無辜，但我『射』的習慣幾乎是下意識不加思考的；除了我意識中容納的東西，其餘的動，既然敢在我眼中動，我就得使其不能動。無辜死在我箭下的生命可多了。」

閻羅鳳打了個寒噤，說：「可怕！可愛！一千個可怕；一萬個可愛！」

瑟瑟：「這才像閻羅鳳王子說的話，這才是我喜歡的聲音；這才是我愛的念頭。一千個精彩！一萬個精彩！」

閻羅鳳似乎已被溶化，已被征服，他的情緒萬分的愉快而添了翅膀；可以飛上青天，飛入所喜歡的人的心中……

就在這一瞬，山谷間響起清脆的歌聲：

「嘿，喲和！喲和喲嘿！
半山彩雀飛過崖，喲和！
彩雀問我哪裡來？
我是天上孤單雁喲。
聞見花香下塵埃喲，喲和！嘿！」

戛然停止，立刻山間回聲連連不斷。

閻羅鳳當然知道就是瑟瑟唱，她唱的可能是卡蘭民歌。聲音又高又潤，一時間山鳴谷應，原始的氣息多生動，多美！閻羅鳳大聲的讚美道：「瑟瑟啊！瑟瑟，妳快些來把我一箭射死吧！提防我會把妳活活的吞到肚裡嫌太少。啊哈哈！哈哈！哈哈！」

瑟瑟也跟著「哈哈！」了兩聲，說：

「閻羅鳳王子啊！這才不辜負蒼山之美，才不辜負清碧溪這仙境啊！」

閻羅鳳興奮極了。

這時，清碧溪已在眼前，那絕塵的自然之美，似乎有一種神祕的力量在主宰著，教人油然而生解脫之念；心像面對著的水一塵不染。

兩人翻身下馬，面對著，表露著愛意。

瑟瑟走近清澈見底的水邊，靜靜的看著，一對鴛鴦滑入，碧綠的水格外顯出光彩；一圈圈漣漪中，無數對鴛鴦反覆在水裡穿梭往來。

閻羅鳳望著面對清碧溪出神的瑟瑟，說：

「瑟瑟公主，閻羅鳳把這潭水送妳了！」

瑟瑟答道：「以後只叫『瑟瑟』，不要再稱公主。閻羅鳳，我也不再稱王子稱殿下了，您允許嗎？」

閻羅鳳：「一言為定！」

瑟瑟然後說：「這水是我的了？」

「是妳的了！」

瑟瑟走近她的坐騎，從一個小包中取出一塊長巾，迅速在馬後把一身衣脫丟在草地上，用綠色長巾裹著下身，再走將過來。閻羅鳳不知如何是好？眼前的尤物上身已一絲不掛，要轉身，要走開是多餘的，也來不及。瑟瑟並未為閻羅鳳著想，她若無其事，和閻羅鳳笑瞇瞇的說：「我要跳進您給我的清溪，好好的與這潭清水親熱一輪。」說時，輕輕把身子一彈，已經非常之美的形體上，頂著兩粒櫻桃的豐滿閃動。

閻羅鳳心裡在叫「我的天！」表面卻裝出不在乎的樣子說：「妳諳水性？不怕凍著？」

瑟瑟說：「大理的氣候，夏止於溫，冬止於涼；蒼山雖積雪，清碧溪的水卻凍不死我，何況我並不怕凍。」

真是說時遲那時快，瑟瑟已跳進清碧溪，像一尾魚，悠游在能見底的清碧溪中，不時的和望著她的閣羅鳳說：「真太好了！真太好了！」

閣羅鳳也跟著說：「太好！太美！這才是不辜負這潭水呀！」

瑟瑟卻說：「我說呀！這才不辜負瑟瑟；不辜負閣羅鳳。……」

游罷，瑟瑟迅速再到她坐騎取來一方白巾，走來交給閣羅鳳，說：「請費神和我揩乾。一身凍得很，但我喜歡。」說後閉上眼睛。

閣羅鳳問：「怎麼閉眼睛？」

答：「不過是使你方便。」

閣羅鳳見瑟瑟這麼的招引，就好好的把瑟瑟一抱，有點瘋狂的向她身上和臉上死命的親，稍後，自言自語的說：「真想喝口酒哩！真可惜沒有酒。」

瑟瑟這時已經全解禁，說：「等下！」然後又到坐騎，從袋中拉出一個皮囊，走來遞交閣羅鳳，說：「酒！」；「快喝酒驅寒！」

又接道：「有肉，還能沒有酒？」

閣羅鳳一想，大笑起來，同時把皮囊交給瑟瑟，瑟瑟也喝了一大口。

就在清碧溪畔，閣羅鳳與瑟瑟擁作一團，就在清碧溪畔，他們倆以草地為蓆天為帳。當然，他們有很多話交換；閣羅鳳還說：「那兩匹馬，是眼福不淺了。」

從此，高潔清漸漸的被閣羅鳳冷落；瑟瑟已成了閣羅鳳的肉中肉骨中骨。閣羅鳳已很難離開瑟瑟。

一天，皮羅閣把閣羅鳳叫到王宮，對他說道：「知道你這些日子被妖精迷著，所以沒有叫你來；要告訴你的是，那唐朝的劍南節度使王昱，前此去偷襲安戎，圖切斷吐蕃入雲南的路道，結果失敗，被長安一道欽令貶死。現由一個叫張宥的繼任劍南節度使。王昱本該死，單我透過高康定送給他的金銀財寶就已不知多少？這張宥不知是什麼材料，你要加倍留意。」

閣羅鳳說道：「大致也是貪金貪銀的，唐朝遠道的官，好的是鳳毛麟角了。我會加倍注意就是。」

皮羅閣又叮囑道：「那小妖精的事，最好別讓高潔清知道；無論如何，她是知書識禮的漢家女，這些日子，高康定和鳳迦異遠在長安，連西川這邊都有混亂，劍南節度使說殺人就殺人，你媳婦看來是心焦焦的，好聽的話還是得說些給她聽聽。高康定是我自小的朋友，我總覺得，他們高家對南詔是有功勞的。這一點，我希望你記得。」

「是啦！父王，我永遠記著。」閣羅鳳答。

閣羅鳳因今天與父親對話頗沉重，想把氣氛轉變一下，一時不知說什麼好，但因天冷的關係，大膽的和他父親說道：

「父王，天氣很冷，老人家還是找個小姑娘來暖暖腳吧！」

皮羅閣罵道：「死狗！去你的吧！我要人暖腳還等得到今日？自你母親過世，我就一直這樣的過，我並不需要女人。」

閣羅鳳說道：「父王是了不起，多少個冬天，只吃鹿茸，不要小姑娘暖腳。對啦！說起鹿茸，父親還有吃的嗎？」

皮羅閣答：「還有的。」

於是，又說：「還算你說起鹿茸，等一下你拿些去給你女人；她也可以吃些，身體那麼弱。」說完話，就轉頭取下一個土罐，說：「等下你就拿去，我還有。」

南詔王不知什麼事不很開心，就和兒子說：「你就去吧！告訴高潔清，吃鹿茸須忌蘿蔔，不然等於白吃。」

閣羅鳳慶幸手中提著鹿茸，不然見了高潔清就無話可說了。見了高潔清，就裝得理直氣壯的說道：「前些日子，妳說吃蟲草，也不見妳好些；這是父王那邊拿來的鹿茸，妳吃吃瞧瞧，看合不合？」

高潔清答：「虧你在心了。我所焦心的，是王子要注意身體。」

閣羅鳳覺得，高潔清的話帶著刺，但只好裝不知道。這兩個人的相處，最近以來，已經沒有什麼樂趣，表面上的相敬如賓，已經虛假到毫無誠意，閣羅鳳自己知道，高潔清早從感覺中領略了別的事，與閣羅鳳之間，大半是應酬的成分居多。特別是最近以來，閣羅鳳每次來到，都神不守舍，心不在焉。聰明如高潔清，哪會有不懷疑的？

閣羅鳳見十分的沒趣，說道：「我還得趕到喜洲去一見董芝貴，聽聽他對當前局勢的看法。妳好好保重。」說後，溜了。

董芝貴是有其人的，他是喜洲權勢人物。但閣羅鳳這時不去喜洲，他趕回聖鹿坡，去找在冬天還居然敢跳下清碧溪翻了一陣子的瑟瑟；目前只有勾魂魄的瑟瑟，足以使閣羅鳳精神百倍，雄心萬丈。因為，瑟瑟不單只和閣羅鳳談情說愛；不單只把世上少有的美色無條件的奉獻給他，她還和他談論唐朝、吐蕃與南詔之間的這一盤三角關係的棋；她和他說，每下一著棋，南詔都得一石兩鳥；對唐朝或吐蕃投來的每一粒橄欖，都得思前想後，萬不能輕易咬一口。閣羅鳳曾經問瑟瑟，究竟從哪兒得來的韜略？一個二十多歲的女人，為何就這麼的了不起？

瑟瑟從來安之若素，只說自小就聽她父親談論天下事，她去過西川，也到過吐蕃；登過雞足山，暢遊過鶴劍；凡吐蕃的語言風俗，鶴慶、麗江及劍川三地的民情山歌，她都清楚認識。

有了瑟瑟，閣羅鳳更加生氣勃勃，英姿愈見瀟灑，野心也愈來愈大；他所關心的範圍，已不僅是蒼洱周圍，而是整個的雲南。在雲南接近交趾的地區，以及接近白馬禪國的邊區，多少種類的民族，都是蒙氏的親戚或友族，而都被中原打從漢朝起，就視為化外蠻夷之邦；這些地區都必須統一在南詔統領之下，才能抵制吐蕃的虎視眈眈，也才能免於被漢文化所溶解；唐朝一直用分化和各個擊破的手段，牢牢的牽制著南中地區，從漢朝以來就已經營的南中，曾深受孔明的威震和懷柔並行的影響，漢人的文化潛移默化地使這非常富厚的地區傾向中原，漢人乃是以所謂王道方法，使南中各民族逐漸喪失獨立的意志。可惡之極！但是難以招架，無從反抗。

閣羅鳳在心深處，逐漸滋生建立以蒼洱為中心的南詔帝國，於是也逐漸的尋找反對漢文化侵襲的依據，但別的不說，就在大和宮蒙氏本身，清平官高康定是小孔夫子；自己的妃是漢家女，連兒子也是彝漢混種，他還遠在唐朝；蒼洱地區也還有很多的漢人居住；劍南節度對蒼洱區，小至雞毛蒜皮的事又都瞭如指掌。因而，要抖去漢文化的灰塵談何容易，那灰塵不是在衣裳和皮膚上，而是在心和靈魂上，甚至在感情和習慣上……

大理的冬天，雖然時有大風颳來，但卻正是喝酒吃肉的好時光。在皮羅閣治下的大理，表面上似風平浪靜，但從四面八方傳來的大事小事，殺人放火，其內容都不簡單；這種外強中乾的局勢，不必說唐朝的劍南節度是明瞭的，吐蕃也是非常清楚的。

暗地裡，劍南節度使張宥想拔取安戎，使吐蕃入侵南詔之路斷絕，他遣章仇兼瓊到長安稟明這種意圖，同時又與劍南採訪支使鮮于仲通進行商議，人事上發生了摩擦，終於張宥的劍南節度使的官位被章仇兼瓊奪去，再與鮮于仲通合作，用了心機，把安戎一舉拿下。

新的劍南節度使章仇兼瓊攻佔了安戎，消息傳到大和村，皮羅閣有點緊張，這章仇兼瓊勢必在唐朝得勢，其人勢必囂張起來，將來就不好應付了。於是，皮羅閣又把閣羅鳳叫到面前，尋求預防良方。

閣羅鳳滿面春風，到了皮羅閣面前，說道：「父王又想起什麼來了？」

皮羅閣罵道：「還有什麼說的？你就是被小孤狸精給迷住了。我說，死狗！新的劍南節度章仇兼瓊絕非軟弱之輩，我們得倍加提防，他已迅速把安戎攻佔，旨在杜絕吐蕃入雲南之道，但他的下一步棋是什麼？我父子兩個總得猜得著些才是。閣羅鳳，你就以為我們的日子可以高枕無憂了嗎？」

閣羅鳳想了一下，仔細的看了看他父親的神情，毫不緊張的答道：「父王在上，我們當然可以高枕無憂。這還不簡單，唐朝見我們南詔壯大起來，怕將來控制不了，於是先把吐蕃來路的門關好，之後再在雲南製造分裂，以收牽制之效。這就是漢人的故伎，我們並不是睡著了；我正計劃把拓東那邊，以及近西川宜賓這地區的東爨各股勢力攏絡好，章仇兼瓊就算有三頭六臂，也不動父王一根毫毛。父王看兒的吧！」

皮羅閣聽了開心極了！說：「死狗！不簡單，不簡單！你這些見解莫不是那施望欠的女兒提供的吧？」

閣羅鳳福至心靈，答：「父王怎麼這般自己糟蹋？那施望欠乃是敗兵之將，靠我們刀下留情；父王是滅了五大詔，長安封之為雲南王的人傑，所以，您的兒子的韜略，還會不如施望欠的姑娘嗎？」

皮羅閣笑起來了，說道：「死狗！你真會討我高興。但說正經的，你有什麼方法可以把拓東那邊的各股勢力攏絡一下？」

閣羅鳳答道：「父王放心好了，我總是夜以繼日的在想法子。俗話說『虎父無犬子』；我閣羅鳳總也要以父王為榜樣才對；騎在驢背上看書，叫章仇兼瓊走著瞧。對了！父親大人，下關原來有塊寫著『孔明擒孟獲處』的碑，我叫人把它打碎丟了；我不喜歡，很多人也不歡喜，順便稟明一聲。」

皮羅閣道：「打碎就打碎，你不喜歡，漢人可歡喜；打碎了，將來還會有新的。不信你等著瞧。」

皮羅閣與閣羅鳳倆父子的對話又在輕鬆氣氛中結束，所談的事好像不了了之。

閣羅鳳又一次把他父親玩弄於股掌之上，飛馬回到聖鹿坡，就叫人把趙佺鄧傳來，細細的講了一陣。當天，趙佺鄧的手下到了下關，把『擒孟獲處』的碑打碎，就地掘土埋了。

當閣羅鳳與瑟瑟談起這件事來時，閣羅鳳發現，別人比他高一著。瑟瑟說：「那塊碑不應該打碎，讓雲南境內不是漢人的人省思；讓漢人自驕；讓漢人覺得這是漢人的天下。而您——閣羅鳳從速靜靜的、有力地把這所有原不屬於唐朝的地區控制起來，把人心凝結起來。」

閣羅鳳茅塞頓開，對瑟瑟更加的心愛意愛。當聽了瑟瑟講了方才的道理，冷冷的加了一句，說：「那末，瑟瑟又統治著閣羅鳳！」

瑟瑟趕忙說道：「什麼都是您的，還有什麼統治不統治？要有興致，進裡面上床去統治吧！」

講究詩禮傳家的漢家女高潔清，與也是彝人與卡蘭的混種瑟瑟，兩個女性是全然的不同；一個是那麼的含蓄退讓，另一個卻活潑進取。似乎兩種文化在閤羅鳳心靈上摩擦，他已由複雜進入簡易，這簡易正深解複雜，同時也正演化出另一種生動的方式，它原是閤羅鳳血液裡就已存的本性，豪放不羈，隨心所欲，事事聽其自然……

瑟瑟建議閤羅鳳祕密的到拓東地區跑一趟，最好是把沙多朗找到，帶上施望欠的一些紀念品，到了拓東見機而行。

不幾天，一切就緒，閤羅鳳先遣去化裝為行商的隨從，親自帶著沙多朗和段儉保等一共十多人，帶著一些奇奇怪怪的禮品；其中有幾件玉器，也有施望欠致爨歸王、爨日進等大鬼主的密函。這次行動是十分祕密的，幾乎是神不知鬼不覺的，前後費了六十多天，諸事順利完成。

不久，章仇兼瓊設法要在拓東地區設置安寧府，參與這件事的，還有任越雋都督的竹靈倩。章仇兼瓊是想以安寧為中心，透過各爨勢力區，開通由西川經雲南東部在往交趾的通路。如果這個計劃成功，爨族地區便陷入唐朝勢力之包圍圈中，獨立之希望喪失，必然的要變為唐朝直接治理下的州縣，從而使染唐風，兵不血刃而擁有兩爨之地，消滅爨氏實力於無形之中。

章仇兼瓊的算盤雖然高明，但世間並沒有那麼如意的事，一來，東西兩爨歷經風險，深知漢人手段，二來都與閣羅鳳王子見過面，又有施望欠的信件，遠景是反對漢人直接統治，南中地區各民族攜手合作。這還有什麼不對？大家心照不宣，反對章仇兼瓊在拓東區的任何經營。

躊躇滿志的章仇兼瓊，採用大力闊斧的手段，調動了所能調的力量，開到拓東地區，以安寧為中心，開始興築通往步頭的路，臨時增加了賦稅，徵調了無數的役工，弄得雞犬不寧。真的是苛政猛於虎；唐朝來的官員，吃的用的，都要當地供給，他們揮霍無度，把人不當人，任意毆打殘殺。

再也不能忍受下去了，仇恨的眼光交投，痛罵的聲音匯流，一場暴動就要發生了。這時，爨歸王、爨日進、爨祺、爨守懿等等各路的大鬼主暗暗的聯合起來，一聲號令，所有指揮築路的漢工漢官被解決了；爨崇道的人馬掩至安寧，把竹靈倩也給宰了。

章仇兼瓊野心勃勃的開步頭路，要把拓東所有勢力一網打盡的企圖失敗，各路爨氏的鬼主不但團結起來，且都投向南詔，唐朝要想牽制南詔的計劃徹底的瓦解了。劍南節度使花了不少心血，才動員了那麼多人，卻驟然間被消滅，連越嶲都督竹靈倩也死在安寧，這還了得！但章仇兼瓊並沒有事，他上了奏章，錯的是爨歸王這一批蠻子。

章仇兼瓊敢這樣做，也有一番祕密，唐玄宗正看重他，他怕什麼？原來，當章仇兼瓊做了劍南節度使時，因設計把安戎攻下，很得玄宗歡喜，他深恐正在長安掌權的李林甫妒嫉，通過鮮于仲通，結好了楊國忠，把大量的金銀珠寶交楊國忠運到長安，由楊貴妃在玄宗耳邊活動。

於是，章仇兼瓊在玄宗心裡成了國家棟樑，楊國忠迅速被由西川調到長安，居然就將要拜相。所以，章仇兼瓊明明的是在雲南闖了禍，他什麼事都沒有。唐玄宗相信了他的奏章，下令要打擊拓東一帶的爨族各路勢力了。

這一場變動，使南詔皮羅閣的統治範圍輕易的擴大；變動的快速，皮羅閣對自己的兒子閤羅鳳自愧不如。當竹靈倩在安寧發號司令時，消息傳到大理，皮羅閣把閤羅鳳叫來，問他事到如今，拓東區將淪為唐朝的郡縣，南詔眼看將受嚴重打擊，為什麼一點不操心？

閤羅鳳若無其事的和皮羅閣說：「父親大人，我上次說過，可以高枕無憂，那拓東區就要成為蒙氏的了。父王不要發雷霆，當竹靈倩這班漢官還未到安寧時，為兒已經去到拓東區，和各路大鬼主都談好了；他們由衷反對唐朝的進一步控制，都想與大理結合，以資對抗漢人。大人，兒是祕密去的，我有意讓劍南節度落入我的圈套；他現在算是落入圈套了。但，父親大人等著，更大的收穫還在後面。」

皮羅閣歡喜極了，一臉的笑容，聽後大聲的說道：「死狗！真是虎父無犬子了，難怪你很久不來見我，派人去找你，回復是支支吾吾。你果然去了拓東區，小野馬有沒有跟著去？真好！真是要得！閤羅鳳，想不到你是有兩手的。那麼，我們就等著收成。對啦！那匹小野馬，你什麼時候帶她來讓我瞧瞧，可千萬別讓高潔清知道。」

閤羅鳳接著說：「父王，您定一個日子到上關賞花，我把她帶到上關覲見父王，這不就成了？」

「那就在五天之後，我當然還得給她點好處。」皮羅閣覺得，自己不但是一位偉大的詔，也還是一個了不起的父親了，他爽朗的哈哈笑，說：「你滾吧！」

上關又叫龍首關，是一座花城，茶花大型重瓣，一樹千花，非常的艷麗；上關附近有個波蘿村，村中有個蝴蝶泉，泉邊有蟹蝶樹，花形如蝴蝶，每年在一定的時間，四面八方的真蝴蝶會來這兒集合。南詔在上關備有重兵，兵營就在五里坡附近，皮羅閣在這裡有一所行宮，也是栽滿茶花的。這許多年來，皮羅閣已很少到上關來，但一直有人看守，專管那一百多株茶花的人，已經八十多歲。

南詔王突然到來，行宮也有了生氣。當閣羅鳳把瑟瑟帶到皮羅閣面前時，瑟瑟跪下，低著頭說道：「向父王請安！」

皮羅閣見到一身彝族打扮，但衣裙上所繫的小銀鈴特別精細特別多，腰身很細，聲音很甜，印象非常的好。問道：「妳幾歲了？」

瑟瑟答：「二十六歲。」

又問：「是閣羅鳳把妳綁來的嗎？」

瑟瑟答：「是我自願來的，我父親施望欠有長遠的囑咐。」

皮羅閣說：「那就好了！」說後從腰間取出一粒大拇指頭般大的翡翠遞給瑟瑟，說：「這算我做父親的一點心意；這是我最好的一粒，也是最後的一粒了。」

瑟瑟雙手接過，說：「謝父王！」

皮羅閣親眼見到瑟瑟這麼好看，不禁為兒子高興；心想，難怪兒子這麼的著迷，也是人情之常。

皮羅閣因心中高興，接著說道：「其實，我與妳父親施望欠，彼此間互相崇拜，只是我們都有脾氣，終於絕了往來；我深知他的為人，更深知他的理想。我要告訴妳的是，我之所以不阻止閣羅鳳與妳之間的接近，實在是想沖淡他所受漢人禮教的束縛。妳看，他自來受高康定清平官的影響，以至於與高潔清結成夫婦；我並不是說漢人有什麼不好，而是我們蒼洱區各族自己有自己的風俗習慣，我們應該保持自己的特色，不受漢文化的腐蝕。所以，閣羅鳳身邊有像妳這樣絕少沾染到漢人氣息的人，對他來說，是有裨益的。希望妳就好好的與閣羅鳳相處下去，以後的日子，南詔的前途，都是你們自己的事了……」

之後又說：「起來！」

又對站在一邊的閣羅鳳說道：「我兒，算你有福了，你要善待她，要不然，我講的話，我的一切努力都沒有意思了！」

皮羅閣在上關約見瑟瑟，並且給了一粒翡翠的事，不久就傳入高潔清的耳朵，但皮羅閣和閣羅鳳並沒有防到這一著。

一天清早，閣羅鳳因應皮羅閣的召喚到大和村，到了高潔清房裡，那高潔清冷冷的說道：「王子也太小心了，把施望欠的千金接來養在聖鹿坡，築了花園與她共賞，這有什麼不可以？中國的帝王太子，接近女色的事也沒誰管得著。只是，你一點都不讓我知道，實在是把我看成什麼人了！所謂『一夜夫妻百世恩』，你我從不曾紅過臉，兒子也那麼大了。事無不可對人言，你瞞著我，是小器了一點。」

閣羅鳳未曾料到高潔清已知道祕密，臉紅了起來，趕忙問：「妳原來都知道了；那我也用不著解釋了。但我之所以瞞妳，卻正是我尊重妳的說明；關於這件事，可能解釋了也沒有用處，妳放放心心過日子好了，反正妳的地位絕沒有別的人可以取代。」

高潔清並不變臉，但說：「那不一定！」

閣羅鳳道：「有什麼不一定？閣羅鳳並非忘恩負義的人；只是天下大事亂紛紛，有些演變竟不讓人選擇。就說這南詔宮內外，情形也已經不簡單了，是不是？」

閣羅鳳是有所指而發的，他發覺，父王與他的行動，居然無法守祕密。

高潔清只好裝糊塗，不答正題，而說道：「所以，王子殿下，您必須事事小心。」

話是這麼說，閣羅鳳與高潔清的心裡已經有了隔閡，這破了天連女媧也不能補了……

大理，皮羅閣在大和宮中，隨時想到劍南節度使章仇兼瓊近些時來的惹是生非，想到吐蕃在邊境的虎視眈眈，不免煩惱。閣羅鳳在聖鹿坡，盤算著今後應付章仇兼瓊的步驟，瑟瑟總是有棋高一著的遠見，使閣羅鳳意外的歡喜。

遠赴長安朝唐玄宗的王孫鳳迦異，終於順利的歸來，大理城憑添了新的歡喜。鳳迦異帶回大理的，不但是豐富的中國絲綢錦緞，瓷陶銅器，還對南詔王祖孫三代都封了官，即特進雲南王皮羅閣為越國公；授王子閣羅鳳領右領軍衛大將軍銜，仍兼陽瓜州刺史；授王孫鳳迦異為鴻臚少卿。

高康定清平官是累極了，去了長安一趟，像老了許多。皮羅閣從高康定帶來的許多唐廷情報中，並沒有什麼值得高興的事；雲南王特進越國公有什麼用？章仇兼瓊最近不是還在拓東地區拉攏人，圖牽制大理，要不是閣羅鳳棋高一層，連竹靈倩都被宰在安寧城，唐廷哪會這麼賜禮封官？皮羅閣心裡想，我是得做出點事來讓唐朝這班狗官看看的，因而他派閣羅鳳，前往築拓東城及昆陽城，看唐朝能把南詔奈何？

清平官高康定去長安回來後，外孫雖已官拜鴻臚少卿；女婿是右領軍衛大將軍，那唐朝當權的宰相李林甫還認真的接見過，還被引見向唐玄宗叩了一個頭，那唐玄宗還問李林甫說：「這南詔清平官竟還是知書達禮的漢人，真是難得了！」又曾問自己說：「南詔大理隨時受吐蕃威脅，他們如何想法？清平官既是漢人，希望多同劍南節度通聲息；將來你有功於朝廷，朝廷是不會忽略的。」

高康定想，當時除了答一聲：「謝唐天子萬歲！」外，竟連什麼別的話也說不出來。但這不重要，重要的事是，由李林甫宰相轉告一個消息說：「吐蕃的奸細已在南詔宮中安置了線人，今後皮羅閣和閣羅鳳兩父子的什麼祕密，都將無法瞞過吐蕃了。而唐朝有望於南詔漢人清平官的，是務須設法找出潛入南詔王左右的奸細線人，而且最好是暗地裡加以清除。否則，南詔終將落入吐蕃手中，而所有定居在蒼洱區的漢人，便將遭想像不到的殘害。」

高康定雖是南詔清平官，但卻是一介讀書人，對於唐朝委以這樣的使命，簡直是一個大難題，但卻也無從拒絕。不過，如果仔細的想一想，果真南詔受吐蕃控制，蒼洱區的漢人，其命運無疑是悲慘的，惟無論如何，唐朝也並未硬性的要自己做什麼？自己也沒有什麼承諾，彼此間並沒有什麼約束。此事當然只有仔細的觀察，畢竟大和村宮中，都是自己所安排的人，上關下關，凡能與皮羅閣接近的，也都是自己所安排的人，會有什麼吐蕃奸細的線人呢？

目前，高康定是不怎樣相信唐朝所通知的這個情報的；當然也很可能僅是長安所給的一個警惕，而不是事實，他想。

且說皮羅閣想到要興築拓東及昆陽城的事，便派人把閣羅鳳找了來，講了心裡的打算，目的是要讓唐朝知道，拓東地區乃是我的勢力範圍。

閣羅鳳知道皮羅閣的意思後，便表示，在東爨地區築拓東昆陽兩城，此其時也！第一，南詔在天時、地利及人和三方面，都佔著了；第二，章仇兼瓊方吃了虧，尚不敢公然把在安寧的失敗讓長安知道，因而南詔這階段在拓東區築城，他們那裡還敢放屁？

皮羅閣聽了兒子的道理，大為高興，對閣羅鳳說：「你就去幹吧！要膽大心細。」又問：

「如果築城工作遭遇到什麼雲南太守一類漢官的干涉，你將如何對付？」

閣羅鳳說：「不論是什麼，任何一種的干涉？我必一開始就以殺牛刀宰雞，讓他們徹底喪膽。今天東爨地區人人怨恨唐朝的作為，已經傾向大理，我們還畏首畏尾，那就連吃屎都要被狗闖翻了，是不是，父親大人？」

皮羅閣滿心歡喜，說：「死狗！你就去幹吧！誰也闖翻不了你。記得，膽大心細！但是，可不能把你那小妖精帶去，她太好看，提防那些東爨大鬼主垂涎三尺，發生意外，你得把她好好的藏在大理，知道嗎？」

閣羅鳳答道：「父王真是精明極了！連別人要吊膀子的事都想到；為兒聽父王的話，就把她好好的鎖在聖鹿區住處就是了。」

閣羅鳳聆聽了皮羅閣要他前往築拓東昆陽兩城的訓示，一點都不煩惱，告辭了父王，連東廂也不看一眼，趕回聖鹿坡。

那高康定方從千頭萬緒中靜下心來，料想不到有專人從他家鄉鶴慶捎來一信，竟是從劍南節度那邊送到鶴慶的，信上無頭無尾，寫的是：「務請蕭清南詔宮奸人，否則高府將遭滅門；識時務者為俊傑。」看完信，火冒三丈，也毛骨悚然；劍南節度使真是可惡而無孔不入，想到這，心中無限煩惱，此事又不與人提及，不知如何是好？想了幾天之後，突然想到，何不向高潔清淡淡的問一聲，於是找藉口把女兒接到家，慢條斯理的問道：「我兒有沒有聽到？有人說大和宮這些日子竟有吐蕃奸細的線人潛伏；這怎麼會呢？我離開大理才四個多月時間罷了！」

高潔清想了一下，說道：「父親勿妨講清楚一點，看您老人家自回來後，心裡一直有事。」

高康定道：「意思就是大王或閣羅鳳身邊，可能有危險人物，為父非常關心，此事又不能公然的透露出來，所以是有幾分煩惱。」

高潔清說：「兒只是假設，如果發現有，要怎麼辦？」

「有就得設法剷除！」

「既不能透露，而父親手無寸鐵，還能殺人不成？」

「只能以智除害。」

「不除會有什麼結果？」

「不除，吐蕃會因此得利；南詔一旦落入吐蕃控制之下，這地區的漢人最遭殃。」

「我們高家歷來是讀書人家，是否可以不過問這種事呢？」

「問題就在這裡，父親是南詔清平官；長安和西川都逼著要澄清這件事。」

「父親能不能推掉？」

「看來已不可能，西川似乎已威脅我們高家了。要不然，我怎麼會把這種煩惱讓女兒知道？」

高潔清與她父親一問一答幾句之後，心裡已經有數，眼前年事已高的父親如此的煩惱，心中很是同情；由於她從來孝順父母，母親早已逝世，自己只有一位兄長，遠在哀牢地區觀察情勢，為南詔忠心耿耿的做事。聽了父親所說，心目中當然已懷疑著一個人，但卻不敢確定，也不能透露出來；但無論如何，把實際情形與情報對照，不由得提高警惕，果然是這麼可怕時，那還了得，殊料不到如此而被安排得如此巧妙的事，竟會到了自己身邊，而且恐怕也將無從迴避，要做烈女也將在此千鈞一髮之時，真教人不知如何是好！而此事，又怎麼能直告父親呢？要是對了，而父親無法解決，只會增添他老人家的煩惱；要是錯了，而父親也因錯就錯的闖了大禍，豈不更壞？這一切，只能放在心裡，這些所疑心的，一點也不能告訴父親……

高潔清思想了一陣，故意的裝作若無其事，和她父親說道：「為兒目前看不出什麼不正常；不過，父親說的也非常使人憂懼。宮廷的變動，特別是人的變，總是來得使人措手不及。奸細線人的事，只能再看下去。父親還不要太操心，管他西川長安，他們說他們的，我們過我們的吧！父親從來堂堂正正的做人，所謂心正不怕邪。父親還是寬寬心心的吧！」

高康定說道：「事情也並不嚴重，為兒放心好了，今後如果有什麼值得懷疑的事，隨時來和父親商量商量。」

接著又說：「妳這久吃什麼藥沒有？妳要離去時，勿妨在我那大木箱中找一找，似乎我還有個豬沙，那東西很養心，找著時妳就帶去。」

說後，高康定就躺下，精神和身體，都已十分疲累。女兒每次回來，總還少不了要和他整理這樣那樣，對家中所有僕人，一一有所教管……

高潔清從容的整理了她父親的大木箱，其中有很多種成藥，靈芝、田七、蟲草都有；她也找到那個她父親說的豬沙，另外還看到一個緊包著的小瓶，那瓷瓶是中原來的，精巧極了，她打開外層，一眼就見到瓶上貼著三個字──「孔雀膽」。「孔雀膽」是毒藥，這毒藥立刻在她心裡產生一個念頭，無論是要別人死或自盡，都非常容易。也不知怎的，她也沒有什麼具體的目的，竟自找了另一個瓶，分了一點裝入，好好的包裝好，準備帶回南詔宮，以備不時之需。

臨離家時，她和高康定說：「父親的大木箱，兒整理了一番了，豬沙也已見著，我就帶去吃吃試試。不過，父親是不是也要吃豬沙呢？如是父親也吃，我就不帶去了。」

高康定說：「我已自長安帶著一枝野山人參來，我放在那櫥裡，這幾天我多半吃點野山參，東西很有用；豬沙妳帶去，把那些蟲草也帶去吧。」

高潔清說：「蟲草我大和村處有很多，不帶了。……」

黃昏之前，高潔清由兩個老婆子護送回大和村，方走近石牌坊，正要右轉準備進大和宮的外大門時，一匹雄赳赳的白馬從容踏出，那分明就是閣羅鳳王子的坐騎；馬上坐的是一個穿著紅白青三色衣的年輕美女，非常的明艷照人，還向她飛了個眼，那分明就是施望欠的女兒瑟瑟，不是她，是誰？

高潔清無論修養多好，教養多好，也不由得一時妒恨交織。但那烏雲白玉馬立刻就已往左邊去了，再一望那彝女的背面，細細的柳腰，背上背著箭囊，兩旁的人也一直在看，依依不捨的樣子；有的男人竟如醉如癡……

高潔清滿腔的不愉快，回到宮中東廂房，一問之下，那卡兒說：「方才有個非常好看的姑娘人，進到屋裡來，說是要見見這裡的主人；告訴她不在後，她還仔細的東瞧西瞧，微微點了幾下頭，又從書架上取了本書翻了一下，什麼也不說的，就離去了。」

高潔清的情緒已稍冷靜，再問卡兒：「那姑娘老實的俏嗎？」

卡兒高興的答道：「俏極了！俏的不得了！我從來沒有見過這麼俏的人；連我看了都心癢癢的，老男人見了還能不口水淌？」

高潔清不曾多所考慮，說道：「妳知道嗎？那就是王子殿下的新寵了啊！」

卡兒大表驚異，氣憤的叫將起來，「王儲妃為什麼不早告訴卡兒？我要早知道，她進來時，我就活活把她打死；我真的是不知道。」

高潔清問：「妳打死她，不怕填命？」

卡兒答道：「恨起來，還管得了什麼！」

高潔清莊重的說道：「記著，不能隨便殺人；好好的記著！」

高潔清有很深遠的意思。

高潔清也發現，攀附在愛與恨的心思上的衝動，是原始的，也是自然的，甚至可能是不由自主的。

此時，已經遠在拓東的閣羅鳳，正分別的與爨族各大鬼主披肝瀝膽的，談了許多雲南的未來，合作抗拒唐朝，防止被唐朝蠶食，是何等的迫切和必要。在酒醉飯飽之餘，他們跳舞狂歌，聲震屋瓦；與高氣傲的較量武藝時，人人使出渾身解數，沙多朗在眾多大鬼主面前，表演他倒翻觔斗，縱上屋頂，像貓一般毫無響聲的功夫；段儉保一個彈跳，居然翻過圍牆，再一個彈跳回到原地；有個叫爨彥璋的，居然可以讓眾多人捉牢，然後輕易擺脫，各種各樣的武藝，各式各樣的花招，大家交換一開眼界。

拓東區各族已陷入團結對漢的氛圍和歡樂中，步頭一帶的羌族，一再提供了他們釀製的米酒和雜果酒。

閣羅鳳靠他的魔力，與各方大鬼主周旋來往，動員了數十萬人，築了拓東城又築昆陽城；比起章仇兼瓊開步頭路的艱辛，真是不可同日而語了。

拓東昆陽兩城築成，唐朝在雲南的太守果然噤若寒蟬；甚至這築城的事，劍南節度使卻裝著沒有聽聞。遠在長安的天朝，誰會關心這樣雞毛蒜皮的事？

閣羅鳳帶著兩城的圖樣，也帶著各大鬼主的畫像，非常高興的回到大理，連聖鹿坡都不轉進去，匆匆趕到大和宮見皮羅閣，一進入大殿，就高聲喚道：「父王，兒子來了！」

皮羅閣當然已經見到天天盼望的兒子，也大聲的叫：「死狗！大聲霸氣的，想必是萬事如意了？」

閣羅鳳答道：「父王想做的事，會有什麼不成？築成了，兩城都築好了；就不見雲南太守敢放個屁！」說著，展現出城圖，連同一大堆鬼主畫像，接著補充道：「非常的順利，真是勢如破竹，輕而易舉。父王，您盡量墊高枕頭得啦！死狗會好好的守著您的江山，把您不喜歡的野狗，追往海角天涯。」

皮羅閣道：「夠了！死狗別亂扯了。」

閣羅鳳繼續討好南詔王，說：「都是正經話，一點沒有亂扯。總之，城不但築成，還等著父王到拓東區去接受歡呼了！」

皮羅閣心中很是高興，但故意不露笑容，嚴肅地說道：「是啦！我本是應該到拓東地區走一趟的，死狗你說什麼時候該去？我們父子倆就去跑一跑；想來劍南節度也不致從中作梗。閣羅鳳，那小妖精前兩天居然到呂中來了一趟，後來還聽說她還到東廂房，但高潔清不在，要不然，兩隻母狗打起來，就好瞧了。」

閣羅鳳有點出乎意外，瑟瑟怎麼私自跑到宮裡來呢？但來總是事實，忙和皮羅閣說：「她這人無所謂，我想她多半是來看看這南詔宮；也很可能是想一見高潔清。無論如何，兩隻母狗打架的事是不會發生的；高潔清不會那麼衝動，瑟瑟更是與世無爭。所以，是打不成的。父王，您真以為會有母狗打架的事？」

皮羅閣道：「去你的吧！什麼與世無爭？瑟瑟要不出現在你的圈子中，高潔清還會瘦成這個樣子？」

閣羅鳳忙解釋說：「高潔清是鳳迦異去長安前忙多了，事後又是憂心，所以才瘦的。」

皮羅閣很不耐煩，說：「算啦！不再說這些鬼打架的話了。很久不見那禿驢，我不時的會想他，你見到他時，叫他來見我。好啦！現在你去看高潔清吧！」

閣羅鳳說心裡的話：「今天不想見她。」

高潔清當然知道閣羅鳳進宮來過，也不與她打個照面，這還成什麼話？她不怪閣羅鳳，卻不由的恨起瑟瑟來；以至想到卡兒說的，活活把她打死。……

涼爽的春天，蒼山在和煦的陽光下，山頂上的積雪特別晶亮，無際的青天，飄著白雲；白雲青天，皚皚白雪和翠綠蒼山，又都倒映在洱海中；洱海像一面鏡子，連一隻蜻蜓的影子也照出來，偶爾在靜靜的海面彈出一尾弓魚，弓魚彈出的漣漪和弓魚落下的漣漪相套，於是，水中的蒼山雪與青天上的白雲都動起來。這美景，這仙境般的山水，除了大理，天上也是不會有的；傳說在很古很古的時候，曾經有一個人為這美景的陶醉，說了一句「洱波三萬頃，輕舟泛長風。」後，就大笑不止，漫步走入洱海中，消失成仙去了。

大和村南詔宮中，皮羅閣終於決定，親到拓東一趟；走的步驟是由閣羅鳳為先鋒，自己壓後一步。南詔宮由高康定和王孫鳳迦異看守；趙佺鄧負責維護蒼洱區安全，由王盛、段儉衛、段儉保、沙多朗調動精銳，分為兩批陪同大王和王子赴拓東。閣羅鳳指揮若定，從各部落中調集了身手矯健的兵丁，也準備了能聽懂各種語言的人暗中跟隨。

閣羅鳳只帶著沙多朗和烏追旋風隊，以及三百左右兵丁先開道走了。皮羅閣要離開大理前夕，高康定約了大理的董、楊、趙、段、施、洪、王、張、何、李十大姓白族首領，認真的與皮羅閣相聚，表示南詔今天最大的心願，是要使蒼洱區能永享昇平。皮羅閣與十姓首領開懷暢飲之際，料想不到那閣頗和尚赤足而至，說了聲「阿彌陀佛」後就坐將下來，各首領見是二王子閣頗和尚，都非常的歡喜，紛紛向和尚作了揖。

皮羅閣見眾人高興，也就處之泰然，但問閣頗道：「出家人怎麼算的這麼準？我正與大理十大姓領袖開懷暢飲，你又來唸喇嘛經了不是？」

閣頗答道：「衲今日並不唸經，只是來觀察一小下大和村的祥和之氣；要唸經也是在心中暗暗的唸。大王萬歲！您請便就是了。」

皮羅閣接著說：「雞足山的和尚酒肉都吃，您就任意的吃喝好了。」

閣頗答了聲「阿彌陀佛！」但卻什麼都不吃。

正是大家歡歡喜喜時，閣頗站將起來，向眾人合十招呼之後，又飛快的離去。

皮羅閣和眾人說：「別理這瘋和尚，他去他的，我們吃喝我們的。對了！董芝貴老者，也起來指點指點，我們蒼洱區究竟還該注意哪事情？您老就只在喜洲享福，太不像話，太不像話！」

董芝貴笑瞇瞇的不發一言。

皮羅閣又指向段峰，說：「段老爺。您老怎麼說？」

段峰起身，說：「大王萬歲！叫我段峰就是了，在大王治下，蒼洱昇平，勢力遠至哀牢拓東，我段峰還要怎麼的？今天連那施望欠都乖乖的，我段峰有什麼本事，還能不得過且過？」引得大家都笑起來，眾人也都知道，只要使皮羅閣開心就是了；但和皮羅閣講話卻不可一意奉承，得講的帶著渣兒，就算指桑罵槐，只要粗獷一些，皮羅閣也怪喜歡的。

這時，大胖老頭楊之長接著說道：「那施望欠會輸給誰？誰是贏家還得刮目相看！他那俏姑娘，哪個都贏不了。」

這時在場各人，都覺得楊之長實在話中有渣，膽子夠大，卻不料皮羅閣一點都不在乎，甚且說道：「今天還講什麼輸贏？我們不要輸給吐蕃，也不要輸給唐朝，就天官賜福了。」

氣氛依然是輕鬆的，眾老頭進一步對皮羅閣心服口服，一邊，有個叫施家樂進的小老頭小聲的和楊之長說：「福至心靈，皮羅閣今天並非我幾個贏得了的了；除了他，誰還能是贏家？」

楊之長答道：「是啦！所以我方才幹他一鋤頭，他竟毫不在乎，可真有能耐了。」

酒醉飯飽之後，皮羅閣還說道：「今天謝謝諸位光臨。我想，這大和村是應該沾沾各位的福的，是不是今後可以不時的來一次這樣無拘無束的吃喝呢？」

大家都答：「願隨時恭候，隨時聽命。」

這時，皮羅閣叫把準備好的禮物抬來，是十疋大團花錦緞。高康定說道：「這是王孫鳳迦異最近去朝長安時，唐朝送的東西。各位選選所喜歡的顏色吧！不過，事實也只是紅綠藍紫四色。」

於是，皮羅閣與大理十大姓領袖的聚會，盡歡而散。

當天的黃昏過後，兩詔宮東廂房的王儲妃突發現門上插著一支鏢，鏢上繫著一個小袋，袋中有個字條，寫的是：「不可洩露！妳不清除她；她將殺害妳。要快！」

高潔清看時，手和心都發抖；看後，立刻把鏢和字條藏起，心噗噗的跳著，驟然間，喉裡一股腥味，吐出一大口鮮血，她知道這是什麼原因，趕快把血洗盡，靜靜的關門休息，但是心已靜不下，她聯想到很多過去的事，現在的以及未來的問題。

大和村南詔宴十大姓領袖翌日，黎明時分，皮羅閣出發前往拓東去了。

二月方過，大理因「三月街」的到來，顯得亂哄哄熱烘烘的，四面八方的人都把東西運來，準備交換所需要的東西而去。就連大和村附近，也都人來人往，民間家家戶戶，各種吃的用的穿的，堆積如山。三月街的熱鬧，說明南詔的統治地區富饒，也顯出蒙氏勢力範圍內人種的複雜，穿的戴的五顏六色；男子有一臉塗著白粉的，有根本不穿衣服的；女子姑娘人有露著兩隻奶的，有實際上露著屁股的，也有把一口牙齒染黑的，也有一口金牙或銀牙的。大理不但山光水色多姿多彩，人也多彩多姿……

瑟瑟一次次的到南詔宮走動，她是以純潔的心地，以保衛者的心情和姿態，到來看一看這平靜的南詔宮的；但因她明艷照人，所有看見她丰采的人都為之心情愉快，甚至她去遠了，還有人呆望著她的背影。

清平官高康定知道瑟瑟的身分，也深悉她正被閣羅鳳養在聖鹿坡，也分明知道，南詔王皮羅閣不會不知道這件事情。但目前，他倆父子都去了拓東。於是，像這一類的事，他最好明哲保身，睜隻眼閉隻眼；由於他飽讀詩書，深悉禮義，以君子之心處世對人，更是裝聾裝瞎，並不正視瑟瑟來去，別人也不向他提及此事。至於鳳迦異，他雖年少，卻有自己的想法和看法，他見到瑟瑟，但從不表示驚異，也絕不對別人說起；當然誰也不敢對他提及。

正是這亂哄哄和熱烘烘的三月天，瑟瑟又進南詔宮來，而且來拜望高潔清了。高潔清見瑟瑟走進東廂房，心突然的像被刺痛，但她立刻鎮定下來，做出心平氣和之狀，向前來的瑟瑟說道：「妳就是瑟瑟公主了吧？請光臨！」

瑟瑟很自然的走到高潔清前，說：「儲妃，可別稱我公主，叫我瑟瑟就好了。不久前瑟瑟來拜望過，但您不在。說是回清平官家去。」

高潔清接道：「失迎！失迎！」

立刻，她想起應該支個扣子，而對著的瑟瑟，明明是蛇蠍心腸，自己還是不該太懦弱，於是說：「公主，現在正是日中，我想在太陽偏西時，請妳光臨，讓我們兩個人來歡聚一下，望公主賞臉。」

瑟瑟求之不得，答道：「那就太好了！您這樣的賞臉，我太喜歡了；我也正想到城裡街子上看看，太陽偏西我一定轉來。」一說後，她就轉身走了。走了三兩步時，又回頭一笑；這一笑，使高潔清又是心愛又是痛恨。

高潔清返回東廂，立刻叫卡兒通知廚婦備飯菜，特別叫炸一盤蜂兒下酒，其餘的隨他們準備，不必多，只兩個人吃。

不到半炷香時間，七八樣十樣菜已經擺好。這時，高潔清心慌意亂，她想到自己應該不顧一切的做一件驚天動地的事情，為了南詔，為了父親，也是為了閣羅鳳和自己，甚至於鳳迦異。但她同時想到，一個大家閨秀，飽讀聖賢書，所謂知書識禮的人，怎可能做壞事？立刻又想起父親的憂慮；唐朝宰相以及劍南節度的咄咄相逼，甚至前久那奇怪的字條，另是自己的身體，究竟還能活得多久？怎麼還要顧前顧後呢？

她的思緒亂極了，心似乎在發抖，身體已覺得在發熱，這一瞬，又是一股血腥味沖上喉，她用手蒙住嘴，吐在手板心中的是鮮紅的血。於是，她進一步傷感，自己將不久於人世了，終於她決定，大家都死吧！

高潔清見日已偏西，把卡兒使開，然後倒了兩盅酒，很小心地把藏著的小瓶取出，把那天從她父親木箱子中偷偷分出的孔雀膽粉末，傾倒在其中一個酒盅裡，然後擺在客位桌面上。她的心在發抖，一身彷彿都在發熱，這件違背自己良心的事佈置好，卡兒仍未入來。

入來的卻是明艷照人的瑟瑟，卡兒竟也跟著進來了。高潔清此時面對著一個絕世美人，反而覺得冷靜下來，她請瑟瑟坐好，自己也坐好之後，對卡兒說：「妳可以離開了，去遠些，我們要說話。」那非常不高興的卡兒，憤憤的離去。

瑟瑟先說話。「這麼多菜，還有下酒的蜂兒；我真有點肚子餓哩！」

高潔清力持鎮定，說：「我倆今就好好的來吃喝一陣吧！」

瑟瑟右手端起酒盅，狀似要一飲而盡的樣子，高潔清心都要跳出來了，但這時她已不能改變謀殺的主意，只有等待事態的演變再作計議。瑟瑟那麼自若，她不急於要喝酒，而且欣賞那小酒盅，她和顏悅色地說：「這小酒盅多精巧！我從來用碗喝酒。儲妃，這是什麼酒？聽說在大理，一般多喜歡喝陽寧酒，婦女則喝拓東那邊的雜果酒？」

高潔清面臨著生死交關的選擇，她必須力持鎮靜，不能露出馬腳，小心翼翼的答：

「公主，是我自己私藏的野參藥酒。」

瑟瑟道：「真是太好了！儲妃，您知道我很喜歡喝酒嗎？兩碗是小意思；我父親從來放縱我，並不阻止我喝酒。我們施浪的習慣，就像現在，如果是第一次對酒，主人要把一朵不管什麼花兒，放在客方的酒裡；客人為了尊敬主方，必須一飲而盡，不得推辭。因此，啊！我敬愛的儲妃，您能否使人摘一朵不管什麼花來，放在這精緻的小酒盅裡，讓我一飲而盡。」

瑟瑟的話那麼自然，坦白天真；舉止那麼好看，聲音那麼好聽，高潔清為求這場緊張迅速過去，心知房外就有茉莉和芝紫花，順手就可摘到，因而和瑟瑟說：「我真是孤陋寡聞了，竟不知道花酒敬客這回事，我就去摘一朵花來補我禮之不足。」說後，即刻離開桌了，走出房門。

瑟瑟這時又輕巧又穩健又迅速的，把二人的酒盅調換了。高潔清右手兩個指頭拿著一朵白帶黃的芝紫花，小心的放在瑟瑟面前的酒盅中，立刻坐下定神。

瑟瑟說了一聲「謝了！」便又舉起酒盅，狀極興奮，甜聲甜氣的和高潔清說：「酒上添了花，多香多美！儲妃，我想唱首卡蘭山歌給您下酒，可不可以？」

高潔清不加思索，答：「太好了！」

瑟瑟清了一下喉，唱道：

「喝酒要喝開心酒，嘿！嘿！
吃肉要選小豬肉，哈！哈！嘿！

說話要說心中話；心中話，
嫁郎要撿本實人啊！嘿！嘿！

高潔清慢慢的有點心神恍惚，心一痛，腥味又湧上喉，她盡了最大的力，把湧上喉的血嚥下去。眼睛幾乎翻白，淚水就要滾出眼簾。嘴裡說的是：「太高興！太高興！」心裡卻在盤算，真是自作孽，再拖下去，自己恐怕就得要現形了。

這時，瑟瑟舉起酒盅，說：

「儲妃，來！一齊乾了。不乾就是沒有誠意。誰數一二三呢？」

「你數吧！」高潔清已經耐不下去。

瑟瑟從盅中拈出小花，數：「一！二！三！」但卻盅不沾唇。

耳中聽到「噹啷！叭！」眼前所見，竟是高潔清已經掉落了酒盅，倒在地上了，她立刻放下酒盅，抱起高潔清，奄奄一息。

瑟瑟心知肚明，要非自己有兩下，糊里糊塗便被謀殺。趕快又放下高潔清，走到東廂房門口，大叫：「來人呀！來人呀！」

過了好一陣，卡兒才跑來，見高潔清躺在地上，一時不知如何是好？瑟瑟嚴肅的問卡兒：「這東廂房附近有什麼人？」卡兒答：「只是我同兩個做飯的婆娘。」又問：「大殿那邊有什麼人？」卡兒答：「大殿那邊人就多了，清平官現在都還在。」

瑟瑟想了一下對卡兒說：「聽著！妳去和高清平官說，儲妃有急病，請他立刻來，但得告訴他，最好一個人悄悄的來，說儲妃有重要的話要和他說。」

高康定很快來到，把環境看了一下，見高潔清的酒盅在地上尚未破碎，便沖水進去，用牙筷攪一下，又用另一邊插入瑟瑟用的酒盅攪一下，然後問瑟瑟：「公主沒有喝酒？」

瑟瑟答道：「我還沒有喝，就見儲妃喝了後倒地斃命了，所以未喝。」

高清平官狀極悲傷，自言自語：「妳為什麼要自盡呢？我可憐的女兒？」

瑟瑟這時把嘴湊近高康定耳邊說道：「儲妃並非自盡，她那盅酒原是我的；我只是因初次在這裡喝酒，又不是自己斟的，在她冷不防時我調換了酒盅，其他的事，我一概不知道。」

高康定心裡明白，更清楚的是，人死不能復生，死者已矣！此事根本不能張揚。於是，和瑟瑟商量道：「瑟瑟公主，不管怎樣，此事不能洩露出去，希望妳就離開大和村，由我處理善後，今後最好也不必讓閣羅鳳知道底細。公主就走吧。」

瑟瑟冰雪聰明，彎下身用手把高潔清的眼皮抿下，然後就離開東廂房，離開大和村。

高康定這才把人叫來，迅速的把高潔清裝了，停柩在東廂房。稍後，鳳迦異見他母親突然死去，也來不及問，哭得非常傷心；大和村宮中，都傳聞王儲妃是害心病去世的。高康定心事重重，曾思及莫非長安和劍南所指的奸細線人就是施望欠的女兒？看樣子，這女孩還非常純潔，死無對證，要說高潔清是她謀害，是很不可能的。然而即使是，缺少旁證，誰也不會相信。再就是根據推理，分明高潔清很可能是想了結瑟瑟，以烈女的心情完成一件對南詔對唐朝，甚至對高氏有功的事，然後再了結自己。所謂知女莫如父，高康定多半希望這件不幸的事，就這樣靜下來，別的問題，以後再說，何況自己也已經老了。高康定一方面準備女兒的喪事，一方面派人即往拓東把高潔清的死訊告知閣羅鳳；再是他回到家裡查看那天經高潔清整理過的木箱，仔細的再看那小瓶孔雀膽，果然不錯，被打開過。因而他再回憶高潔清後來的神情，從而有點怪責自己的一錯再錯，真是聰明一世糊塗一時，簡直是悔不當初。

大和村南詔宮中謀殺不遂反而害了自身的事，認真說，是漢人的恥辱。這一點，高清平官十分清楚，因此他才不追查任何其他有關的殊值懷疑的蛛絲馬跡。

大理三月街正熱烘烘，這種死個人的事，除了南詔的統治階層，少數的彝族高官而外，是沒有人過問或關心的。蒼洱左轉右轉，實在說，還是白族人占多數，而每年的三月街，這兒就有各種各樣的人到來，說是貿易也好，說是吃喝玩樂，甚至談情說愛，也是不犯任何禁忌的。由此觀之。皮羅閣之選擇這個時候前往拓東，是有用心的。

蒼山腳畔，洱海之濱，此時不僅是南詔的天堂，不僅是白族人的溫柔鄉，還是整個雲南，甚至遠自哀牢，白馬撣人，交趾黑齒，吐蕃邊沿的古鬃，瀾滄江的崩龍果黑，伊洛瓦底江卡瓦山的殺頭民族，都有人興致勃勃的趕來，以一到大理趕上三月街為榮。天朝長安的天寶開元盛世，一切的光彩，在這兒是不存在的；似乎只有個孔明的名字，居然還有人畏他三分。

在中和峰面前，在礎石堆成山的佛殿前後，生動的、帶著原始的聲音，配合著吹葉子彈三弦四弦的節奏，令人如醉如癡。

那是哈尼姑娘在唱，唱到兩淚汪汪；唱的是：

「腳踏灰堆背靠牆，
眼淚汪汪告訴郎；
昨晚為郎挨爹打，
任捨肉來不捨郎。」

夜，對趕三月街的人是歡樂時光；唱的吹的彈的，都不需要光亮，歡樂的享受的在心窩裡，根本忘記了祖宗遭遇過的兵荒馬亂……

遠離大理的拓東，所有爨人大鬼主都到來與皮羅閤見過面，說過話，而且喝過酒；閤羅鳳還和他們合過歌，跳過煙盒。不管是什麼族，不都是一樣的吃肉喝酒，哭笑跳唱，唐朝的長安在那麼的遠，因何定要來築路開山？

皮羅閣和閣羅鳳兩父子，使用吃肉喝酒，大聲談笑，盡量無拘無束的手段，把所有大鬼主攏絡住，也分別的致送了金子打的小象，終於大家得到協調，跟大理而不跟長安。

在歡樂時光中，閣羅鳳接到高潔清的死訊，他告訴了皮羅閣，同時要皮羅閣不必放在心上。至於他自己，他料想事情必不簡單，但用不著提早離開拓東；這拓東的風光也不錯啊！特別是不冷不熱，也是水秀山青。

皮羅閣與他能幹的兒子商討了很多事情，其中之一，是必須在拓東佈下實力，提防大鬼主將來搖擺不定；也一定要建設下一些東西，除昆陽拓東二城之外，還得做幾件使一般人所見得到，而且隨時感覺到的事情，興建供奉觀音供奉釋迦的寺廟是非常必要的，我倆父子信不信沒關係……

四月，拓東昆陽正花開季節，花開季節，也正是男女調情，配對成雙的好時光，似乎人人都能跳會唱，所唱的都充滿情愛與自由，閣羅鳳要非在聖鹿坡有個瑟瑟，他很可能就得在拓東昆陽留連。在水之湄，在田野，四月的民歌充滿生之樂趣，而且是無歌不風流，聽了無人不動心，什麼「大平壩子三堆草，人人說我二人好；郎騷來妹也騷，騎著騷馬過騷橋，騷馬跌在騷橋下，郎摟脖子妹摟腰。」之類，真的是風流瀟灑，豐富而多彩。這樣美好的山水，這樣純樸天真的民情，怎不教野心勃勃的閣羅鳳興起長遠之念？

在拓東的日子是好過的，皮羅閣的心情是舒暢的，但他必須回到大理，倆父子商量好，不讓風聲走漏，靜悄悄的離開，然後神不知鬼不覺的回到大和村。皮羅閣告訴兒子：「三月街過去，要特別的注意留下來的遠道人，特別是吐蕃人，不管他是喇嘛還是行商，都得暗地裡查訪出底細。」

在南中，是南詔皮羅閣築了拓東昆陽兩城，結好打爨族各首領，正準備返回大理。在長安，章仇兼瓊居然入為戶部尚書，把劍南節度使的位置推薦給了郭虛己，唐朝後來知道了拓東勢力傾向南詔，自不甘心，乃派了一個李宓繼章仇兼瓊之後經營拓東，實行各個擊破，挑起殘殺，只求達目的而不擇手段。在李宓挑撥離間策略之下，原來已被唐朝封為南寧州都督的爨歸王，竟被爨崇道襲殺。

爨歸王被襲殺的事，皮羅閣回到大理後才得聞，皮羅閣與閣羅鳳商量結果，趕忙派段忠國潛赴拓東，表面上幫忙緩和歸王被襲殺的緊張，事實卻是要探查李宓的底牌，並破壞其分化政策。

李宓到拓東，一開始就製造了一個歸王被襲殺的恐怖案子；段忠國到了拓東後，繼續知道了李宓的處心積慮，把消息傳回大理。南詔王皮羅閣回到大和村後，接連不斷所聽到的，竟都是不開心的事。清平官高康定又已告老，不再繼續，幸有早準備好的王盛，擔起清平官的擔子；安戎方面，唐朝守軍不斷遭吐蕃宰殺，吐蕃在神州居然住了一萬兵力，在在都是不愉快的事。

唐天寶七年，南詔皮羅閣終於與世長辭，大理一片天愁地慘，皮羅閣雖貴為至高無上的詔，依彝族習慣，三天後，把兩耳取下裝入金瓶，將詔屍火葬了事。南詔王位由三十六歲的閣羅鳳繼承。這時，劍南節度使已由郭虛已而鮮于仲通，似乎唐玄宗這些年來，對遠在蒼洱地區的事已無心關懷。

原來，郭虛已乃是戶部侍郎兼御史大夫，對南中的情形十分隔膜，糊里糊塗的被推薦為劍南節度使後，又因為章仇兼瓊的關係，便把一切庶務委之於鮮于仲通；鮮于仲通對西川的情形非常熟悉，在張宥時期，他任劍南採訪支使，章仇兼瓊與楊國忠的關係，就是他拉上的，後來楊國忠當了宰相，章仇兼瓊成了戶部尚書，其本身成了劍南節度使，風雲際會，豈還了得！

南詔閣羅鳳繼承王位，一個野心勃勃的當權令主，所遭逢的對手竟也是一代梟雄，在長安有奧援的鮮于仲通；一開始他就慎重將事，絕不掉以輕心。

閣羅鳳首先注意的事是練兵，這時鳳迦異已十六歲，也教他熟習打戰撲殺的事，瑟瑟已實際成南詔王妃，遷入大和村王宮居住，而當前最重要的事，卻是一次非有不可的即位典禮。

南詔王的即位禮，打從蒙氏第一世細奴羅從張樂進求手中得到王位時，就含有濃厚的神祕色彩，並不需要大吃大喝的慶祝，也避免讓唐朝或吐蕃知悉而非應酬不可。但無論如何，閣頗和尚是少不了的。閣羅鳳的即位禮竟至有了濃厚的吐蕃色彩，使到長安遣來的中使黎敬義也感到不自在；他之來，旨在持節冊閣羅鳳襲封雲南王，眼見在南詔宮中，唐風並不如想像中那麼神聖，反而一個唸喇嘛經的和尚，輕易使閣羅鳳的即位禮變得神神祕祕……

這個時候，唐朝對南詔已有三方面的控制體系，其一是歷來注意邊務的劍南節度；其二是雲南太守；其三是雲南都督。當前除了有奧援的鮮于仲通是不能掉以輕心的梟雄而外，雲南太守張虔陀也是一個壞到不能再壞的貪官。張虔陀還不僅止是貪官，他還是一名淫桿兼酒徒。張虔陀駐節雲南已很多年，這樣壞的官史能駐得穩，也不知是靠什麼道行？在安寧，張虔陀真的是山高皇帝遠了，他花天酒地，什麼都不必在意；他還有一班酒肉朋友，專門想吃喝玩樂的辦法，與他最要好的是城使王克昭，另一個流落在安寧的漢人王騰凱，還有當地浪人姜鵬高等等。

那王克昭居然消息靈通，在一次飲酒作樂的時候和張虔陀說：「最近方繼承南詔王位的閣羅鳳，有個小婆娘叫瑟瑟的，生的標緻得不得了；是閣羅鳳硬搶來的，將來務必要見一見。」張虔陀別的事不關心，談到閣羅鳳的小婆娘標緻便眉開眼笑，趁興和王克昭說道：「標緻也是人家的，和你講過，那姜鵬高的小姨子，我希望你設個圈套，把她弄給我，不知有什麼困難？你總是耳邊風。」

王克昭道：「太守啊！太守！姜鵬高是什麼人您還不清楚嗎？太歲頭上何必去動土？況所謂『兔兒不吃窩邊草』；還是打打別方面的主意吧。再說，小黑麻子姑娘一個，您也有胃口？」

張虔陀聽了居然笑出聲來，和王克昭說道：「你真的是孤陋寡聞了！我一直默著她，就因她是小黑麻子了；你不留意，那姑娘真一身騷，舉眉弄眼，真教我等不得，心慌慌的。」

王克昭接口道：「那我真是孤陋寡聞了；我可不知道小黑麻子有什麼好？我想，姜鵬高他自己不會要？」

張虔陀說：「姜鵬高要什麼我可以給他，就他那麻小姨我非常的想要。」

王克昭也真不知道張虔陀這花花太歲的興趣，好奇的問道：「究竟有點什麼祕密？您說點來聽聽；方才提醒您務必要見一見閣羅鳳的小婆娘，那是絕代的美人。您卻念念不忘姜鵬高的麻小姨，真怪！您說說看。」

張虔陀說：「男人所要的婦女，當然選才德俏，就是有才有德，還要她俏；但實際說來，才德俏不如巧笑嬌；進一步，巧笑嬌就又比不上黑麻騷了。知道了嗎？唉！個中味道就非嘴講的了。」

王克昭這才恍然大悟，說：「原來如此，那，你是準備不惜代價了？」

「十兩金子。」張虔陀告訴王克昭：「你有本事拉成這根皮條，五兩是你的。」

這是兩位遠離長安的漢官對話，身在雲南，不知什麼時候會死於瘴氣？今朝有酒今朝醉，還有什麼比玩婦女還更實在的事？再說，這蠻夷之邦，也不必竟都把人當人啊！……

大和村南詔王宮，當然也不過是蠻夷的王宮，一般漢官，心裡是看不起，表面卻逢迎討好，說不盡的寡廉鮮恥，目的在金銀財寶。這南詔王宮，目前的情形又有了重大的變動，因皮羅閣的去世，高清平官也就有了最好藉口，必須告老，事實上他很清楚，高潔清之死，如果瑟瑟要翻開來查，就算王位上座的自己女婿，問題鬧出來也是不很好看的。王盛成了閣羅鳳的清平官，對閣羅鳳來說，自然是方便多了，而對於高潔清死的事，他當然有許多問號，但目前卻尚無暇顧及。

瑟瑟已遷入大和村居住。她選擇了後殿梨花苑為居處；閣羅鳳原先的意思，是想把東廂房根本撤除，以便暫時忘記那個「漢化」的影響，卻未想及自己的兒子鳳迦異一半係漢人血統，閣羅鳳思想上的混亂，終由瑟瑟為他擺平；瑟瑟的建議，是把一切漢文化的東西都集中在東廂房，配合著所有高潔清的漢文經史，以及所有貴重的中原文物，則東廂房乃成為一間紀念房舍。她深知閣羅鳳目前剪不斷理還亂的思緒，她告訴他，目前暫時不要思念東廂房，將來有一天需要，就可來這兒找所要的東西。閣羅鳳很賞識這個做法，但把鳳迦異付託給高康定，讓外公暫時幫同教養一個短時間再說……

閣羅鳳當前的緊急事，是必須與唐朝官員接觸，因歷來在南中地區被中原直接間接封為王者，新的繼位人總是須有一番來往的，若是這個開頭做得不好，以後的問題就多了。

在閣羅鳳腦海中，他急於要打交道的對手是雲南都督李宓；李宓近些時正在拓東興風作浪，如果他事事如意，南詔的根本便會動搖。劍南節度使鮮于仲通則是第二步的事；不過，拜會雲南都督有個程序，就是得先取得雲南太守的同意。所以，閣羅鳳此刻必須先打通張虔陀的關節。張虔陀究竟是何許人？大理南詔就不很清楚了，照閣羅鳳估計，最多也不過是貪財之人，大致黃白物送得夠，關節是不難打通的。說也奇怪，對於打通張虔陀的關節，瑟瑟卻告訴閣羅鳳說：「此人恐非善類，得步步為營。」瑟瑟所根據的理由，是張虔陀歷來不做什麼對長安有貢獻的事，官卻做得穩穩的，一定有他的道行；這種不吠的狗，才要好好提防。

瑟瑟對張虔陀的看法，乃是小中見大，但對她自己的事卻是從大處著眼；首先，高潔清設圈套要毒死她的事，推敲起來就不簡單，要非暗中不知還有什麼高人左右？早已死在高潔清手下，有冤難伸，就像高潔清的自食其果一樣，他父親高康定一口氣都出不得，甚至就不便多加研究。這後面的東西，她也還不明白，但她確定必有高人在焉，此事必須靜觀，可以不必和閣羅鳳說出。

閣羅鳳主意既定，便把段儉衛找來，告訴他準備二十兩金子，一百兩銀子，前往安寧拜會張虔陀，請他與李宓接頭，南詔閣羅鳳前來拜會他之後，便將往拓東見雲南都督李宓。段儉衛除金銀之外，還帶上一支犀角，還有些七零八碎的東西。

張虔陀見新登極的閣羅鳳派人來到，便對段儉衛好好的招待，還說與李宓交道，他也還得送禮，所帶來的東西，他將設法代為轉送。這時張虔陀想的，是機會來臨，見一見瑟瑟，此番務必好好的計劃一番。身為雲南太守的張虔陀和段儉衛說道：「望你去告訴閣羅鳳大王，去會一會李宓是非常必要的，李宓其人不簡單，待拓東局勢安定下來，南詔要與他交道就不容易了。對於一個人，所謂攻心為上，閣羅鳳要贏李宓，我很願意盡一點力量，最好辦法是請大王偕著妃子到我這兒來，大家乾一杯，好好的研究研究。請將軍報告大王，就說我張虔陀是講義氣的人，金銀財寶是在其次。」

段儉衛輕易的見了張虔陀，然後回到大理覆命，閻羅鳳仔細聽了段儉衛的報告後，問道：「除了張虔陀之外，還見到什麼人沒有？」段儉衛想了一下答說：「見過一位城使王克昭，吃飯時，張虔陀旁邊還有一個婦人；他也不介紹究竟是什麼人？只叫她為我斟酒，那婦人似乎並不是太守夫人。另外出出進進的，還有一個麻子姑娘，黑是黑，眼睛卻又大又水。另外就未見其他人了。」

閻羅鳳問：「你看那張虔陀是不是鬼計多端的人？」

段儉衛想了一下答：「是否鬼計多端？難看得出，但看他必是酒色之徒無疑。如果大王非要與見面不可，就要把段儉保和沙多朗帶在身邊。」

閻羅鳳說：「不錯！就這麼辦。」

當晚，閻羅鳳把要去與雲南太守張虔陀見面的計劃和瑟瑟講了。瑟瑟說：「您聽清楚了嗎？那張虔陀要為您盡力，這就是說他還想要點黃白物。」

閻羅鳳接道：「黃白物是可以的；他還希望我們二人都到他衛門去。」

瑟瑟說：「不妨！再他有登天入地之方，我陪您去就是。」

時入六月，閻羅鳳和瑟瑟，帶著以段儉保、沙多朗為衛隊長的十騎，另有四騎是專運東西的，總共十六騎，連同馬伕雜役前往安寧。

在雲南太守方面，自從段儉衛離去後，張虔陀就計議著如何紮紮實實的整閣羅鳳一頓，還有是果然瑟瑟也到來的話，那就得好好的搞了。張虔陀的法寶，除了油嘴滑舌，就是使用迷藥，應用喝酒的機會偷龍轉鳳。在這以前，他已用老伎倆佔了很多便宜，就如鵬高那妻姨小黑痳子梅化春，本是姜鵬高的禁臠，卻被他威脅利誘硬騙到手，個中情節之卑鄙，實不足為外人道。姜鵬高雖是有名無賴，也只得忍受下來；至於梅化春，由一家春變了兩家春，也就何樂不為？梅化春是姜鵬高當抵押放在張虔陀家的；張虔陀靠王克昭的賭局，使姜鵬高輸到必須讓出梅化春，明知張虔陀是看中他小姨一個「騷」字上，也只好答應；除非賭債付清，這抵押也才收得回去。但張虔陀在黑痳騷小梅身上，據王克昭從他太守大兄處聽來，是妙不可言一句話。

就是這麼荒唐的唐朝邊官，唐玄宗既可兒子媳婦拿來享用，張虔陀也無非把朋友的妻姨拿來打夥，實在說也沒有什麼嚴重。

閣羅鳳一行尚未來到，那雲南太守衛門已有了充分準備。

原來段儉保對閣羅鳳談到張虔陀的印象時，只說了「酒色之徒」，未曾估計他會鬼計多端，後經閣羅鳳一問，點醒了對張虔陀不可掉以輕心，後來就又與段儉保和沙多朗商量了一個萬全之計。表面上，連同閣羅鳳與瑟瑟，甚至馬伕雜役不到三十個人，其中有兩名貼身侍衛隨時聽段儉保指揮，他二人各揹竹製的箭筒，只須一張火，竹筒便冒黃煙昇高，五里以內晝夜可見。另有化裝成商族的馬幫商人六十左右人，他們已先出發，到安寧雲南太守衛門附近駐下，段儉保給他們的密令，是隨時注意有無黃煙，如見黃煙昇起，便飛馬趕至太守衛聽命。

雲南太守衛門，兵丁雜役全部不到五十人，張虔陀要有什麼鬼主意，也是不會成氣候的。閻羅鳳安寧之行已準備得萬無一失，對整個的安排，閻羅鳳深感滿意。

歷來，閻羅鳳想，對唐朝邊遠駐兵，凡彼此間有衝突，便以用牛刀殺雞的方式，弄個足以使唐朝官吏破膽的局面；而且既準又狠，絕不心軟。

張虔陀實在也只是酒色之徒，但在李宓坐鎮拓東挑撥各大鬼主互相殘殺之際，大理對任何唐朝的衛門，一概磨刀霍霍，絕不掉以輕心。

當閻羅鳳拜訪雲南太守的人馬到達，張虔陀迎入之後，又見到堆滿了衛門的禮物，接過了黃白物，他注意來人中少了什麼瑟瑟，總有點神不守舍。由段儉保先向張虔陀一揖，然後介紹：「這就是南詔閻羅鳳。」張太守先作了揖，便問：「王妃未隨駕而來嗎？」之後又問閻羅鳳身邊的美男子：「這是誰？」閻羅鳳答道：「他是我的侍衛。」那花花太歲一睍眼前面如冠玉的南詔侍衛，忘記了夢寐想一見的瑟瑟，竟對閻羅鳳說道：「很好！很好！」但不久，張虔陀就已發現蹊蹺；心想，正好！便始終裝傻，使閻羅鳳識不破他已經知道瑟瑟已在身邊。段儉保察顏觀色，早已提高警惕。

酒席瞬即擺好，張虔陀請閻羅鳳坐了上位，面如冠玉的侍衛坐閻羅鳳左席，即刻召來一位花枝招展的美婦坐閻羅鳳右席；張太守各自坐近侍衛，城使王克昭坐美婦的右邊，接下去是姜鵬高，餘下的兩席，張虔陀原意是要讓段儉保和沙多朗坐的，但段儉保和張太守說道：「我們南詔規矩，除了詔的侍衛，我們只能在左近待命。」這張虔陀就正是不喜歡他倆同席，便立刻再設一席，叫了其他人前來陪伴段儉保與沙多朗。

張虔陀說：「飽食不如寬坐」，他與閣羅鳳這一席，就只六個人。段儉保和沙多朗一席坐滿八位，正廳之外，另有數席。既坐定，張太守便把一小罈酒傾入一個瓷海碗，用一大把象牙杓攪了一攪，然後細心的舀在各人的象牙杯中。

張虔陀先舉起杯子，說：「祝大王健康！」大家都舉杯，一飲而盡。坐在閣羅鳳右邊的美婦立刻臼酒裝滿各杯，閣羅鳳舉起，說：「太守！諸事托福。祝太守快樂健康！」

這時，張虔陀說：「請侍衛檢查一下，各位的筷是象牙的，請菜前，務請把筷子往菜碗攪一下看；這是必要的，我吃飯歷來如此。」

閣羅鳳說道：「太守真週到！其實，用不著這麼細心；人只要光明正大，生死有定，痛快的吃喝玩樂，是應該的。」

閣羅鳳說話時，瑟瑟不但看了看筷子，也向菜碗中攪了幾攪。

張虔陀立刻添酒，這時他仔細的看著瑟瑟，心兒立即搖晃，說：「南詔王的侍衛，我敬你這一杯。」

張虔陀喝乾。

瑟瑟只作飲狀，未沾唇而放下象牙杯。

張太守很耐心，說：「這酒，大致要喝二十杯才會醉；希望你今天能小飲十杯。」

瑟瑟答道：「太守大人，放心！我一定喝二十杯。你如果誠意，就先喝二十杯再說。」

瑟瑟的話像聖旨，張太守就要喝二十杯。二十杯喝後，太守硬要侍衛喝十杯。閣羅鳳深知瑟瑟能喝，一點不緊張。瑟瑟毫不遲疑，一連裝十杯喝了。之後，王克昭說道：「張太守今天很喜歡南詔閣羅鳳移樽就教，連連喝酒，萬一過量而話語坦率，望大王多所原諒。」

張虔陀這時，知道王克昭已曉得侍衛的真身分，正為自己佈署迷陣，裝酒醉是免不了的，就又和「侍衛」說道：「我們來做一宗交易，你喝十杯；希望閣羅鳳大王也喝十杯，我張虔陀以二十杯交換。」說後望向閣羅鳳，等他表示態度。

閣羅鳳說道：「太守，你鬥你的酒，和誰鬥便和誰鬥，不必把我拉上。」

張虔陀又望向王克昭，說：「城使，你試探一下，我們能不能與南詔貴賓披肝瀝膽的做朋友？我的意思是彼此能夠歡歡喜喜，盡情作樂，我自己是醉了，但南詔王並沒有醉。」

說後，又對美婦人道：「安寧城的美婦人，妳今天的責任是必須使南詔王酒醉飯飽，甚至，大理要什麼，那怕是妳身上的任何東西，知道嗎？現在，妳就開始罷，能把大王拉得進睡房，我就最高興了。」

美婦這時向閣羅鳳一瞟，也就好好的看清楚了閣羅鳳旁邊的美少年，她立刻為之動心，淫蕩的本性難以抑制，兩隻眼睛死釘著瑟瑟，很想把他勾上；不勾上也得瞧過夠，就在這瞬間，瑟瑟已看穿這婦人的人事，也用調情的眼睛向美婦擠了兩下。帶有酒意的美婦人，一時間難以鎮定，說道：「大理來的大王英俊威武，大王的侍衛更教人意亂情迷。」話從口中說出，態度已蕩得不能收拾。

張虔陀當然都已看在眼裡，說道：「安寧美人啊！看妳已迫不及待，有本事就把閣羅鳳大王拉上床吧！右邊，門一推就是。但，王的酒可還沒有喝夠。」

婦人已聽懂太守的話，便設法向閣羅鳳勸酒，一面勸酒一面也和瑟瑟吊膀子。閣羅鳳雖能夠喝酒，但已喝了七八成之時，面對著一個成熟的蕩婦，心裡已有些難耐。喝酒勸酒進入一種混亂的情形下，瑟瑟聰明，也無法防有心人的佈置；閣羅鳳終於支持不住，張虔陀當即叫來梅化春，與美婦人合力把閣羅鳳扶進臥室。瑟瑟察顏觀色，知張虔陀不懷好意，亂中與段儉保打了招呼，段儉保用原來約好手勢交換了意見，即暗示揹煙箭的放訊號。那南詔兵裝著到廁所小便，離開了別人視線，他去傳遞緊急訊號了。

方才扶閣羅鳳進臥室的安寧美人和梅化春，兩個人各撐一邊把閣羅鳳扶著；梅化春因見閣羅鳳英俊瀟灑，感覺到她體溫的溫暖，心中覺得非常好過；她在胡思亂想，這才真像一個男子漢，張虔陀一臉橫肉，一身肥胖，一雙淫眼；姜鵬高更是無賴流氓，毫無情趣可言。黑麻騷居然想入非非，對醉得人事不省的閣羅鳳大感興趣。安寧美人因見南詔侍衛已跟著前來，也心花怒放，方進臥室，她就不顧扶閣羅鳳，讓梅化春一個人勉力抱著閣羅鳳，轉身把瑟瑟一抱。瑟瑟情急智生，朝那美人腮上一親，在她耳邊輕聲說道：「別急！有機會的。」說後迅即幫梅化春把閣羅鳳扶上睡床，又迅速從腰間取出一顆小黑丸，餵入閣羅鳳口中。

美人竟迫不及待，摟緊瑟瑟。瑟瑟因要拖延時間，虛以委蛇，二人抱著一團。梅化春不知如何是好，只裝著看侍閣羅鳳，向眼前英俊瀟灑的南詔王身上亂摸。顯然的，太守府中這兩個女人都已陷入意淫狀態，如醉如痴。

這時，張虔陀已進到臥室，眼見安寧美人緊摟著瑟瑟之陶醉狀，不由的想笑。即刻他說道：「大家出去，讓大王好好躺一下。」梅化春起身離開，安寧美人卻依依不捨，一臉通紅，也走出臥室。

瑟瑟用手摸摸閣羅鳳的嘴和鼻孔，胸有成竹，力持鎮靜。張虔陀卻於此時對瑟瑟說道：「想來大王還安睡一個時辰。請你到另一室去休息一會。」說時他指向另一道門，那是臥室的另一套間。

瑟瑟毫不畏懼，向另一間小房深入，張虔陀也跟了進去，而且他瞬即關了房門。張虔陀這時已色膽包天，對瑟瑟說道：「王妃，失禮了！」

瑟瑟這時已知道張虔陀窺破祕密，不加解釋，正言令色的問道：「太守，你想怎樣？」

張虔陀非常輕浮的答道：「那還要說？瑟瑟公主乃是當今天下最美的美人，我聞名已久，此生願望，就是想一親公主芳澤。」

瑟瑟此時非常冷酷，決心好好教訓這位唐朝邊疆大員一頓，說道：「太守大人，你們漢人是可以這麼胡來嗎？」

張虔陀嬉皮笑臉，不知天高地厚，各自說道：「只請公主可憐可憐，做牛做馬我都願意了！」

瑟瑟道：「你真這般痴！何不就跪下先發誓。」

張虔陀，唐朝欽命的雲南太守終於跪在一個蠻王妻子腳下，痴痴呆呆的說著：「我張虔陀為情所迷，心甘情願，願做瑟瑟公主的奴僕，如有不忠實，不得好死！」發誓後起身，就想去摟抱瑟瑟。

瑟瑟卻轉移話題問：「太守，請把心情放輕鬆一點；方才那位美婦，以及那位雖不美但卻可愛的黑麻子究竟是何許人？她們好像都如饑如渴般，能不能講講她們的底細？」

張虔陀答道：「公主，說來話長，留在以後再奉告。現在時光緊要，請開恩救命，我，心中在抖了哩！」

瑟瑟萬分鄙視眼前的唐朝雲南太守，計算著閣羅鳳可能酒醒的時間，裝出不在乎的樣子和張虔陀說：「太守大人，你不會調情嗎？慢慢來才有味；你不知道，我們彝人對男女情愛非常放任，你大可不必緊張，你的衣服總不能也穿在身上吧？」

張太守已經不能自我控制，手都有點發抖，一心想著夢寐以求的瑟瑟公主，已經沒有問題，還會想其它嗎？他終於反身脫衣。

這時，瑟瑟迅速從腰間解下長絲帶，跳前一步，幾下便把張虔陀綑綁起來，動也動不得；張虔陀這花花太歲，未曾料到瑟瑟有此一招，已力不從心蜷縮在地上，但當瑟瑟用力綑張虔陀時，被張朝她手臂上猛咬了一口，血流不止。瑟瑟把張虔陀制伏後，順手把張虔陀脫下的衣服拉了一角塞入他嘴裡，匆匆奔到閻羅鳳床前，拉起閻羅鳳。閻羅鳳已大半清醒，一驚，也就完全醒過來。兩人即刻步入大廳。剎那間，廳中各人已知發生事故，瑟瑟迅即閃到姜鵬高後面，段儉保跳前伸出右手往王克昭脖子一繞，只見王克昭雙手亂撥，死命掙扎。姜鵬高眼見王克昭的遭遇，已不敢輕舉妄動，那安寧美人先見衛士一雙手臂是血，又見王克昭作垂死掙扎，嚇得一臉發白，不知如何以自處。

沙多朗這時吼了起來，說道：「各人不許亂動，誰動，頭先落地！」

整個太守衛門內的氣氛是緊張的，隨閻羅鳳來的所有人員都已亮出利刀。閻羅鳳已取出衣袋中的白絲巾扎緊瑟瑟手臂上端，用止血藥止了血。

這時，姜鵬高說道：「稟告大王，請聽我一句話，這太守衛門裡的人，此時一個都不宜放走；否則您及有來人非常危險。另外，我請求大王饒我一命；我定把張虔陀的一切鬼計說出。」

瑟瑟小聲和閻羅鳳說了幾句話後，拉走姜鵬高入張虔陀寢室，然後對一身發抖的姜鵬高說：「給你個將功折罪的機會，我要你親手處死張虔陀這壞蛋。」姜鵬高答：「我很願意做這件事，但張虔陀在哪裡？方說出這話，他已發現張虔陀被綑得緊緊的，嘴裡塞著衣服，躺在一邊牆角。

瑟瑟問：「你怎麼解決他？」

姜鵬高戰戰兢兢的答道：「這房裡有毒酒，我知道放在何處，最好就是灌他毒酒。但是，我有個小姨梅化春的，被張虔陀設計占有，請他饒她一命好不好？」

瑟瑟說：「可以，快找出毒酒！」

姜鵬高一剎就找到張虔陀的毒酒瓶，拿著走到張虔陀面前，邊罵道：「死老張！你作惡太多，怨不得人了。」說時拉出張虔陀口中塞著的衣袖，把毒酒灌入他口中；才一會兒，張虔陀掙扎了幾下，臉就伸直死了。還不待姜鵬高站起，瑟瑟猛朝他臉上一腳踢去，口中說：「靜靜的躺著；裝死，否則沒命。」

瑟瑟閃入大廳，閣羅鳳說道：「只有幹了！」瑟瑟點頭，閣羅鳳向段儉保作了暗示，太守衛門裡變了屠場。閣羅鳳也揮動鐔鞘，先刺死那安寧美人，瑟瑟在亂哄哄中，把梅化春找到，對段儉保說：「這麻子留下。」又推倒梅化春，叫她靜靜躺著，否則無命。

就在這時，因見黃煙昇起趕到太守府的六十名精壯，亦已到達。沙多朗飛奔到大門，把六十精壯放入，再把大門關緊，告訴南詔精壯，見人就殺，逢人便砍。段儉保則保護著瑟瑟，閤羅鳳跳上桌子指揮。那太守衙門內的人，個個不知就裡，有的跪地求饒，但除了姜鵬高和梅化春，都已死於刀下；大理來的劊子手，一口氣殺死了一百六十人。

之後，閤羅鳳把姜鵬高叫來，問他有何話說？姜鵬高一開口便問：「我那梅化春呢？」睡在地上的黑麻騷出聲：「我在這裡。」姜鵬高這時才說道：「這雲南太守張虔陀實在壞極了；這淫蟲，安寧不少婦女，只要稍有姿色，他都想方設法，務求達到目的。你們南詔來人把他解決了，安寧人是高興的，但趕快離開吧！消息一旦走漏，拓東一帶唐朝的駐軍必然趕到。我當然也不能不跟你們走，望收留我兩個，我們願到大理去求個活命，……」

沙多朗這時小聲在閤羅鳳耳邊說了兩句，閤羅鳳又和瑟瑟說了幾句，然後閤羅鳳微微點了點頭，沙多朗跳前順手一刀，姜鵬高立刻倒地，同時告訴梅化春：「此人不好，所以殺他；安寧城現在已是南詔的城池，這太守府中，就只放妳一條命。」

南詔閤羅鳳一共不滿一百人，一夜天控制了安寧城，然後把當地爨氏大鬼主找到，連番開會，從長計議，準備把唐朝在境內的力量清除。

由於雲南太守張虔陀之死，安寧城一夜天完全落入南詔勢力掌握之中，姚州也就迅速被爨氏鬼主拿下，有限的唐朝兵勇被消滅得無影無蹤。當然，安寧姚州兩城的易幟，消息立刻傳到鮮于仲通耳朵裡；南詔閤羅鳳頓時也知道事態嚴重，回到大理後，便把王盛等人找來商討可能的演變。

血洗雲南太守衙門，一口氣殺死一百六十人的事，很快的使大理陷入緊張中，一般都認為，唐朝再是息事寧人，也不會輕易放過此事，何況李宓這段時間的努力，正是想恢復唐朝在雲南的影響力；劍南節度使鮮于仲通近些時的所作所為，都是在防止南詔的勢力擴張。而安寧姚州兩城，明顯的就是唐朝在雲南的勢力象徵，大致長安是不會緘默的；就算緘默也必為時不久。

閣羅鳳一直深思這個問題，有時甚至有些後悔，但一想到張虔陀咄咄逼人的口氣，就又堅強起來；他想，南詔要想在唐朝與吐蕃之間生存，總得做出點事來讓他們見識見識，哪怕是要經過一段艱苦的歷程？

閣羅鳳首先向高康定請教，高康定聽了閣羅鳳所講，當然先想到唐朝對他說過的事。禍事已闖下來，眼見南詔將面臨艱苦的日子，心中很是難過；南詔與唐朝的關係可能就要惡化到不可收拾，自己身為漢人，飽讀詩書，不但做過南詔的清平官，還協助唐朝把南詔扶持成蒼洱區最有實力的國家，當前的南詔王還是自己的乘龍快婿；當這乘龍快婿面臨著禍事的時候，不管他聽與不聽，總得把實話告訴他才是。高康定的健康已經很差，他咳了幾聲嗽，才慢吞吞的和閣羅鳳說：「事已至此，如能急流勇退，大勢依然可以挽回，問題在劍南節度使鮮于仲通是否能息事寧人。基本上，長安對南詔是想結好的，他們所防的是吐蕃。安寧城的事，如果能當作一種誤會來處理，由南詔先向劍南節度使認個錯，我想長安將絕不會因此與大理鬧翻的，因為萬一大理與吐蕃聯手，唐朝就費事了。」

閤羅鳳聽了高康定的意見，心中立刻有了路道，他想，就先向劍南節度使照會一聲，實在是受不了張虔陀的氣，才有安寧太守府的事情發生。如果唐朝翻臉，便聯吐蕃以對抗。

閤羅鳳靜了一會，問高康定道：「由大理向劍南節度使解釋安寧的事，是否丟臉？」

高康定答：「現在恐已不是丟臉不丟臉的事，而是唐朝對於雲南太守以及城使一批人的公然被南詔所殺絕不會不問；早與遲，如果南詔不願示弱，唐朝勢必動用武力。因此，如果似乎認錯的解釋能夠把這事了結，仍是上上之策。」

閤羅鳳又問：「如果唐朝不接受大理的解釋，南詔如何對策？」

高康定答道：「那就比較困難了！但，我想長安總不致就輕舉妄動。」

閤羅鳳當然知道高康定的想法，也知道高康定的慎重，尤其知道高康定此時並未表示出真正的憂慮。他沈吟了一下，說道：「我決定這樣做，禮貌上，向劍南節度使解釋安寧城的事。同時，南詔得作應變的準備；就像您老人家說過的，那鮮于仲通很想在南中有所表現，說不定此番他就藉安寧的事發作哩。」

高康定深知閤羅鳳並非怕事的人，又想到目前雲南地區所有的大鬼主都站在閤羅鳳一邊，安寧姚洲輕易掌握，也正是給唐朝點顏色看看的大好時機，因自己年事已高；這些年來唐朝邊官的胡作非為，長安天子又在奸臣包圍之中，因此何必委屈求全，不如聽其自然。終於和閤羅鳳說道：「事已至此，也就只有走一步算一步了。但千萬冷靜，不可操之過急。」

最後，高康定又加了一句：「陛下，您繼承王位後，南詔宮尚未舉行登基儀式。因此，目前無論如何還須注意一個『忍』字。」

閣羅鳳這時也才想到，原來他的岳父，心目中還好好記著這件該做而沒有做的事，其多方顧慮不是沒有原因；一個飽讀詩書的漢人，確乎其心路是正直的，在任何彎曲的遭遇中，無論發生什麼事變，也總忘不了一個循規蹈矩的原則。閣羅鳳沈吟了一會，和高康定說：「謝謝您老人家的操心了。本來，我到安寧城為的也是想使登基儀式做得周全一些，想不到反而惹出這麼大的禍事。說到『忍』字，閣羅鳳一定好好的記著就是了。」

回到南詔宮，閣羅鳳把與高康定商談的事，一一與瑟瑟講了一遍。瑟瑟明察秋毫，已看出閣羅鳳心情沉重，說道：「漢人有句話說『船到橋頭自然直』，高老頭是一味的漢人思想，南詔一切被唐朝所逼，與吐蕃結個盟有什麼不可？我看我們還是準備自己的事吧！」

閣羅鳳聽瑟瑟一說，心情開朗許多，反問：「什麼些自己的事？」

閣羅鳳聽瑟瑟爽朗的答道：「一，邀請所有大鬼主到大和村來，名是慶祝從漢人手中奪回安寧姚州兩城的控制，實是要大家準備劍南可能的進攻；二，再把大理有名聲的大小頭目請到宮中來，聯歡一番，唱唱民歌，跳跳葫蘆笙；三，暗地裡把兵丁組織好，把帶兵頭目調整好；四，約閣頗來與您見見面，看他有什麼高見；五，叫王清平官及段儉衛計劃籌備這幾樣事。交代清楚後，我倆個騎馬到清碧溪洗過澡！」

瑟瑟說完，閣羅鳳高聲笑了起來。

瑟瑟道：「您呀您！很久沒有這麼爽快的笑過了。」話方說完，她即刻取來酒壺，倒了兩碗酒，把一碗給閣羅鳳，自己端起一碗，說道：「來！」她兩三口喝乾。

閣羅鳳也一飲而盡，之後自己繼續再斟滿一碗。又問瑟瑟還喝不喝？

「當然！」瑟瑟答道。

喝完兩碗，瑟瑟道：「且慢！叫人去把王清平官和段儉衛找來，吩咐一下事情好不好？」

閣羅鳳高聲喊：「查戈！」

一名不穿上衣的壯丁進來跪在地上。

閣羅鳳說道：「查戈，你到史酋望那裡把他叫來！」

查戈跪著後退一步，才爬起身離去。

瑟瑟問閣羅鳳：「這個叫查戈的在此多少年了？」

閣羅鳳答道：「好幾年了，人很老實。」

瑟瑟說道：「要特別小心身邊的人；你想想，高潔清身邊的卡兒，事情一發生，當天夜裡就失蹤了。」

閣羅鳳說：「真不知究竟什麼回事？那女子很可憐！」

瑟瑟：「可憐？我判斷，她是吐蕃奸細。」

閣羅鳳：「有這麼嚴重？妳把妳的推想講給我聽聽。」

瑟瑟說道：「高潔清之死，我已和您講過；高清平官當然知道底細，但人既死，有個稍好的結論也就算了，如果硬要追究，可能使許多人牽連進去。高清平官願意不追查高潔清之死，他一定有隱衷。換句話說，高老頭是處理問題的高手；您想，高潔清想毒死我只是為我從她手裡把您奪走嗎？絕不這麼簡單。我不是也告訴過您，我在聖鹿坡居住時曾有飛鏢警告，要我進宮時勿隨便進食；那飛鏢是什麼人的傑作？從各種蛛絲馬跡，吐蕃與劍南節度都在大理安排有人，他們歷來都想監視對方在大理的活動，不知有多少能幹與不能幹的雙方奸細在南詔統治地區勾心鬥角，這其中當然也就會產生許多誤會，編錯過多少情報。例如，吐蕃安排了卡兒在高潔清身邊，目的在探查您的思想行動。劍南節度可能從吐蕃許多對外事務中看出，他們對大理的情形非常清楚，終於判斷在南詔宮中必有吐蕃奸細，而這個判斷所假想的人便集中在我身上，則警告我小心的，豈不又是吐蕃的故弄玄虛？這不過是推測。這個，我們慢慢才會知道。暗地裡，大理似乎也有高手。閣羅鳳，這，要不是您嚴守祕密連我都不告訴，就是連您都在鼓裡；也許，您才是真正的高手。」

閣羅鳳靜靜的聽著，覺得津津有味，同時更深一層的想到，瑟瑟原來也曾注意到這許多複雜的事，自己也不是不注意，只是這些事並非自己掌握，許多殊值懷疑的事是來自感覺之中，是來自別人對自己的關懷之中，還未能具體的認知，因此也就未曾與人談及。嚴格的說，自己是在鼓裡。所以，對瑟瑟不覺有點慚愧，乃答道：「我實在只算是在鼓裡，與妳比嗎？瑟瑟妳才是高手了！」

這時，大殿外的聲音：「史酋望來到！」

「進來！」閻羅鳳說。

史酋望入來，跪下。閻羅鳳說：「你立刻去通知王清平官和段大軍將，要他們兩根今晚天黑時到宮裡來。別忘記！告訴他們把大鬼主及所有大小酋望、羽翼長的名冊都帶來。還有，要他們守祕密。」

閻羅鳳稍想了一下，才說：「你就去吧！」

史酋望爬起來走後，閻羅鳳對瑟瑟說：「倒酒吧！也拿出點乾巴來。」

瑟瑟眼快的倒了兩滿碗酒，擺出一盤烤乾的鹿肉。

閻羅鳳舉起碗喝了一口，眼睛似乎更加光亮，說道：「瑟瑟，我懷疑在蒼洱區，包括大雪山鶴麗劍，西至哀牢，東至拓東，有一股力量，這股力量有人在指揮著，當然這個人並不是我。」

瑟瑟聽閻羅鳳如此一說，有點眉飛色舞，反問：「是誰在指揮？」

閻羅鳳道：「我也想問妳啦？」

「問我？您不知道，我更是不知道！」瑟瑟覺得閻羅鳳說話怪有意思，而且話中也還有話。因而反問：「什麼道理促使您這樣問我？」

閣羅鳳說道：「讓我們清理一下：瑟瑟，當初我去見妳父親之前，閣頗突然來見我，要我出門時，務必把他所交給的一條白絲巾披在身上。」

瑟瑟打斷閣羅鳳的話，說：「等一等！這就巧了，那天黑夜中我出發前，我父親在我臨上馬時告訴我，說閣羅鳳定必披著白巾。」

此時，閣羅鳳和瑟瑟都自己驚起來，這個對照的吻合，是他們從來都沒有想到過的；絕不可能是巧合，因此他們都突然的又驚又喜。閣羅鳳先自言自語：「難道閣頗與妳父親本來有聯繫？」

「這！」瑟瑟也有點懷疑，說：「但是，我為什麼一點都不知道？我以為，我父親並不認識閣頗。」

閣羅鳳接道：「可能並不認識，但有聯繫，我想起來了！那沙多朗是幹什麼的？」

對於一個未知的關係，閣羅鳳和瑟瑟突然間有了領悟，看見它的入門，覺得非常好奇；愈是想愈是有些怪，又因為怪，倆人不免又都想到對方，深恐對方原是知道底細但不肯說出來，如果彼此間各有祕密，那豈不可悲？人還有什麼意思呢？

閣羅鳳深思了一會，又問瑟瑟：「瑟瑟，妳先前為什麼竟想到要我把閣頗請來，問他有什麼高見？妳對閣頗有什麼認識？」

瑟瑟笑了起來，說道：「閣頗的一切，都是您告訴我的，我以為他在雞足山修行，會有高深的智慧，所以建議您和他談談。方才，您想到或許他與我認識，這是您走火入魔了。我們還是暫時放下這些吧！」

閻羅鳳也覺得有點鑽牛角尖，和瑟瑟說道：「是了！我們今晚還得和王盛與段儉衛談許多事。」

瑟瑟接著問：「今晚，或許我不該在場？」

閻羅鳳答：「不必多想，我要妳在場。」

之後，閻羅鳳便拿起小搥往小鑼一敲，查戈又跑來跪在地上，閻羅鳳罵道：「就只你一個人嗎？」話剛完，就又有別的人跑來跪下，閻羅鳳猜想，這些人定是在賭，問道：「誰贏了？」方進來跪下的一個答：「是我楊天贏。」

閻羅鳳不由得笑起來，瑟瑟也覺有趣，也笑了起來。閻羅鳳吩咐道：「黃昏過後，叫廚房弄些下酒菜來。好！你們去吧。」

查戈等去後，瑟瑟笑著和閻羅鳳說：「您真了不起！明察秋毫，楊天遲來，就知道他們在賭了。」

閻羅鳳說道：「只須看他們的神情；他們心裡有什麼事，總是在神情之間一望而知的。」

瑟瑟笑了一下。

黃昏到來，王盛和段儉衛已先後到來。

廚房的賽梭和聊奪也迅即擺好酒菜退去。

閣羅鳳一出現，就說道：「哦！來了，你們，我有幾樣非常要緊的事和你們商量。我想，也請瑟瑟一起。」說後他就揚聲叫：「瑟瑟！」

瑟瑟入來，閣羅鳳說：「我們一邊喝酒，來！坐下來。」

閣羅鳳問：「有沒有各大小鬼主的詳細名冊？」

段儉衛答：「有！而且都帶來了。」說時已隨手奉上。

閣羅鳳說道：「有就行了。」

瑟瑟於是斟了各人的酒。

閣羅鳳又對各人說道：「來吧！先喝兩碗再說，也一邊吃菜。」

都舉起來喝了大口，空氣有些嚴肅。

閣羅鳳開口道：「假使高清平官也在坐，我就得也學些孔夫子氣了；王清平官，你大致可以輕鬆些吧？你知道嗎？大軍將段儉衛真是我們南詔了不起的人物，多年前他居然和一隻大熊打鬥，而贏家也是他。」

話題一點味道都沒有，但彼此間有了笑容了。瑟瑟深知，因為有她在，男人們都有些拘束，這悶局除非她，是不容易扭轉的。終於，她輕鬆的說道：「最近安寧的事，可能將是唐朝與南詔的重要歷史環結，我要講的是好笑的小事，我們在那張虔陀的太守府中喝酒那天，大王是醉了，那被稱為安寧美人的婆娘扶著閣羅鳳陛下進臥房時，因未識出我來，見是一青年小夥子，居然摟起來發瘋似的。那天的場面緊是緊張了，但也相當有趣。真沒料到唐朝會派出那種料子來當太守。」

瑟瑟的話當然打破了悶局，段儉衛說道：「據段儉保說，那婆娘雖四十左右，卻還相當有姿色，而且好像見不得男人似的。」

瑟瑟接道：「連我，只不過穿的男裝，她都見不得。」

閣羅鳳笑將起來，說道：「小夥子，她當然見了就恨不得抱妳上床。」

空氣已大大的改變，閣羅鳳於是說道：「我們也來談談因安寧事件引起的當前局勢，王盛老兄清平官，你看唐朝是不是就會對南詔來個泰山壓卵？」

王盛答道：「這問題我是好好想過了的，我以為，唐朝真正要怎麼做？我們改變不了，切要的是我們不但應該有準備，甚至必要時我們還得採取主動。唐朝固然大，但他們不是只對南詔，換句話說，他隨時防吐蕃，我們也不必太輕看自己，就像這次安寧甚至姚州的奪取，可以看出，唐兵是非常怕死的，南詔應該就擺出一副準備戰鬥的姿態；就算我們真的心虛，也不能表現出來，因為目前南詔與唐朝之間，已處在一個對峙局面。」

閣羅鳳轉頭問段劍衛：「你說呢？」

段儉衛道：「王清平官說的乃是事實，許多位大鬼主目前關心的，乃是大王何時舉行登基大典？我的意思，就擇吉來一次盛大的登基大典，目的在把我們各族的力量好好的團結起來。」

段儉衛說時，王盛在微微點頭。段儉衛話方停止，王盛就接道：「這是很好的主意，我們就決定一個日期，隆重慶祝大王登基；這個時候，我們把鶴麗劍，把蒼洱、拓東、哀牢各處的鬼主頭人叫來，大家好好的作一個團結對外的商討。我想，這是應該的。」

王盛說後，望向閣羅鳳。

閣羅鳳這時和王盛說：「對啦！有件事你必須馬上辦，就是擬一件公文，向劍南節度使鮮于仲通解釋安寧城事件，向他說明張虔陀其人之橫蠻無理，特別指出，過去很多事，都是他在其中作梗，希望劍南節度把事情奏呈長安。你斟酌擬就是了，反正他聽不聽是他的事，我們作我們的準備就是了。」

閣羅鳳這時問瑟瑟：「登基的事，時間是隨便可以決定的嗎？妳說呢？」

瑟瑟當即答道：「擺在眼前的日子有一個六月二十四日，倉促一點，我們何不好好的利用這個日子？」

閣羅鳳面露喜色，搶著說道：「這是很有創意的，先父王在這一天統一六詔，民間的火把節本含有抗議的心理；就用這個日子作登基日期有何不可？王清平官，你覺得怎樣？」

王盛答道：「這是一個很智慧的意見，南詔今天非常需要攏絡民間情緒，六月二十四當然是個好日子。」

段儉衛接著說：「但，如果陛下徵求高老先生的意見，以漢人的想法，就不會喜歡這個日子了。」說後，笑將起來。

閤羅鳳也立刻笑起來，但卻說道：「照常情而論，漢人的思想不會取這個日子。但，漢人也講策略；就是說，在策略需要時，小的枝枝節節就都不是問題。不過，無論如何，關於用這個時間的事，我當然不向他徵求意見，只要我們四個人決定就成了。因此，我們就好好研究一下。」

不等別人說話，閤羅鳳又問瑟瑟：「妳還有其他想法嗎？」

瑟瑟答：「沒有。」

閤羅鳳又問王盛及段儉衛：「怎麼說？是不是還有更好的時間？」

王盛說道：「就如陛下方才提到的，有點策略性，我以為，我們就決定這個日子吧！」

段儉衛也說道：「我同意。」

閤羅鳳舉起酒碗，說：「來吧！為這個好主意喝一口。」

大家喝了酒，閤羅鳳說道：「事情就由你倆商量著辦，我授權你們全權進行。再就是在籌備期中，暫時祕密一些。問題就商討到此為止，繼續下去的，是我們喝酒吃菜；隨便喝，隨便吃，隨便說笑。來！喝！」

王盛這時在注意，瑟瑟喝酒就跟閣羅鳳一般，像飲水一樣，面不改色。

段倹衛這時問道：「大王那天在那死鬼張虔陀處究竟喝了多少？為何醉了？」

閣羅鳳答道：「他們下了藥。」

瑟瑟也補充，說：「是被下了藥。」

段倹衛也說：「段倹保很懷疑那天的事，究竟他們怎麼下手腳的？」

瑟瑟道：「那天下藥的，就是那安寧美人，藥是在她的小手巾上，當大家亂著敬酒時，她取出另一塊小手巾，裝揩臉時把藥粉撒在她自己的酒杯裡；在亂中，她調換了大王的酒杯，這是當她扶大王離開席面時，我見地下有一塊手巾，也見她手上還有另一塊手巾，拾起來藏在袋裡，事後看那小手巾，上面還有迷藥粉，對我來說，是一種恥辱；我未能發覺她調杯的事。」瑟瑟說感到恥辱，是真心話，她自己正是巧於調杯的人，要非懂得調杯之計，她早已不在人世。

閣羅鳳當聽到瑟瑟說：「對我來說，是一種恥辱。」時曾大笑起來；他連想到的也正是她過去調杯的事。但瑟瑟的本意，乃是護衛保駕之失職……

段倹衛聽後，趕快安慰瑟瑟，說：「我想，除了仙人；他們處心積慮，有了安排，就算有多少隻眼睛也是防不了的。」

其實，影響了南詔與唐朝關係的安寧事件，真算是一場悲劇，這場悲劇使蒼洱地區幾乎兩代人身陷水深火熱之中。固然張虔陀是帶來這場悲劇的主角，但還有別的誤會，就如小到安寧美人撒迷藥的那塊小手巾，也算得是這場悲劇很重要的道具。人，無論多麼工於心計，有時也自食其果，特別是忙中的錯，以及感情用事導來的錯，除非事後細細思量檢討，是永遠也無從明白的。

張虔陀的佈置，本來是相當週密的，出乎他意料的，只是瑟瑟改了男裝，臨時使他的步調未依計進行。他的本意，只想把閻羅鳳迷倒一個時辰，為了要調換杯子，他特別使用了象牙杯，使南詔來的人不提防，由安寧美人所使用的迷藥粉，並無毒素成分，象牙杯因此也不會變色。但，張虔陀畢竟也作惡太多，天網恢恢，報應的時刻已經來臨。

就是瑟瑟眼快拾起還帶有藥粉的小手巾，心中迅即想到，張虔陀要謀害閻羅鳳，跟入臥室，趕快的把準備好的解毒藥塞入閻羅鳳嘴裡，等閻羅鳳醒轉來時，瑟瑟即刻把謀害事告知，二人決定大開殺戒，以致釀成雲南太守府百六十人被宰光的慘劇。

事情過後，閻羅鳳與瑟瑟曾想到象牙杯的用意，也連帶想到迷藥，因此也才想到張虔陀並無謀殺之意；殺盡太守府所有人眾，實係因謀殺的誤會所引起。

事到如今，當然沒有人關心過去的誤會，甚至想到這些誤會的當事人，也再無強調誤會的必要了……

閻羅鳳、瑟瑟、王盛和段儉衛繼續吃喝，一直到深夜，王盛和段儉衛方告辭。閻羅鳳在他們將離開時，還又說道：「大前提對就行了，一些芝麻綠豆雞毛蒜皮的事，千萬別來問我。」

王盛、段儉衛去後，瑟瑟問閣羅鳳：「一切還滿意吧？明天一早，我二人還是到清碧溪散散心吧！」

閣羅鳳開玩笑的答道：「遵命！」

瑟瑟卻說：「閣羅鳳，您酒是吃了不少，但一點也不含糊。現在，大致該上床了！」

第二天一早，閣羅鳳叫查戈使人備了馬，喝了些羊奶，吃了些麥粑粑，又拿兩個飯團放在袋裡，又問瑟瑟帶著酒了沒有？一切都準備周全妥當，在大和村宮門外，為瑟瑟墜著馬鐙，讓瑟瑟上了馬；又由查戈和他墜著鐙，翻身上了馬，兩個腳一夾，馬便開始前行，朝清碧溪而去。

雖是夏天氣候，蒼山道上依然翠綠一片，蒼山頂上披著的雪卻少了許多，但白雲顯得更白，青天顯得更青；走了一程，山道上已經見不到人。

閣羅鳳倏然笑嘻嘻的唱道：

「眼見涼水落山溝，
珍珠瑪瑙在衣兜；
我是珍珠妳是寶，
珍珠還要寶來兜。」

唱後看向瑟瑟；瑟瑟做了一個媚態，唱道：

「六月裡來三伏天，
茶罐不離爐火邊；
茶杯不離茶罐口，
王子不離眼跟前。」

閻羅鳳哈哈大笑，那笑聲把馬都嚇驚了。

瑟瑟又做了個媚眼，說：「聲音那麼大，把我剛要唱的民歌都嚇走了。」

閻羅鳳又是笑，笑後說：「瑟瑟，我方才想到上次我二人來清碧溪的情景；就是妳純真的形體征服了我。不消說，等一會兒我們該到原來的地方，好好的慶祝一下，為占領安寧及姚州二城而慶祝，為登基而慶祝！瑟瑟，我時常想到那一回我倆初次的融合，我好像有點控制不住，因而覺得似乎狼吞虎嚥。今天，等一會，我應該細嚼慢嚥，怎麼樣？妳同意嗎？」

瑟瑟道：「隨您發落了，您要怎麼吃怎麼啃都是您的事！」

閻羅鳳又笑起來，說：「太好了！太好了！我們一會就要到我們永遠也忘不掉的那塊草地了。」

瑟瑟靜了一會，放高嗓聲唱道：

「春天去了夏天來，
你我二人分不開；
綠茵草上說不盡，
銀河天上渡雙星。」

閤羅鳳心猿意馬，再也想不起要唱什麼，大聲的吼道：「哈哈！哈哈！清碧溪呀！瑟瑟啊！我要把妳頂上頭，我要把妳吃下肚；我要讓妳吃下我，妳能不能把閤羅鳳吞下肚？」

閤羅鳳豪放又粗獷，唯有在山間，在瑟瑟的氛圍中，他才似乎覓尋到他的本性；高潔清多少年的薰陶早已煙消雲散，高康定的教誨這時也已置諸腦後。這時，他恢復成一個自由狂歌的彝人；除了哀牢、蒼洱及鶴麗劍，只有大小涼山才有這樣豪放的男子漢……

瑟瑟見閤羅鳳這般高興，笑成一朵花；人已經美到沒有說處，再加上笑的這麼開心，實在的比花還要好看了，世間怎麼會有這麼美的花？怎麼會有這麼美的人？

閤羅鳳見瑟瑟的美綻開到令人心醉的程度，並騎著，望著她，說道：「瑟瑟，這世上，我想我是最幸福的人了，因為我有妳陪伴，有妳愛著我。」

瑟瑟也說：「我也是同樣的感覺著；閻羅鳳，我們就要到清碧溪了吧？」

閻羅鳳答道：「這要問牲口了，當到了時，這馬兒一定就會停下四蹄的；這種彎彎曲曲的山路，只有馬才認得出，如果人自己行走，多半會走錯了路，所謂『識途老馬』啊！」

瑟瑟接著說道：「這一點，我是知道的，我對馬的靈性非常的覺得奇怪。」

話方說完，展眼一望，清碧溪已在前面。就在上次停息的大樹下，兩匹馬都已停下。閻羅鳳說：「妳看！是不是？」

兩人翻身下了馬，瑟瑟從另一個小袋中取出一只小羊皮袋，拉著閻羅鳳的手向綠茵草地跑去。到了那片草場，他們的呼吸都有點緊迫，便都躺將下來，終於兩人緊摟著。

當他們面朝向天，平躺著時，閻羅鳳說：「聽！什麼鳥在叫？」

瑟瑟還緊閉著眼睛，答道：「方才過去這一段時辰，彷彿有很多很多種的鳥聲；這些鳥選中了清碧溪，在這裡配對成雙。」

閻羅鳳笑道：「我們也是鳥了。」

瑟瑟翻了身，微抬起頭，然後把臉貼在閻羅鳳的胸膛上。

直到羊皮袋中的酒喝完，兩人才又攜著手走到溪邊，瑟瑟一直走入翠藍的溪水中，瞬間，她像魚一般潛入；閻羅鳳也跟著躺入溪中，追逐他心愛的美人魚……

長安華清池的旖旎風光，也許是說不盡的嬌滴滴，陪襯那風光的是畫棟彫樑與堆金砌玉；

此時蒼山間的清碧溪，是原始的情調，是喝酒與肉體交合，配合這情調的是奇石蒼松，是白雲青天……

閣羅鳳與瑟瑟玩到筋疲力倦。

瑟瑟俏皮的說：「人，其實穿衣是多此一舉。」他們穿好衣，瑟瑟走向馬兒，從馬鞍邊摸出一個烤飯團，撕一半給閣羅鳳，說：「吃吧！陛下，您該享受一下了。」

閣羅鳳咬了一口嚼著，說：「真好吃！」

兩人吃完烤飯團，再走進崖邊，雙手捧起溪水朝嘴裡餵。閣羅鳳說：「多甜的水！」

餵飽了水，兩人各自用手揩了一下嘴，再走近馬兒。兩匹馬的停息處有草有水，都已吃得飽飽的，當感覺牠們的主人走近，吹了一下鼻孔。

閣羅鳳為瑟瑟墜著馬鐙，瑟瑟跨上，然後他自己也跨上馬，問瑟瑟道：「心肝，我們何處去？」

瑟瑟答道：「心肝，回大和村去。」

大和村南詔宮的氣氛是歡欣的，遠的來說，是南詔已從漢人手中奪回安寧及姚州兩城。唐朝直接控制著安寧和姚州，南詔普遍覺得不安心，就像長安天朝就在眼面前一樣，如今奪回來了，而且把雲南太守張虔陀及城使王克昭也給送往地獄去了。近的來說，瑟瑟的美豔、華麗和自然，使宮中任何最下層的人都覺得興奮，人人都以閣羅鳳大王有那麼美豔的娘娘為榮。南詔宮許多年來就缺少了一位美麗的娘娘。

王盛清平宮和段儉衛大軍將分別的為南詔蒙氏第五世王閣羅鳳的登基而忙碌。漸漸的，被通知到宮裡來走動的人增多起來，軍中比較活躍的楊子芬、姜如之、楊利、王天運等，與閣羅鳳見面的機會也多起來。

閣羅鳳擇六月二十四日舉行登基禮的決定，已由祕密變為公開，人人都知道了；大理城也跟著活躍起來了……

六月十五日晚間，皓月當空，閣羅鳳正與瑟瑟飲酒談天之際，見似有人漸漸走近。這個時辰能走近閣羅鳳的人，在大理來說是沒有幾個的，來的人自然都遠遠通報，但正走來的人卻無聲音。閣羅鳳一猜就中，開聲道：「閣頗上人，是您吧？」

對方的反應是：「阿彌陀佛！」

閣頗迅即走近，閣羅鳳請他入座，並為瑟瑟介紹：「這位閣頗活佛，我的同胞弟弟。」又對閣頗說：「她是施望欠的姑娘，名叫瑟瑟。」

閣頗端詳了一下，點了點頭，閣羅鳳一時不知說什麼，禮貌的問道：「閣頗上人您好嗎？」

閣頗答道：「無病無痛，吃得動得。」

瑟瑟心中對閣頗懷著一種高不可測的神祕感，更是不敢作聲。

這時，閣頗「唔胡」咳了一聲假嗽，好像要說話了，但並沒有說。

閣羅鳳於是問道：「大和尚，您這個時候前來，定有什麼見教？瑟瑟已參與我最緊要的祕密。上人，您要說什麼都不必顧慮的。」

閣頗說：「衲知道。」

「唔胡！」閣頗又來了一下。接著他就說道：「閣羅鳳陛下，衲閣頗和尚必然是有事才來的。我看，您必須作必要的準備了，劍南節度使鮮于仲通是何許人，大家都心知肚明。唐朝對安寧城的事定不容忍，如果唐朝大軍壓境，南詔當不能束手待斃，因此聯吐蕃以抗唐是無可選擇的了，您必須先有心理上的準備。」

聽到「聯吐蕃以抗唐」一語時，閣羅鳳與瑟瑟不由的對望了一下。之後，閣羅鳳謹慎的對閣頗說道：「我歷來有信心，凡是在緊要關頭，大和尚就會前來有所指點。這些日子，說實話，我就一直擔心著。當然，南詔很希望唐朝能夠息事寧人，但萬一唐朝用兵，以南詔目前的實力是無法抗拒的，因此，聯吐蕃的可能性我是曾經想及的。不過，未來的後果恐怕就不堪設想了。是不是？」

閣頗道：「事實是如此，但兩害相權，當然得先選擇生路，這恐怕是上天安排的吧！長安今天，我想不出有長遠智慧的人，漢人一直只知道從教訓中吸取經驗，而不肯公然的對邊外小國稍稍忍讓。我們彝人的智慧並不低，我們的祖先有極高的智慧，但有些時候，明知愚蠢的事，為了生，就得往死裡去求。閣羅鳳陛下，大智大慧是與勇字分不開的，我說的勇，是說勇於面對現實。逃避不了的，就是逃避不了。」

閣羅鳳回答道：「我知道了！」

沉吟了一下，閣羅鳳說道：「到必要時，希望大和尚能插上一手。」

閣頗即來了一聲：「阿彌陀佛！」

接著閣羅鳳說：「宮中正籌備這個月二十四日的舉行登基禮，其目的在聯繫及組織所有民間力量。屆時，您能不能來指點指點？」

閣頗答：「這可不一定！我，修仙不成就為剪不斷這一絲關係。我是看破紅塵了，但我有個強烈的民族觀念，我們彝族喘息在一個滾雪球般漢族思想下，何等的呼吸微弱？此時，衲不願和您講太多，但我在任何必要的時刻，總會來到您的面前。唉！彝族，以及許多與我們一般呼吸微弱的小民族，既無堅實的文化基礎，也缺具有明顯輪廓的宗教形式，卻偏偏處在一個具有引力的漢族邊緣，這個民族之可怕不在其強大，而是其文化，漢文化曾經一再的拯救了其民族的危亡，同時也同化了其他民族。」

閣頗的口氣似乎有些傷感，他不願也不能再說下去。

瑟瑟這時偷偷的在揩眼淚，她因閣頗的話，想到她的父親，她父親所給她的具體的思想，就是蒼洱鶴麗劍哀牢拓東所有各民族必須攜起手來才能在唐帝國邊緣生存，目前的指望則是南詔的強盛，而南詔，現在卻正面臨著唐朝的強大壓力的侵襲。

閣羅鳳此時很希望瑟瑟能說幾句話，他望了她的臉，見她眼睛汪滿淚水，因此不敢啟口。瑟瑟也即看出閣羅鳳意思，登時便望向閣羅鳳，問道：「陛下，瑟瑟想和佛爺說幾句話，可不可以？」

閣羅鳳答：「可以。」

瑟瑟這才向閣頗作了揖，開口說道：「佛爺在上，佛爺方才說的話，有些意思很像家父施望欠的口氣，家父說他傾畢生之精力，就是想尋求出一條與唐帝國相處之道，但他也深深感覺到，漢族思想——特別是儒家思想，其相處之道的最終目的不外乎同化，而當今長安，其所作所為亦無非處心積慮要所有其他國家向他朝貢稱臣。」

閣頗見瑟瑟說完，說道：「以後稱衲為閣頗和尚即可，大不了稱閣頗上人，千萬別稱佛爺。詔施望欠是衲很崇拜的人物，聽說他老人家目前在劍川，以後有機會，衲是很想見見他的。」

瑟瑟即刻就問：「佛爺不曾見過家父嗎？」

閣頗答：「見過，那是我小的時候。後來當然他老人家就不會記得了；大不了他老人家會有消息說，皮羅閣的小兒子在做和尚。」

這話使閣羅鳳和瑟瑟都笑了起來。

閣頗又道：「切記！別再稱佛爺。」

瑟瑟似乎還想講話，閣頗已站起來，說：「衲該走了！」他定一會，又對閣羅鳳說道：「還有一事，延攬人才時，注意一下孟聘和孟啟，那是孟獲的後人。」

閣羅鳳答：「是！我一定記得。」

閣頗大踏步遠去。

閣頗離去，瑟瑟和閣羅鳳說：「我剛想問他認不認識沙多朗，他卻站起身了。」

閣羅鳳說：「留著問沙多朗好了。」

「那是兩回事情。」瑟瑟有她的意思。

閣羅鳳這時和瑟瑟說道：「閣頗既來，我想，風雨不久也就將來臨了。」

瑟瑟很有深意的和道：「我們一出世，父母不就把我們拿去吹風淋雨嗎？彝族就是在風雨中長大的！」

閣羅鳳望向天空，心有所思。然後又望向瑟瑟，說了一聲：「讓我們笑著戰鬥！」

三天過後，大和村南詔宮中有了一次聚會，蒼洱區所有稍有名望的人都來了，男男女女，整個王宮中都是酒席。也不知是誰傳出的訊息，狂歌吃喝，不受限制。於是，酒的味道方吹送開來，四弦與彈煙盒的聲音也就立刻響起，這裡「嘟嚕張嘟嚕張」；那裡「他！他！他！」歡樂極了。

日中時，閣羅鳳挽著瑟瑟的手一出現，整個南詔宮歡呼起來，那種喜悅之情，可能多半是見到閣羅鳳那麼的英俊瀟灑，而瑟瑟那麼美如天仙，瑟瑟的大眼睛四面一掃，許多人立即發呆了，心情倍加愉快。

瑟瑟當即也發現了自己的力量，便用笑臉看向所有的人，嘴裡說：「盡情的歡樂吧！盡情的歡樂吧！」

在大殿前左邊蒼松下，已圍作一個圈，圈中有一對男女用很高的聲調在對唱：

那俏皮的小夥唱道：

「唱個小曲兜一兜，
問妹抬頭不抬頭？
有情有意抬頭看，
無心無意把頭勾。」

女的尖聲的對：

「小曲不唱忘記多，

大路不走草成窩，
有心同哥唱兩首，
阿妹年輕是非多。」

周圍一陣笑聲後，男的又得意的唱道：

「大路坦坦石子多，
人人不服妹跟哥；
人人不服哥妹走，
修橋人少拆橋多。」

女的即刻接道：

「三個斑鳩共一山，
兩個成雙一個單；
兩個成雙結巢在，

一個打單守空山。」

立即引起一陣笑聲，正當閣羅鳳和瑟瑟走近，人人喝彩起來。閣羅鳳向這堆人揮手，瑟瑟笑著，向眾人擠擠眼睛，更是引起一陣歡聲。

瑟瑟小聲問閣羅鳳，這批青年是做什麼的？閣羅鳳答道：「段儉衛先前曾告訴我，松樹下這一批都是拓東來的，多是爨氏各鬼主的家屬。」

這次吃喝彈唱，直到深夜，直到翌日天亮。天亮後，還剩下十幾個人尚在醉鄉。

這次吃喝彈唱，目的是使這許多人到南詔宮一遊，也使他們一瞻閣羅鳳的丰采；這一遊這一見，他們的心已被抓緊。這些人都是經過研究召來的，南詔的統治階層與民間，就靠這批人連接，只要他們說閣羅鳳好，不出十天，這個訊息便將傳遍整個雲南……

六月二十日，哀牢、拓東，甚至南寧的各大鬼主均已先後來到大理，所有這些人中，南寧大鬼主爨仁哲的行蹤是非常祕密的，因為在表面上，他維持著與長安的關係；唐朝要用這顆棋子控制安南。爨仁哲到大理後，段儉衛便到南詔宮報告了閣羅鳳。閣羅鳳心裡非常歡喜，在未來對抗唐朝的鬥爭中，這顆棋子非常重要。

這個時候，閣羅鳳才又想起另一樁祕密的事，他問段儉衛：「鳳迦異肯努力嗎？他有沒有什麼進展？」

段儉衛答道：「王子非常努力，身體也好起來；他還說，如果有打戰的機會，他是願意表現一下的。」

閻羅鳳說：「那就好了！你必須注意，不能因為他是王子而有什麼鬆私，目前我寧可他好好的磨鍊一下。」

段儉衛又問：「那王天運的事陛下決定了沒有？」

閻羅鳳答道：「我照你的意思，但我想留在六月二十四日正式宣布會更有意思。還有、楊子芬、楊利，甚至孟聘、孟啟，該給他們什麼官職，你都研究一下，六月二十四日以前都應該決定，爨仁哲要好好的保護，如果他願意，找個姑娘陪陪他。好吧！你去辦事。」

段儉衛去後，閻羅鳳便出聲叫「瑟瑟」，瑟瑟像風一般立刻到他面前，問：「什麼事？」

閻羅鳳用右手摟過瑟瑟，說：「就是那事！」

興奮、盡情歡快之餘，閻羅鳳和瑟瑟說道：「我好像不是人？」

瑟瑟接道：「您是詔啊！」

閻羅鳳說：「我不是這個意思，我是說我就像豬狗一樣，立刻想到就要做。」

瑟瑟笑將起來，說：「您必是有高興的事！」

閻羅鳳答：「對！」

瑟瑟像一朵嬌花，她輕輕的唱道：

「詔是天上一條龍，

瑟瑟好比花一蓬；

龍不翻身不下雨，

雨不灑花花不紅。」

閣羅鳳又興奮又快樂，哈哈笑了起來。之後說：「瑟瑟，六月二十四日瞬即到來，我將把一頂后冠戴在妳的頭上！」

瑟瑟半開玩笑的作了一揖，說道：「謝主隆恩！」

閣羅鳳又是一陣笑，笑後接著說道：「瑟瑟，如果不為可能到來的大問題分心，我以為我們這個時候是非常幸福的了，妳說是不是？」

瑟瑟稍沉吟了一下答道：「除了很少數的幾個彝族和白族的苦命人，在蒼洱區，在鶴麗劍，在哀牢瀾滄，在步頭曲靖，誰個不幸福？南詔民間豐衣足食了，彈唱打歌，日子是相當好過的了。」

閣羅鳳立刻發問：「妳方才說苦命人是哪些，請舉個例子。」

瑟瑟不假思索答：「那蒙巂詔佉昭的兒子照原，至今下落不明，他的孫子原羅不是還被扣在巍山？還有幾個喜洲白族的子弟，據說是逃往西川。另是浪穹詔的後人鐸羅望和望偏父子，不是還流落在他鄉欲歸不得。這些，諸如此類，就是我所說的苦命人了。」

閣羅鳳聽後說：「想不到妳知道這麼多？說實話，在大敵當前的時候，對我們同族和兄弟族的每一個人都應該好好關照，希望妳時常提醒我，對啦！我一定要關心一下在巍山的原羅，或者把他移來大理居住，妳說好不好？」

瑟瑟答道：「在何處居住在我想都一般無二，最主要，您要查一查現在是否還活著？還活著就得下令當地頭人好好保護。」

閣羅鳳趕忙說道：「沒有問題，原羅好好活著，巍山大頭目尹仁樂一直把他好好養著的。好吧！瑟瑟，別談這些瑣瑣碎碎的事了，我要問妳，在妳父親跟前的人，有哪幾位能幹的？最好也攏絡來做點事。」

瑟瑟答道：「有是有，但第一必須他們願意供您驅策；第二，須我父親樂意，洪光乘和杜羅威都是很會帶兵而且有策略的人，您可設法派人去徵求一下。當然，這件事我可盡一點力，因為這兩個人就等於我的親哥哥一般。」

閣羅鳳連聲說：「好！好！真太好了！請妳就修書吧。我把妳的私信附在由南詔王宮所發的公文中。」

瑟瑟答了一聲：「謹遵王命」後，說道：「六月二十四日就在眼前了，事前還有什麼該準備的呢？」

閣羅鳳答：「當然！二十二日一早，王盛和段儉衛他們將有重要事來和我談的，多半是一大批人的提陞和確定各人的責任。」

六月二十二日一早，天剛亮，閣羅鳳方飲了兩碗羊奶，吃了一個米飯糰，就揩揩嘴等著。米飯糰是撒一點鹽在熟飯中，用手把它搓勻扭成一團，然後在火上烤到發黃，到了快糊的程度，閣羅鳳自小就愛吃它。吃後，他覺得非常好過，這些日子以來，閣羅鳳吃的飯糰一概由瑟瑟親自動手搓烤，除了米飯糰，他還愛吃麥粑粑。

「這不是來了嗎？」閣羅鳳見有四個人向大殿走來，和瑟瑟說。

來的是四個人，王盛、段儉衛在前，另兩人在後，上得石階，其餘兩人一見閣羅鳳都跪叩頭，閣羅鳳說：「起來！」

這時，段儉衛把王天運引到閣羅鳳面前，說：「他就是王天運，白族人，很勇敢。」

王盛引上前的是一位青年，王盛和閣羅鳳說道：「這是我的兒子王樂寬，今年才二十歲，但是很有謀略，對許多事情的看法，智慧可說在我之上。」

閣羅鳳連聲說：「好！」然後說：「坐下吧！你們都吃過飯了嗎？」

王盛和段儉衛齊聲答：「用過了。」

這時，閣羅鳳露著笑容，說道：「連瑟瑟在，我們現在六個人，想得起來的，都提出來商量，最好就是快刀斬亂麻，大刀闊斧的決定事情，不必顧前顧後。王清平官，你提讓你兒子做什麼事？」

王盛答道：「我想讓他學習我的事情，將來如果他能代我的事，我會放心得多。」

閤羅鳳又問王盛：「除了你父子二人，還有能勝任清平官的嗎？」

王盛答：「還有趙佺鄧。」

「對啦！」閤羅鳳說，接著道：「似乎我和他也講過了吧！那麼，這樣吧，清平官首腦王盛，另外兩位清平官是趙佺鄧和王樂寬。」

王盛有點喜出望外，望了兒子一下，王樂寬趕忙跪下說道：「我太年輕，先任副清平官比較好些。」

王盛見兒這般見機大為高興，閤羅鳳卻說：「擡起來，別怕！」之後他又問段儉衛：「除了王天運，和他上下些的有那幾根？」

段儉衛想了一下答道：「段附克、趙附于望、羅奉、王遷這幾根都不錯。」

閤羅鳳問：「一共幾根了？連你和王天運。」

段儉衛答：「八根。」

閤羅鳳說：「再想兩根。」

王天運望了一下段儉衛，說道：「在我看來，鳩多和彪了迪都很行。」

段儉衛點點頭，對閤羅鳳加了一句：「是的。」

閣羅鳳於是說道：「段儉衛大軍將，你記好！南詔大軍將領頭就是你。另外再加洪光乘和杜羅盛，總共十二根大軍將，怎麼樣？除了洪光乘、杜羅盛兩根趕不及立刻通知外，等一下你就盡量約齊這些人把意思告訴他們，也把職責派給他們。」

段儉衛當即說：「其中像段附克，像羅奉駐紮的地區較遠是來不到的，也不宜就叫他們離開崗位，我只能斟酌情形辦理。」

閣羅鳳點點頭，說了聲：「就斟酌情形辦吧。」

青年的王樂寬眼見閣羅鳳這麼爽朗、果斷和明智，內心裡非常佩服，似乎才見了南詔王這麼一個早上，就覺得眼界都隨之而寬了。另外他還覺察出來，閣羅鳳和段儉衛之間的情感可能特別的好，以致維持著把人說成「根」的口語；他們間以此顯示親密。

閣羅鳳望了王盛一下，問道：「請你想一下，我們還有什麼該立刻辦理的？」

王盛很謹慎的答道：「都分別準備了，宮裡面，今天中午起開始佈置陳設；各種小事分門別類都已有專人負責。就只執行加冕的人，打算請前清平宮高老者，后冠由陛下加，但也須由一位適當的人遞給陛下。」

閣羅鳳答：「你，不是很現成了嗎？」

王樂寬心中又是非常讚嘆，閣羅鳳處理決定事情那麼明快果決，間不容髮。

閣羅鳳又望向段儉衛，說道：「事情似乎還很多，你隨時想著辦，要注意大的方面，我們大的原則是團結所有可能團結的人，其他枝枝節節不必顧慮。」

段儉衛答：「是啦！」

這時，閣羅鳳隨手拿起小槌往小鑼一敲，查戈飛也似的進來跪下。閣羅鳳說：「你去告訴賽梭，準備酒菜，日中以前必須籌妥當。」

查戈起身飛身出去，閣羅鳳和瑟瑟說道：「方才說的妳都聽到了，除此以外，妳還有什麼意思？」

瑟瑟笑了一下答道：「都很好呀！」

閣羅鳳看了各人一眼，說道：「好吧！這就算數。現在，我們隨便談，不必拘束。王樂寬，這麼年紀輕輕就做清平官，在我們南詔來說，實在是一件值得慶祝的事。」說後望向王樂寬，問道：「你心裡覺得怕嗎？」

王樂寬答道：「自從見陛下處理事情的果斷與明智後，我就沒有什麼怕了。」

閣羅鳳笑起來，又望向王盛，說道：「真為你高興，有這麼好的兒子。大漬湖王家現在是一門兩清平官了。」

王盛說了一聲：「謝陛下！」

段儉衛這時立起身，說；「讓我去催一下菜飯吧！」

閣羅鳳道；「你坐下。」說後便敲鑼。

查戈又飛快的入來跪下，閣羅鳳說道：「查戈，見他們弄好了沒有？」

查戈答：「已經抬著來了。」

果然，楊天、賽梭抬著東西來了，他們很熟練的擺設了，酒壺酒碗都已擺好，然後退下。

閣羅鳳叫大家坐下，一邊說：「我知道，你們都擔心怕時間不夠，放輕鬆些，飯總得吃，我們今天稍稍快一點吃喝便了。」

既是首次和閣羅鳳同席，又有那美得令人不敢正視的瑟瑟近在咫尺，王天運和王樂寬當然如坐針氈。閣羅鳳早料到有此情形，自己先舉起酒碗，說道：「來吧！各人大大的喝一口，然後就隨便喝隨便吃。大致是受我那高岳父的影響吧，我們大理近些年來豪放的氣概似乎很不夠味了；大家不是在長安，對不對？」說後自己開始痛痛快快的吃，同時隨手撕了一塊雞肉放在王樂寬碗裡。

這餐飯算是匆匆結束，因是六月天，大家皆滿頭大汗。王盛、段儉衛等方開聲告辭，閣頗和尚出乎眾人意料來到南詔宮大殿，閣羅鳳一見閣頗到來，心知必然有事發生，先對王盛們說：「你們稍待！」然後對閣頗道：「上人，我正眼皮跳得厲害，阿彌陀佛您便來了。」

閣頗於是坐將下來，和閣羅鳳說道：「知己知彼，乃兵家要訣！衲專程而來，是要告訴陛下，劍南方面重兵移動頻仍，情形很不尋常，南詔必須趕忙準備應變之策。」

閣羅鳳有意使王盛他們重視閣頗所說，故意問道：「西評劍南的軍事調動，上人何以知之？」

閣頗答道：「這當然不是仙機，不過並非道聽塗說。時間不多，快準備吧！稍過數日，衲可能還會再來的。叫人倒兩杯茶水給我喝一下，衲喝茶後便須離去。」

此時，瑟瑟即忙把茶奉上。

閣頗離去，閣羅鳳說：「就是一句話，加快準備。二十四日登基的事，有個簡單的儀式就行了，主要的是商討應變，你們就走吧！」

王盛等去後，閣羅鳳和瑟瑟說道：「閣頗既來，我直覺到今後的日子將是戰鬥的日子了；瑟瑟，妳在心理上恐怕想得有所準備。」

瑟瑟答道：「我隨時準備迎接戰鬥；閣羅鳳陛下，我直覺到的是閣羅鳳時代就序幕，過去的一切只不過是為即將到來的時代的準備。在迎接閣羅鳳時代這一意義上，我願意付出任何犧牲。」

閣羅鳳笑道：「我有這樣的美人——蒼山洱海靈氣的傑作為伴，真是何快如之！未來的偉大和痛苦，都須有我倆共同肩負。現在，我倆還是繼續喝酒吧！」

瑟瑟舉起酒碗，雙手端著向閣羅鳳一舉，說：「那麼敬陛下一碗。」

兩人於是都喝盡碗中酒。

閣羅鳳若有所思，靜了一會之後，突的說：「我想把鳳迦異叫來談一談。」

瑟瑟道：「是的呀！鳳迦異一直在聖鹿兵營苦練。我以為，不但和他親熱親熱，最好是為他選個王儲妃。」

閣羅鳳笑起來，和瑟瑟說：「不錯！妳真周到，鳳迦異十六歲了。女人是早有的了，先父王在世時就已定了的，是獨錦族大鬼主的女兒，叫梭花巧的，這家人一直在瀾滄區，算是對蒙氏最忠心的一族了，梭花巧幾年前還來過大理，現在也十六歲了。幸好妳提醒。」

瑟瑟接道：「為什麼過去這些日子不和我透露一下呢？早該準備的了。」

閣羅鳳答說：「妳也是的！沒有和妳講的事還多著呢。十六歲不遲，這次叫鳳迦異來，就告訴他，這個冬天到來時他在被窩裡就不會無聊了。」

瑟瑟：「是了！談到姑娘就是先想到睡覺。」說後她笑，一直在笑。

閣羅鳳也就笑著說道：「睡覺也的確重要，我就在想著了哩！」

瑟瑟起來走到小鑼那裡，用小木槌「噹！」的敲了一下。

查戈迅即跑來跪在閣羅鳳前，閣羅鳳對查戈說：「你到宮衛戍室把奎達迪多酋望叫來。」

查戈去後，閣羅鳳笑道：「這一敲，真是閣羅鳳時代序幕了。我寧願妳隨時幫我掌著那根小木槌。」

瑟瑟道：「是了，小木槌小肉槌都是我的了。」

「哈哈！哈哈！」閣羅鳳大聲的笑，似乎震耳欲聾；一面笑一面說道：「瑟瑟，妳好俏皮。」

瑟瑟卻回道：「使陛下哈哈笑才是我的本意哩！」

方笑時掛在閻羅鳳腮上的淚還來不及揩，奎達迪多酋望已跪在大殿進門處，把頭低著奏道：「閻羅鳳大王萬歲！奎達迪多酋望到。」

閻羅鳳走前兩步，說：「你立刻騎馬到聖鹿兵營見段儉衛大軍將，說叫鳳迦異來見我，對啦！叫大軍將也來。你就去吧。」

奎達迪多剛轉身，閻羅鳳又說：「等一等！」

閻羅鳳接著說：「你回來後到大殿來。」

太陽偏西，黃昏之前，段儉衛和鳳迦異來到大和村，見了閻羅鳳。閻羅鳳先和段儉衛說：「你辛苦了！你剛回去，我又把你叫來。」

段儉衛說：「不打緊！」

閻羅鳳說道：「我一直不斷在想很多問題，我以為那南寧大鬼主爨仁哲是不宜在後天露面的，你去和他談好，我明天一早和你到他居處；就只我們三個人商量點事，然後他依然潛回安寧。這樣，人不知鬼不覺，對不對？」

段儉衛答：「我實際也曾想到此事，當然這樣比較好。」

瑟瑟這時插口道：「大軍將，明天黎明到安寧大鬼主居處的再加一個我。」

閣羅鳳說：「這是當然的。」

瑟瑟解釋道：「我也知道，但必須使南寧大鬼主先知道會他的一共幾個人；臨時多出來是說不過去的。」

閣羅鳳然後和段儉衛說：「你就去吧！鳳迦異留在宮中，夜深一點再讓他回聖鹿。」

段儉衛去後，閣羅鳳和鳳迦異說道：「看你長結實多了，營裡的情形怎麼樣？」

鳳迦異小心翼翼的答道：「稟父王，營裡情形很不錯。自從收復了安寧姚州，士氣愈更旺盛。最近大軍將稍稍透露了劍南方面的意圖，更磨拳擦掌，兒覺得，在父王引導下，南詔不該再忍氣吞聲；就如安寧事件，就是一個明證。」

閣羅鳳見兒子比從前肯說話，心裡非常高興。對鳳迦異親切的說：「你有這樣的見解我很喜歡，我臨時想起來，你還記得那獨錦大鬼主的姑娘梭花巧嗎？」

鳳迦異答：「記得的嘛！怎麼就記不得？」

閣羅鳳又問：「這些日子你心目中想到你自已喜歡的姑娘人嗎？」

鳳迦異搖搖頭答道：「我哪有機會想姑娘？只是那年去長安，記不得哪個嚇我說？唐玄宗要把公主給我做婆娘，把我嚇出一身冷汗。至於梭花巧，那回我們見面，彼此都是十歲；我以為，我很喜歡她呢！」

閣羅鳳如釋重負，和兒子說：「喜歡就好了。但萬一已被別人把她搶去？」

鳳迦異答：「那就把她再搶回來。」

閣羅鳳這才和鳳迦異說：「聖鹿區我前些時住過的房子你去過了？」

鳳迦異答：「去過，那環境不錯。」

閣羅鳳又說：「好極了！」然後很和藹的對鳳迦異說：「我今天叫你來，是要告訴你，我要你在最近與梭花巧結婚，結了婚暫時住聖鹿區。我希望自己快點做爺爺，你都聽了嗎？勿妨把真心話說一說。」

鳳迦異心裡高興，答的也輕鬆，說：「真心話就是『很好』；只不過，梭花巧不在大理啊！」

瑟瑟覺得鳳迦異純潔真誠，聽著他講話時，一臉笑瞇瞇的。鳳迦異見他繼母的丰采，心中紮實愛慕，也就連帶想及六年前見過的梭花巧，微微低頭，深深感到自己有一個了不起的父親。

閣羅鳳見問題解決，和兒子說道：「在最近的將來，唐朝或將向我們南詔施壓力；我們所面臨的可能是艱苦的日子，可能是長期的戰爭，兒子，你必須在心裡上有個準備。」

鳳迦異立即答道：「不瞞父王說，自安寧事件時起，兒即徹底的武裝起來了。」

閣羅鳳出乎意料的歡喜，望望兒子，望望瑟瑟，說了一聲：「真的是，虎父無犬子！」

瑟瑟這時開口說道：「陛下，真是龍生龍子！有這般聰明的王子，南詔便無後顧之憂了。」

鳳迦異聽瑟瑟讚譽自己，起身鞠了一躬以示謝意。

閣羅鳳又和兒子說：「不超過十五天，梭花巧就會來到大理，我已派專人去接。去的人同時將把我的意思告訴瀾滄大鬼主，如果他們同意，梭花巧的媽媽也必同來。至於她父親，是我有責任給他，他必須坐鎮看守以防事變。」

事情已說的清清楚楚，鳳迦異高高興興，便向閣羅鳳和瑟瑟辭別。臨走時，他還和閣羅鳳說：「父王不必擔心！兒的貼身侍從一共四騎在宮門等著的。」

閣羅鳳說：「那就好了，去吧！」說後又加一句：「等一等！」

鳳迦異認真的問道：「父王還有什麼吩咐？」

閣羅鳳道：「沒有吩咐，但有祝賀！兒子，你快就要做新郎了。」

鳳迦異離去，瑟瑟和閣羅鳳說：「看您真會做父親，父子間那麼輕鬆。」

「妳還沒見我和先王皮羅閣啊！我們無時不開玩笑，說實話，我不如我父親，鳳迦異也不如我；我有時把這種損失歸結到高家身上，也許這不公平，但畢竟漢文化對人是有那麼點約束。」

瑟瑟道：「當然不能歸咎漢文化，而是某些漢儒的『矯枉過正』所使然，其實，儒家講究六藝，仍是很活潑的。」

閣羅鳳趕忙向瑟瑟作了一揖，說：「慚愧！我錯怪人了。妳令人茅塞頓開，能不感激！」

瑟瑟道：「我只是一知半解，你也並未錯怪了誰。一般而論，提到孔子、孔明，總不外是道貌岸然就是了。好吧！又快要到喝酒吃肉的時候了。……」

六月二十三日一早，段儉衛來到大和村，見了閻羅鳳時說：「馬已備好，到宮門上馬吧？」一路走出來時，段儉衛低聲的說：「路不遠，整條路都已在監視之下，表面我們不帶隨侍。」

閻羅鳳點頭示意明白。

大和宮門前，三人上馬。段大軍將領前，瑟瑟，然後才是閻羅鳳。一路上，鴉雀無聲，閻羅鳳望向瑟瑟挺直的腰，一頭的烏雲打成一個大髻堆在頭頂上，髮髻上有一把特別大的象牙梳子，青深藍的衣和短裙，都有大紅寬邊，裙子繫著小銀鈴，腿上綁著好幾個顏色的彩帶，赤著腳。美極了！閻羅鳳心裡在想。當然，瑟瑟的腰間還帶著鏵鞘，也還另外繫著一個小羊皮袋。

三匹馬走入一個花園，下了馬準備進入石頭堆為牆的屋子。爨仁哲已站在門口迎接，他向閻羅鳳一揖，瞬即見到瑟瑟，眼睛一亮，幾乎要退一步。

進入屋內坐定，閻羅鳳向瑟瑟介紹：「這位是南寧大鬼主」，又向大鬼主介紹了瑟瑟。

爨仁哲四十來歲，帶著瀟灑的氣概，一開口就說：「瑟瑟公主，早聽說了。真的是，好看極了！好看極了！我的女人也很俏的，她算是安南美人了，但年紀比瑟瑟公主為大。哦！公主老實俏了！老實俏了！」

瑟瑟以笑臉望向南寧大鬼主，那爨仁哲覺得非常好過，連說：「紮實俏了！」

瑟瑟接著對方的讚美說道：「大鬼主的婆娘俏，我也俏；她是我姐姐，您是我姐夫。」一面說，一面從小袋中取出一把木梳插上髮髻，把象牙大梳取下來，雙手遞將過去，同時說道：「這是我送姐姐的禮物，務請轉達。」接著又問：「姐姐叫什麼名呢？」

爨仁哲答：「我婆娘叫阮桂花。」

瑟瑟這一招，已把南寧大鬼主拉得緊緊的，閣羅鳳內心裡歡喜的不得了。段儉衛也在想，瑟瑟真的了不起。

這之後，閣羅鳳才開始和爨仁哲談正事，結論是，爨仁哲作出搖擺的假象，誘使唐朝的鮮于仲通對他寄以希望，然後在適當時機予唐軍一擊。

爨仁哲和閣羅鳳說：「從前我和張虔陀交往過，那該死的龜兒真的討厭。把他宰了是老實得人心的事。雲南的事，我和其他鬼主都不喜歡漢人過問得太多；而今，南詔算是大哥，我們先把外侮抵抗過去再說。」

閣羅鳳答道：「這，老實合我的心意了。我們就如此一言為定；明天南詔宮的什麼登雞登鴨，亂烘烘的，你就不必勞煩了。我以為，大鬼主還是就祕密的潛返南寧吧！其實，明天真正要辦的事，仍是把團結工作做成，我要把所有的力量更凝結紮實一些。」

爨仁哲道：「陛下英明睿智，說的是了！只是，我這樣一名邊陲小臣，不參加大和村南詔宮大禮，過失可大了！」

閻羅鳳登即說道：「大丈夫不拘小節，我們肝膽相照就是了！」

爨仁哲從閻羅鳳之移樽就教，就已對閻羅鳳佩服得五體投地，此時此際在瑟瑟懾人的氣氛中；在閻羅鳳豪爽，簡單明瞭的風度談吐影響之下，也似乎福至心靈，話至嘴邊，說道：「漢人說的，對不起我記不得是誰說的，『論大功者不錄小過，舉大美者不疵細瑕。』陛下看得起爨仁哲，小臣就準備鞠躬盡瘁了！」

算是肝膽相照，彼此簡單明瞭，瑟瑟當然估計到這次會見的重要，以及閻羅鳳收穫之豐，有意把氣氛再帶進一步，使之親熱也使之輕鬆。說：「姐夫，聽了您說的話，我雖不怎麼了解，但卻非常的喜歡，既然姐夫早不能到大和村宮裡，」她說時從手指上取下翡翠指環，雙手遞給南寧大鬼主，繼續說道：「不成敬意，這是我送姐夫的見面禮；您戴在小指上大致是合的，又或許姐夫再送給姐姐也行。」

爨仁哲當然接下，閻羅鳳則鼓掌致賀，嘴說：「要得！要得！」

爨仁哲方才伸手接了翡翠戒指，有點不好意思，趕忙說：「還有什麼要賞賜的？」

瑟瑟笑著答道：「現在是沒有了；要不然，等我再去取來。」

閻羅鳳笑了起來，大家也都笑了。

笑過，爨仁哲說：「現在輪到我了，是不是？」說後，也從手指上取下兩枚戒子，說道：

「這可不是翡翠，我無名指上戴的一個是藍閃石，獻給陛下；我原來戴在小指上的鴿子血，獻給瑟瑟公主。」

段儉衛拍掌。

闍羅鳳伸手接了，瑟瑟卻伸出一個手指，說道：「就請姐夫幫我戴上，謝謝！」戴戒子時，闍羅鳳和段儉衛拍掌。

爨仁哲覺得自己能隨機應變，非常的得意，又覺得真的收了一個美人妹妹，心中非常好過，肯定不虛此行。

闍羅鳳見一切已恰到好處，和段儉衛說道：「為了祕密，我此時與瑟瑟就離去，你和大鬼主安排他回南寧的事，多待一會兒。」話說完，和爨仁哲緊緊的握了手，瑟瑟叫了一聲「姐夫」；兩人便匆匆跨上馬，離開。

路上，瑟瑟和闍羅鳳輕聲的說：「我把那翡翠戒子送了爨仁哲，你不介意吧？」

闍羅鳳說：「只要不把妳本身送給別人就得啦！」接著說：「瑟瑟妳今天幹對了！別說一個翡翠戒子，一百個一千個都值得。妳做的精采極了！而且非常的自然；爨仁哲那顆心沒有問題唐朝是拿不去了。」

回到大和村宮中，瑟瑟立刻倒了一碗酒給闍羅鳳，闍羅鳳接酒在手，喝了一口，「呵！」的吹了一口氣，問瑟瑟：「妳怎麼知道我想幹口酒？」

「因為您興奮。」瑟瑟答。

瑟瑟換了衣，把茶壺搬到閻羅鳳近處，兩人坐著休息，靜了一小下，閻羅鳳說道：「明天，我二人將見很多人，說很多話，現在，想一下還有什麼事要辦？」

瑟瑟答道：「不到日中，必將有人來到，您信不信？」

瑟瑟話方了，奎達迪多酋望走近大殿，就跪在門檻外奏道：「宮門外有兩根人來，說是要見大王。」奏完，出示手中信件，又補充道：「他們說是閣頗和尚叫來的。」

閻羅鳳看了信，和奎達迪多說：「你就去帶他們進來。」

閻羅鳳對瑟瑟道：「妳真的料事如神了！要來見我的是孟聘和孟啟，都是孟獲的後人；是我那和尚弟弟使來的哩！」

瑟瑟道：「什麼料事如神？今天二十三日，您想還能靜靜的嗎？孟聘、孟啟，前兩天閣頗曾提過。閣頗實在多人一竅，他總是有高招；這兩根大致也將不是普通貨色。」

奎達迪多果然帶領著兩個很魁偉的男子漢到大殿前，閻羅鳳說：「進來！」

孟聘、孟啟進入大殿，跪下叩頭，奎達迪多坐在門檻外好好的看著。閻羅鳳和門檻外的酋望說：「你可以去了。」然後又和孟聘、孟啟說：「起來！」然後又指著兩個大理石墩叫他們坐下。

閻羅鳳端詳了一下，問：「誰是孟聘？」比較年輕的一個答：「我就是！」答後指另外的一個說：「他是我的侄兒，叫孟啟。」

問：「從什麼地方來？」

答：「從步頭。」

問：「在大理有無住處？」

答：「有啦！我們只是來見見大王，看看有無差遣？」

答話的都是孟聘。

閣羅鳳望向孟啟，問：「你有什麼本事？」

也是孟聘代答：「孟啟很有本事，很會打架，他跑的飛快，可以追上跑著的狗，他力氣很大，拉著牛的尾巴，牛也無法掙脫。」

孟聘說時，孟啟低著頭在笑。

閣羅鳳又問孟聘：「那麼你呢？」

孟啟突然開口，奏道：「我大叔在步頭很有號召力，雖然大鬼主不是他做，那大鬼主還敬三分。」

閣羅鳳非常高興，對瑟瑟說：「動一下小木槌了吧！」

「噹！」瑟瑟敲了一下鑼。

鑼聲猶未了，查戈進入門檻跪在地上。

閣羅鳳說：「你去叫查天他們好好烤兩塊乾巴，把步頭酒拿些來。」

查戈：「是！」了一聲，飛快的去了。

這時，閣羅鳳問孟聘：「你聽過孔明這個人沒有？」

孟聘答道：「孔明是我們老祖宗的朋友。」

「哪個老祖宗？」閣羅鳳問。

「就是孟獲嘛！」孟啟搶著先答。

閣羅鳳說道：「孟獲是一位了不起的人，孔明當時很器重他，也很喜歡他。」

孟聘答：「是啦！」

閣羅鳳繼續說道：「孔明之後，漢人來到我們地方的就差了，是不是？」

孟啟又搶著答：「我從小所聽到的，漢人的官就是要金子，而且把我們當木頭，要砍就砍，要殺便殺。」

孟聘補充道：「孔明也不過是有些手段，漢人要我們屈服，目的是一樣的。」

這時，楊天抬上烤乾巴，賽梭抬上一罈酒，迅速擺好，擺了酒碗，又倒了酒在一把大銅壺中方退去。

閣羅鳳說：「來！坐下喝酒吃乾巴，像在家裡一樣，不要拘束。」

瑟瑟倒滿了四碗酒，閣羅鳳告訴兩孟說：「她是我的婆娘，她父親就是詔施望欠。」

孟聘「哦！」了一聲，彷彿他知道施望欠是何人。

閣羅鳳問：「你知道施望欠嗎？」

孟聘答：「聽說過，連瑟瑟公主也聽說過，那麼，這位就是瑟瑟公主了嗎？」

閣羅鳳說：「是啦！來！你們兩根，喝酒吃乾巴，不多吃些，我不高興。」

孟啟舉起酒碗，像喝水一般，喝完。

閣羅鳳道：「對啦！這才算是孟獲的後人。我也喝給你看看。」說後，舉起碗一氣喝完，然後用手拿了一大塊乾巴給孟啟，又拿一塊給孟聘，自己拿一塊到嘴上咬了一口。

瑟瑟心知閣羅鳳在迎合孟聘、孟啟，也撕了一片乾巴放在嘴裡大嚼。

閣羅鳳邊吃邊說：「孟聘，照你看，步頭一帶，再是曲靖地區，你們親親戚戚能號召起多少壯丁來？」

孟聘答：「多啦！」

閣羅鳳又問：「你們是不是要帶些金子回去，以備不時之需？」

孟聘趕忙答道：「不要！什麼都不要。」

閣羅鳳這時起身，從掛著很多刀和弓箭的牆上取下兩把鐸鞘走過來，先遞一把給孟聘，再遞一把給孟啟，兩人都趕忙雙手接著，喜歡得了不得，閣羅鳳說：「鐸鞘上都刻著我的名，就憑這把鐸鞘，我們是一家人。你們地區，今後我會派人與你們接觸，你們也可以向我通風報訊，再是你們族裡今後有什麼問題，自管告訴我，我定會幫你們解決。」說後問：「你倆根想一想還有什麼要和我說的？」

「見過了大王就得啦！我們所想說的，大王都說明白了嘛。」孟聘說。

「你呢？」閻羅鳳望向孟啟。

「我，就是請再給我兩個飯糰吃吃。」

閻羅鳳笑道：「你和我一樣，我也喜歡吃飯糰，一下就來，一下就來。」

孟聘趕忙和閻羅鳳解釋道：「孟啟非吃飯糰不飽，這久出門，總不好隨心所欲，孟啟是直人，大王既然問，他所以是說了。」

閻羅鳳說：「這才合我的心了。」

果然，飯糰送來，烤得黃金金的，還有酸菜湯，豬耳朵什麼的好幾樣。

瑟瑟立刻拿了一個飯糰遞給孟啟，孟啟接過咬了一口，一臉上露出笑容，說道：「好吃得很！好吃得很！」一面說，還看桌上多不多。

瑟瑟看在眼裡，便又敲了一下鑼，查戈又飛快的來到大廳跪下，瑟瑟小聲告訴查戈：「你去告訴楊天，有多少飯糰都烤了來。」

閻羅鳳一面啃飯糰一面說：「只有飯糰，愈嚼愈香。」

孟啟回應：「是啦！」

吃了一陣，孟啟道：「飽了！」

閣羅鳳接著說：「今天我很高興，明天宮裡有熱鬧，你們也來，但我和你們兩根不講什麼，你們走以前，我也許會把你們該做的銜告訴你們。」

孟聘答道：「這不打緊！我兩根明天看看宮裡的熱鬧，最遲後天天不亮就該離開大理。」

閣羅鳳似又想起什麼，問：「你們不是認識閣頗的嗎？」

孟聘答道：「信是閣頗的信，我們卻不認識閣頗。」

閣羅鳳又問：「那麼誰給你們信？」

孟聘答道：「是一個在雞足山修行的和尚給我們的信，那和尚說，拿著這封信去見閣羅鳳才見得著。」

閣羅鳳又問：「如此說，來見我是你們自己的主意，對不對？」

孟聘又答：「也是那和尚出的主意，他說，雲南境內各民族應該團結，不然，凡是有點頭面的人都會像爨歸仁般被挑撥離間的手段所害。在我們自己來說，乃是受安寧事件的刺激，也因安寧事件的傳出，我們對大王非常的佩服……」

閣羅鳳點點頭，作出嘉許之狀。

稍稍沉吟了一下，閣羅鳳又說道：「這樣吧！請孟聘就做阿迷大鬼主，孟啟做石屏大鬼主，你們自己與步頭大鬼主協調一下，再是如果將來一旦有戰事，那邊將由南寧大鬼主爨仁哲作全面的提調。」

孟聘當即答道：「步頭大鬼主孟騰還小我一輩，但他年紀大過我，我們間不會有爭執，爨仁哲我聽過，這個人很有本事，好像唐朝也很重視他，曾給了他南寧太守的官銜。」

閻羅鳳見一切順利，便又舉起酒碗，說：「喝酒！」

孟啟這時神采飛揚，聽到自己被封為石屏大鬼主後極為快樂，於是說道：「大王，我們再喝一碗就告辭，桌子上的飯糰賞給我帶走。」

楊天又抬出許多飯糰。

閻羅鳳對孟啟說：「你都帶去吧！」

孟啟答：「好的！」

閻羅鳳道：「真痛快！好！再喝一碗酒。」

大家又都喝了，之後，孟聘、孟啟告辭離開大殿。

孟聘、孟啟去後，閻羅鳳對瑟瑟說：「不錯！我看人心都歸向大和村了。」

瑟瑟心裡也高興，問閻羅鳳：「繼續喝酒還是休息？」

「這不就是休息了嗎？」閻羅鳳答。

瑟瑟斟滿一碗酒給閻羅鳳，開口道：「方才您和孟聘、孟啟談到孟獲，很好！看到孟獲的後人之英武氣概，真覺得有話要說，我父親就很喜歡講孔明的事，他也和我講過，孟獲在當時很有人望，南中地區的漢人也都很尊敬他，劉備委他為御史中丞很長的時間，因而他對蜀漢的貢獻不小。孔明實在心裡很喜歡孟獲，所以當他身入南中時殺了雍闓高定，但卻捨不得對孟獲殘忍，硬用軟的手段使孟獲屈服。您想，除了步頭來的孟聘、孟啟，步頭大鬼主孟騰，賓川還有孟優，蛛絲馬跡，孟聘、孟啟之前來大理，很可能就與孟優有關連，這雞足山，是很有點神祕的哩！」

閣羅鳳道：「過些時候，我們必須研究研究，也找妳父親指點指點。似乎有很多事情，我們還認識膚淺，就如這孟家在雲南境內的分佈，我們居然一點也不注意，有時候，我一直以為，漢人是有長遠計劃的民族；有時候，我也覺得漢人也是在隨波逐流，但無論如何，漢文化是一直有進無退的，所有中原邊緣的其他民族可能終被其淹沒……」

瑟瑟道：「此雖是『杞人憂天』，我們總得隨時驚惕，其實，長安別這麼咄咄逼人，方是上策。」

時近黃昏，大和村南詔宮張燈結綵的場面終於出現，像茶花樹開花般，說開就開，一瞬間就都開了！從大和村到整個大理，消息傳佈像下關的風吹到上關一樣，非常的快速。這時，蒼山腳下，洱海之濱，人人都知道明天是閣羅鳳登基的大喜日子，晚上就是火把節。不知為什麼，沒有一個人不歡喜，似乎連貓狗都興奮得跳出跳進。

大和宮外的氣氛，迅速使閣羅鳳有一種感覺，因安寧姚州的收復，民間都想出一口氣，必須巧於應用這個趨勢，閻羅鳳的內心是喜悅的，因而他感到所負責任之重！

大和宮外豈只是結綵張燈？喜洲所有富戶之家的男男女女，已在宮外兩邊彈唱跳樂，引動了附近的人前來圍觀喝采。

四弦配合著於盒，葫蘆笙配合著竹笛，吹樹葉的聲音配合著沙啞的男人狂唱，有的山歌已經人人會唱，但聽起來依然百聽不厭，只要你佇足觀賞，便有令你不想離去的吸引力量，充滿天真純樸，一片調情談愛。

沙啞的男聲在唱；

「唱首山歌給妳聽，
看妳罵人不罵人；
單罵別人不罵我，
這朵鮮花摘得成。」

俏皮的騷姑娘指著罵道：

「油嘴滑舌逞能幹，

世上螃蟹無心腸；
若是唱得娘心軟，
吐口口水給你嘗。」

又是：

「螃蟹本是無心腸，
吃了口水採花戴；
就愛小嘴會罵人，
不是小妹我不歡！」

圍觀的人一片喝采，唱的人得意非常。
女的又笑嘻嘻的唱道：

「風花雪月你不唱，
開口就說要摘花；

當心我爹在背後，
一棒打死厚臉狗。」

掌聲四起，吹嘴聲笑聲混雜。
小伙子作捲袖子狀，嘻皮笑臉的對道：

「蜜蜂只為採花死，
為情為愛不怕人；
妳爹不使無情棒，
閉著雙眼裝彌勒。」

白族男女就這麼會唱，彝族、窩泥、卡蘭、獨龍也愛跳愛唱，蒼洱瀾滄之間，綠水青山就這麼充滿著笑聲。大理，在蒼山懷抱裡甜睡著，在洱海愛撫中夢一般的過著日子。
閣羅鳳深切的愛上了這一切，於是，有感於長安並不太遠……
六月二十四日一清早，大和宮外已是鑼鼓喧天，無數的人只是在南詔宮門外致賀，化裝成各種動物的龐然大物，在宮門外舞蹈一番，跪下拜一陣，就各自去了。

宮內，盡是烤肉的氣味，酒的芳香配合著女人們頭上戴著桂花香，所有能進入宮門的都是貴族，都是巨戶，這些人之來，是來祝賀閣羅鳳正式登基，人們也交頭接耳，想要看看施望欠的姑娘。

能進入大殿的，數得出的，是王盛、段儉衛，是趙佺鄧、王樂寬，是段儉保、杜羅盛這些，以至於羅奉王遷王天運，凡是能來的都來了。

高康定老頭係由鳳迦異王子陪著，牽著他老人家的手來到宮裡的。大殿中，最重要的是商討應付唐軍可能的進攻，如何抵抗的問題，以王盛、王天運為最積極，他們的著眼點不在如何抵抗，他們的野心是要消滅進攻者以取得勝利。

按預定的計劃，是討論到日中為止，所以天亮定後不久，大殿中就已擺出吃的喝的，大家不拘禮節形式，想吃就吃，能喝便喝。

在到場的人中，還有一個是賓川大鬼主孟優，他提供了整個蒼洱區左團右轉的地理險要，四時風勢，以及山間可以當武器用的各種毒花毒草。

還不到日中，閣頗和尚翩然蒞臨，有一些人，還不知道這個和尚的來頭，有一些人，把閣頗和尚視為神仙，眾人見閣羅鳳迎上前，又見鳳迦異到他面前叩了一個頭，又見瑟瑟向他作必恭必敬，霎時鴉雀無聲，望向手中執著禪杖，肩上揹著香袋的大和尚。

閣頗和閣羅鳳坐下，周圍也坐下十多個人，閣頗目光灼灼往大殿中一掃，見到了孟優，孟優也見到閣頗發現他，走向前來，插入坐著的人群，把耳朵湊近閣頗的嘴，閣頗咕嚕咕嚕的不知說些什麼。閣頗話說完，鳳迦異起身讓位給孟優。閣羅鳳見此情形大為歡喜，鳳迦異這時走到閣羅鳳的背後立著。

這時，閣頗和閣羅鳳說道：「看樣子，人心都已歸向大和村，衲已放心許多。我今天來，是要告訴陛下，時間很迫促，按部就班的準備已是不行。請陛下記著！『口袋！口袋！』口袋很有用處。」說時，閣頗取下他的香袋，示意閣羅鳳。

閣羅鳳點頭示意，表示已明白他的意思。

閣頗又說：「怎麼不見沙多朗？」

閣羅鳳把嘴湊近閣頗耳朵，說：「我派他去探查李宓的軍事調動。」

閣頗點點頭，又和閣羅鳳說道：「有緊急事時，有困難問題時，陛下勿妨透露給沙多朗。」

閣羅鳳前此與瑟瑟本有意要問閣頗是否認得沙多朗，於是趁機問道：「是不是叫沙多朗去向上人請教？」

閣頗卻答道：「衲與沙多朗並無直接關連，倒並非什麼仙機。而是，就在這地上，有指引著蒼洱區使不落入外來民族手中的力量。阿彌陀佛！衲也就只知道這麼一個觀念。陛下不必打破鑼鍋問到底，也不必向他人多談及。」

闍羅鳳與閣頗方才都是小聲交談，使整個大廳的氣氛格外顯得神祕。閣羅鳳微微點頭，問閣頗道：「上人，還有什麼指點？」

閣頗答道：「有的！倒幾碗茶來我喝。」

閣頗一連灌了三碗茶水，立起身說：「衲就此告辭，望陛下好自為之！」

閣羅鳳把和尚送出大殿門口，殿中眾人都站起身，目送和尚離開。

閣頗去後，閣羅鳳和眾人說道：「想來，多數的人都已知道，方才來了去的和尚乃是我的胞弟閣頗，他在雞足山修行，對天下大事都瞭如指掌，每來總是對我有所指點。我不必把他所說的告訴大家，大家也該猜得出，他說的是，提防唐朝進兵，但用不著畏懼。又說，我們所有的人應該親如兄弟。」

王盛這時向大殿外手一揮，便有幾個人進入大殿，迅速的用虎皮鋪了一個方塊，把一張鑲金的床又放在中間。之後，他們退出，接著便響起樂器，節奏悠揚。

王盛請閣羅鳳坐在鑲金床上，與段儉衛一起把一頂差不多一尺長的黃帽擺在一邊，然後請高老頭把王帽戴在閣羅鳳的頭上，大殿外則響起震耳欲聾的炮聲。

炮聲過後，王盛和段儉衛又請瑟瑟到鑲金床上坐起來，然後二人把一頂看起來非常複雜的后冠捧了交給閣羅鳳，瑟瑟再下床跪在閣羅鳳前，讓閣羅鳳把后冠戴在瑟瑟頭上，戴好後起身與閣羅鳳並坐，殿外又是一陣炮聲。

炮聲完畢，樂器聲繼之而起。

閣羅鳳與瑟瑟起身走出殿外，瑟瑟帶笑用眼睛向眾人一掃，樂器戛然而止，一時鴉雀無聲，都看向瑟瑟。接著便是交頭接耳，聚蚊成雷。顯然的，都是在讚美瑟瑟美如天仙，都是為閣羅鳳大王身邊有這麼美豔的小后而鼓舞歡欣。稍後，大家才從身不由主的讚美的情緒中醒來，也不知是誰先開聲，眾人齊聲呼道：「閣羅鳳，瑟瑟！閣羅鳳！瑟瑟！閣羅鳳！瑟瑟！」一直在歡呼，有的婦女在揩眼淚，似乎著了魔，不會停聲。

瑟瑟見此情形，小聲在閣羅鳳耳邊說了幾句話，閣羅鳳乃向眾人舉起雙手，高聲說道：「我很喜歡！我倆很喜歡！眾人喜歡我倆，我倆也喜歡眾人！」

閣羅鳳開聲之後，人眾始從歡呼中醒來，否則不知要歡呼到什麼時候。大家清醒過來，樂器聲再度傳出。

所有這麼多的人，都渴求一瞻南詔閣羅鳳的丰采，都想親眼看看傳說中的絕世美人瑟瑟，瑟瑟和閣羅鳳，都已窺悉這個勢頭，這勢頭的骨子裡，是所有眾人正滿足於生活而對維繫他們精神的大和村有感激之情。站在這個對他熱愛歡呼的高潮，閣羅鳳心有所感，那有不興奮的！於是，他和瑟瑟說，我倆還是出到宮門外，到宮外左右兩邊與所有人眾打個照面吧？但瑟瑟卻表示，不如不出去的好，因為出去了一時轉不回來，宮裡正要盛宴開場，再是怕群眾爭相前來親近，必會發生互相踐踏反而遺憾。於是，倆人折回大殿，殿內這時也歡呼起來，但三呼而止。

接著就開始日中大宴，烤牛羊鹿肉的烤肉香與酒香令人胃口大開，歡笑聲與鏗鞘割肉時觸及大理石桌面的響聲混合交織，說明這南詔宮統治著僅次於唐朝和吐蕃的雲南殷實富厚。歡笑、肉香和酒香充分說明昇平日子的好過。這時，誰也不會想及戰爭的無情，以及飢餓的的確難受……

許多人嘴裡嚼著東西穿梭走動，其中有希望使閣羅鳳有更深印象的，也有實在是想好好的看看瑟瑟的。但無論如何，今天能進入大殿裡來的，都是南詔的重要人物，也都由衷快樂而且深信前程似錦。

孟聘和孟啟見到了孟優，孟聘告訴孟優，閣羅鳳昨天曾和他談及老祖宗孟獲，也提到蜀漢時的孔明。孟優和孟聘、孟啟講了許多漢朝，以及隋唐笑話，孟優自己的漢文化修養很高，也醉心於孔墨老莊的探討。

閣羅鳳和瑟瑟曾特別的與王天運對談了一陣，結果是知道他是個孝子，他母親七十多歲，王天運在家中時總親自伺候，王天運的妻子和兒子也非常賢慧孝順。

大宴進行了差不多一炷香的時間，閣羅鳳當眾宣布了對趙佺鄧和王樂寬的清平官任命，又宣布了王天運等十一位新大軍將的任命，大軍將已十二位，大殿中所有的人都已知道，閣羅鳳決意擴軍。

日中大宴在歡樂中時光易逝，太陽偏西，酒的香味已經發散，各種的烤肉已只存下骨頭。高康定早已離開，漸漸的大家的聲音已小下來，閣羅鳳見此情形，說道：「今天，大家的表現使我非常歡喜，晚上大家還得和家人過火把節。所以，現在你們可以回去了，不必說告別辭行的話。」

事實上，當然！大家還是到閣羅鳳前來告別，人慢慢的少下去，閣羅鳳居然又有所感觸，什麼時候將再有這樣的情景？

黃昏是一剎那的事，夜幕低垂，彷彿又被掀起，整個大理已被火把照得亮閃閃的，家家門外都有點著火把，眼睜睜望著火把在燒，街道上不時有人舉著火把，他們高興時便把舉著的火把與別人門口的湊在一起，然後從袋中抓一把松香撒在火焰上，火焰登時噴高起來，明亮到刺眼一瞬間，於是彼此笑聲四起。行走的火把多是男子漢舉著的，他們停下來時，多半是看到姑娘人在守著火把在燒，借著撒松香的機會，開上兩句玩笑，又或者姑娘們被火焰嚇著時，說些好話，也帶些雙關語意。有些人滿頭大汗，向守著火把的姑娘討碗清水喝喝，有些家的門口，根本擺上一隻瓦缸，裝了清水，缸上搭著木板，木板上擺著碗，要吃多少便吃。分明是不必多話，要吃就吃，但討水的人又意不在水，盡力在表示多情的心思，一再的油嘴滑舌。話不投機，往往挨一頓罵，沒有關係，大都一笑置之。有的姑娘，一年之中就等這個夜晚，只須稍微留意，總會碰上合心的，先用火把搭在一起，眼睛彼此都在斟酌，膽子大的，三言兩語便勾搭上，約定時日再見。

火把節不單在大理城，多少年來，連三家村也見得到燒紅的火把，民間還傳說，身上有鬼魂附身時，被火把一嚇，人就平安無事。火把不但驅鬼，還會帶來吉利和幸運。於是，在六月二十四日晚上，火把點好時，須先往家中每個角落指一指，對雞窩對鴨巢也指一指，雞鴨豬羊嚇得怪叫，指向果子樹時，還故意的問：「明年結不結？」另外的人代答道：「結！結成簑衣披到地。」一問一答之間，皆大歡喜，光明帶來希望，火把照亮了前程。

六月二十四日，姑娘們還用金鳳花搗碎，撒上一點酸礬，把它包在指甲上，十個指甲明天便紅通通的。有些父母會告訴她們，此舉是紀念鄧睒的寧北妃，寧北妃為了從火堆中尋找她丈夫的屍體，十指出血，非常悲傷。

閣羅鳳把握了這個日子，是深謀遠慮的。

深夜裡，閣羅鳳和瑟瑟說道：「一切的興奮使我悲從中來，我不希望南詔和平的日子改變，另外使我耿耿於懷的，是我覺得暗地裡有人關心著南詔的前途。」

瑟瑟答道：「這是閣羅鳳之所以是閣羅鳳吧了！閣羅鳳時代既已序幕，陛下還能躲到雞足山上去嗎？」

閣羅鳳說：「是啦！無論如何，王后！妳現在正是我心之所寄的雞足山了。」

瑟瑟笑了一下答道：「漢人的帝王有一句話是『普天之下莫非王土』，近在咫尺的雞足山難道還能不讓您任所欲為嗎？」

閣羅鳳暴出笑聲。

瑟瑟趨前，用自己的嘴封起閣羅鳳的笑。

六月二十四日瞬即過去，二十四日以後，南詔王宮不斷的人來人往，來往的都是各地大鬼主，或彝族白族大戶首腦，大家都以興奮的心情來見閣羅鳳，大家也都關心著大理面對的局勢。大理的楊李趙董尹段這些大家族的族長，也曾把他們的意見告訴閣羅鳳，希望策往勵來，小心謹慎與唐朝相處，與吐蕃周旋，千萬不可因小不忍而大動干戈。

這二十多年來，吐蕃一直是唐朝的頭痛之源，北自秦隴，南迄蜀滇局勢之反反覆覆，都與此有關，而唐朝的目的，也一直是要削弱吐蕃在南中地區之聲勢。閣羅鳳輕易把安寧姚州的唐朝據點拔除，因姚州乃係唐朝經營多年的重點，唐朝吐蕃雙方的目光，都集中在戎州姚州，都料得到，唐朝不會就此罷休。

說起姚州，長安及南中歷來的統治者都非常清楚，只因地勢險要，唐朝固執不肯放手，所以才弄到雞犬不寧；在唐朝來說乃是勞民傷財，在南詔眼中卻是忍無可忍。

姚州，目前在南詔手中，還是一片淒涼。

六月底七月初，那獨錦大鬼主柳時衝才帶著他的掌上珠柳花巧從瀾滄趕來。閣羅鳳見到柳時衝時，開口便說：「你怎麼竟離開瀾滄？瀁濞江上游吐蕃虎視眈眈的。」

柳時衝答道：「大王，吐蕃虎視眈眈是他們的事，難道我們就連飯都不吃？我有我的辦法，他們不動則罷，一動，便沒有一個能活。」

瑟瑟見了柳花巧，也是明眸皓齒，衣飾奪目，愛在心裡。那柳花巧眼見南詔王后老實的俏，又將是她的婆婆，心裡紮實好過。

瑟瑟一邊打發人飛馬到聖鹿把鳳迦異找來，鳳迦異尚未到達之前，柳時衝帶來的一行二十多人被迎入後殿吃飯洗臉，只柳時衝父女在大殿寢宮分別洗臉後，由閣羅鳳與瑟瑟陪著說話。

柳時衝的個性脾氣與閣羅鳳相似，所以談話非常開心投契。彼此無邊無際的，竟又談到安寧城事件，閣羅鳳一提起張虔陀仍非常的氣憤。柳時衝卻說，反正已把這般狗豬宰了，陛下幹的又爽快又得人心。說實在的，如果不這樣幹，就要喪失民心了。聽我父親說，當年唐朝的黃門侍郎李知古不可一世，他手段毒辣，把當時姚州一帶頭目給殺了，還把各貴族的子女帶往西川供一般漢官做奴婢。終於激起民憤，被浪穹詔與吐蕃聯手，硬把他拿到，宰了！還把他的屍體拿來祭天。真夠痛快！

閣羅鳳聽得高興，也說了些過去的事，他和柳時衝說，唐朝本也有許多了不起的人，但一班邊官卻實在的可惡。武則天時有個張柬之就曾揭發，唐朝在姚州的狗官唯知詭謀狡算、恣情割剝、貪叼劫掠、積以為常。還說，漢人留在姚州的二千餘戶專以掠奪為業。可以想姚州左團右轉的當地人受害之慘。

閣羅鳳和柳時衝說：「我倆親家真的是合心了，我知道您是爽快人，所以這次就讓小一輩的配對成雙。因為，我當心著太平日子的陰影就會罩將下來，想使他們趁太平之日有些歡喜。」

柳時衝答道：「我當然以陛下的意思為意思，好在我姑娘很懂事，一告訴她她就聽了。就只一點，她和鳳迦異多年不見，見了之後，是否還歡喜？我們做父親的可別先歡喜著。」

閻羅鳳接道：「毫無問題，我兒子對柳花巧一直念念不忘，他一會就來了，不信您自己親眼看。」

兩人話猶未了，瑟瑟從房中把柳花巧帶出，她牽著她的手，這隻手已經套上了一隻野豬牙手圈。柳花巧很爽朗的和她爹說道：「爹，您看！這野豬牙手圈多特別？」

柳時衝很認真的看了一下，說：「姑娘，妳知道嗎？此乃稀世罕寶，幾千幾百萬隻野豬也很難找到這般恰到好處的牙。人們說『狗嘴裡長不出象牙』，野豬的圈圈牙若是圈得恰到好處，十隻象牙也換不到一個豬牙圈！」

柳花巧笑瞇瞇的各自說道：「只這隻野豬牙圈，也就不虛此行了！」

閻羅鳳笑起來，和他準兒媳婦開玩笑道：「小姑娘，妳已被繫住走不脫了！」

就在這當兒，鳳迦異進入大殿，一見柳時衝，甜甜的叫了聲「柳大爹」，又對柳花巧說：「啊呀！妳長得這麼大了！」

柳花巧不示弱，也對鳳迦異說：「你不也是長大了！」

柳時衝見此情形，便和閻羅鳳說道：「好啦！瞌睡遇著頭了。」

閣羅鳳道：「我不是告訴過您了。」

這時，瑟瑟和柳花巧說：「妳和鳳迦異王子去商量商量吧！」

「好！」柳花巧一點不怕羞，獨錦族的女性本就是痛快的。

鳳迦異王子結婚，大和村南詔宮又掀起另一次熱鬧。喜州大戶的子女，以及上關下關的白族彝族甚至漢人的子女也都來鬧新房了。但稍後才知道，新房在聖鹿坡，並不就在大和村宮中。既來之則安之，南詔宮內外，又響起葫蘆笙，又跳起鑼來，又彈起煙盒來，又唱起民歌來。

唱的是：

「滿園名花是誰栽？
聞到花香順風來；
大理茶花頭一朵，
唱首小曲開開懷。」（男）

「對門對戶對條街，
郎門對著妹門開；

妹是花樹有人愛，
哥是漆樹無人挨。」（女）

「抓起芝麻撒過溝，
今年撒下明年收；
只要兩人情意合，
管他芝麻收不收。」（男）

「妹家坐在十字街，
從早到晚忙不開；
直腸直肚告訴你，
哥要有花別處栽。」（女）

圍成圈子對唱的，不是一起兩起，跳鑼彈四弦的也不只三起四起。從這些歡樂的情景可以看出，閻羅鳳已得到民心。

婚禮是在日中時舉行，只因柳花巧的母親不良於行，雙方爹媽不能對稱，儀式有了改變，由王子的外公高康定說了些吉利話，由倆人向天地一拜，倆人還就跪著，一個老覡爹左手抱著一大缽紅米和綠豆，用右手一把一把抓起四處撒，口中唸著眾人聽不懂的東巴經，直把那缽米撒完。然後有人遞一隻公雞來，覡爹左手抓緊雞翅膀，再把雞頭也抓緊，右手從腰間取出鐸鞘向雞脖子割了一刀，急忙走到大廳門口把流著血的公雞往高處一拋，雞落下地後還掙命，血流了潭。此乃送喜神的過程。

喜神送過，大廳中十幾張大理石桌上都擺上一罈酒，那是彝族婚禮中的重要節目，酒罈裡插著一根細竹管，十個八個人圍一桌，大家你吸一口我吸一口，親熱的輪流著。接著又送來「砣砣肉」，大家就用手抓一砣，然後從一個大碗中沾料餵在嘴裡，好吃之極。

這「酒」及「砣砣肉」都是必須吃的，酒帶苦甜，肉沾了佐料又辣又麻，人人覺得好過，精神倍增。當然，大家並沒有吃飽。

「砣砣肉沾佐料太好吃了！」瑟瑟和閣羅鳳說。又說道：「我只會吃不會做，我一直不知道這碗佐料中有些什麼？」

閣羅鳳說道：「這我可是行家了，這裡面有哈古拉樹的葉，穆庫樹的根和花；還有切批切克草的根。可不簡單。」

瑟瑟：「難怪這麼開胃！」

婚禮一完畢，眾人陪著鳳迦異和柳花巧步至大和村宮門，一頭大象跪下前腳，兩人沿臨時架上的紅梯登上象背坐椅，然後大象起立，往聖鹿坡而去，象後跟著二十幾匹馬，馱著許多東西。從大和村到聖鹿坡，無數人在佇立觀看，也都喜上眉梢。

象背上，鳳迦異和柳花巧說：「我老實的喜歡妳。」

柳花巧也說：「我也是。」接著又說：「王子，那父王妃好俏好俏，我簡直在妒嫉她，人生萬物真不平等。她送給我一隻野豬牙手圈，您看！」

鳳迦異道：「妳也夠俏了！」又補充道：「滿月後，我們到瀾滄去拜見妳媽。我聽我母親說過，妳媽是很能幹的女人。」

柳花巧答：「是啦！不過，王子我這時肚子裡在出聲了，離聖鹿坡還有多遠？」

鳳迦異道：「妳不提，我幾乎忘了，妳旁邊有個盒子，裡面有飯糰和一袋水。我這邊也有，我在想，父王深謀遠慮，從來用很多方法訓練我，我們就吃吧！」

鳳迦異啃了一口飯糰，心有所感，又和柳花巧說道：「父王和我說過，身邊帶著一羊皮袋水和十個飯糰，便可熬十天半月。南詔所有的士兵都有這個能耐。」說後，鳳迦異從腰間拉出絲巾揩擦眼淚。

柳花巧趕忙問：「王子怎麼啦？」

鳳迦異答：「大致是灰沙吹著眼睛。」

「王子，這並不是真話，您對我還要見外嗎？願聽到您心的跳動，願領略到您之所想。」

柳花巧首次施展意圖控制對方的試探。

鳳迦異立即坦然傳達他的感慨：「父王的許多心事並不告訴我，但我清楚知道，甚至父王也知道我實際已經知道。為什麼我們心目中有個長安，也有個吐蕃？自從安寧事件之後，南詔就恐懼唐朝以大軍壓境，面對著戰爭的壓力，父王於是想到我和妳該早日結婚，甚至早生貴子，方才我因飯糰這小小的事想到戰爭，想到生靈塗炭，所以不由的有所感慨。」

柳花巧聽後也認真的和鳳迦異說：「我將永遠愛您，您有一顆仁慈的心。安寧事件的餘波方盪漾到長安，我父親不加思索把我送到大理，也是心裡有個壓力。這樣說來，我們的早日結婚還得謝謝長安了，是不是？」

「是了！真是得謝謝長安了；但願我能把劍南節度使鮮于仲通切成八塊。」

柳花巧接著說道：「中原天朝歷來講以德服人，王子去過長安，竟仍有把鮮于仲通切成八塊的氣憤。」

鳳迦異料柳花巧對天下大事所知不少，說話自應留些意，想了一下方道：「我當年去長安不過是代先祖父去朝貢，對南詔說，長安始終令人覺得雖遠在天邊卻近在臥榻之側，鮮于仲通這些年來對大理總有點咄咄逼人之勢，想到可能的戰爭與生靈塗炭，我是脫口而出切八塊話的，我絕不是一個殘酷的人。至於說到中原講究的以德服人，倒是一種修養學問，但還得看是在什麼情形之下『以德服人』？基本上長安視南中為蠻夷之區，對南詔周圍一直進行各個擊破，我深知父王是始終耿耿於心的，因而唐朝的什麼德也服不了我。這是實在話。」

柳花巧是細心的姑娘，歷來協助瀾滄大鬼主處理各方來往，提頭知尾，聽了鳳迦異的敘述，當然窺悉其心中事，大和村當前所統治著的天下，他當然是放在心上的。人還年紀輕輕的，只因為身為王子，就須關心力所不勝的事，覺得非常憐惜，驟然間轉了話題。

「王子，今天是我們的大喜日子，坐在象背上走了這一程，心中是快樂極了。大理風光這般妖嬈，我們生的孩子必定不凡，您說呢？」

鳳迦異反而有點不好意思，答柳花巧道：「這該是跑不了的。姑娘啊！獨錦族的風格，似乎比我們彝族爽朗，我本身一半是漢人，我總覺得，處處不及父王之灑脫。」

柳花巧嫣然一笑，說：「處之泰然，自然灑脫，其實，王子也夠灑脫的了！」

到了聖鹿坡，坡前坡後的人聚攏著等看王子新娘，大象居然佇足不前，象奴於是掀起大象的大耳朵說了幾句，大象便慢慢的移動著腳步，使兩旁的民眾能更清楚的欣賞象背上的王儲與儲妃。

在大和村，閻羅鳳與柳時衝還談了許多未來的事。瀾滄，有一條吐蕃易來的孔道，柳時衝家族自來對吐蕃敵意甚深，閻羅鳳心中有長遠的盤算，所以繞山邁水，講了些大前提大道理。

閻羅鳳與柳時衝談話時，瑟瑟在一旁斟酒，不時也問了些風土人情，地方奇談的事，例如，瑟瑟問柳時衝：「聽說瀾滄江中有一種水怪，形如一張大棉被在水上漂浮著，別說人，就算牛馬大象被牠捲著，肉被消化，剎時只剩下骨頭哩！」

柳時衡說：「果然有這種水怪！但說穿了也並不怪，牠乃是無數小生命集在一起，若是把一隻死狗拋去，不久便被吃光解決。」

柳時衡講這類事時，非常的得意，事實上，這位獨錦大鬼主生活經驗豐富，對南中地區的山川地理了解得非常清楚，無論說什麼，他都如數家珍，使聽的人津津有味。

柳時衡還很感慨的說：「山脈鬱結，溪谷縱橫。蒼洱鶴麗劍，金沙瀾滄的地勢的確美不勝收；麗江大雪山則崔巍磅礴，積雪盈巔，山嶺縱橫斜列，何等迷人！親家呀！陛下，我們是這裡的主人對不對？吐蕃覬覦，唐朝虎視眈眈，大家都看著蒼山腳下的大和村，陛下的責任是無比的重呀！」

閣羅鳳道：「親家指點，我是實在的感激了！但今後瀾滄這一環就得靠親家了。」

「那還用說！」柳時衡分外爽快，他心想：「我這瀾滄大鬼主的位子，還有誰能爭得去？南詔王不就是我親家嗎？」酒意使他紅光滿面，喜悅使他的聲音特別響亮，繼續和閣羅鳳說道：「人的問題很重要，高超的智慧尤其少不得。陛下，必要時恐怕向詔施望欠請教請教也得。」

閣羅鳳答：「是啦！」

三人邊喝邊談，也不知是中飯抑晚飯。黃昏既近，柳時衡才說道：「明天天一亮，我就帶著我的隨從回瀾滄，稍過些時，如果鳳迦異和柳花巧能到瀾滄一轉，是再好不過的。」

聖鹿坡的黃昏尤其是美麗的，洱海上陽光的反射與蒼山頂上的積雪的晶亮，使一大片綠野披上金色，因祝賀王子的新婚，大群的男女青年擺起彈唱的檯子，圍成跳鑼的圈圈，縱情的跳唱，放量的吃喝。

誇！誇！誇！

誇！誇！誇！誇！煙盒聲中，一雙男女在扭著身子有節奏的在對話：

「喜慶日，風光好！
小姑娘，妳好俏！」
「配對時，誰都俏！
小夥子，也好瞧！」
「屁股大，腰肢巧！
摟一下，死也好！」

「嘴甜甜，夠膽大！
扭扭腰，顯風騷！」

「愛妳俏，愛妳騷！
嘴對嘴，手摟腰！」

「你摟腰，我腳蹺！
摟緊點，爹抱媽！」

吼聲四起，掌聲與口哨聲交織，簡單的節奏，男女即興對唱的機智巧妙兼具大膽風騷，露骨而含蓄，把人人的心挑撥得癢癢的，好受極了！蒼洱之間不但四時的風光美好，純潔的人心，無憂無愁的日子尤其美好……

七月瞬即過去，八月九日南詔即調兵遣將，沙多朗回到大理，向閣羅鳳報告了唐朝李宓在雲南境內外的活動。之後，即被派到劍川見施望欠，而且把閣羅鳳想把洪光乘和羅奉委為大軍將意思轉達了施望欠，施望欠一聽，當然便知道是瑟瑟的主意，稍一思索，便和沙多朗說：「你回大理告訴閣羅鳳，我會馬上打發洪杜二人去見他，同時你代我轉告閣羅鳳，鮮于仲通野心勃勃，要好好提防！」

沙多朗轉回大理，把施望欠說的話告訴了閣羅鳳，閣羅鳳點點頭若有所思，他心裡想，施望欠與閣頗的看法是差不多一致的，如此看來，鮮于仲通是果然要進兵了。

這時，他連帶的想到很多的問題，唐朝，唐玄宗左右莫非就缺少了有智慧之人？又想到閣頗提示他的「口袋」，莫非閣羅鳳的時代果然就要到來？

「瑟瑟！」閣羅鳳叫了一聲。

瑟瑟從寢室走出，閣羅鳳說：「有好一陣了，妳不在我身邊，我殊不習慣，妳在做什麼？」

瑟瑟答道：「鳳迦異與柳花巧在瀾滄的事已拖了三個多月，我在翻箱倒筴想找一兩件有意義的東西，準備一旦他們去時作為禮物。」

閣羅鳳：「對啦，就讓他們快去吧。那麼妳找到了沒有呢？」

瑟瑟：「找到幾件，等臨再斟酌一下就得了。怎麼樣？陛下，沙多朗回來了？」

「是啦！他還轉達了妳父親的看法，就是鮮于仲通勢必會對南詔用兵，要我好好提防。又說洪光乘和杜羅盛數近就會來到大理。妳父親就是這麼痛快，事事簡單明瞭，我們先父王也是這樣。」閣羅鳳和瑟瑟講了這段話後，輕輕的嘆了一口氣。

瑟瑟明察秋毫，當然知道閣羅鳳心事重重，說道：「陛下，常言道『水到自開溝』，我父親有一回曾感慨萬端的和我說，就由於我們不明白漢人的深沉，在以漢人為中心的中原邊緣掙扎摸索，弄到悲劇一再上演，兄弟鬩牆，唐朝的弊端在邊官勢大，在長安做皇帝的則所謂鞭長莫及，我們還能改變他們嗎？也許好好的教訓鮮于仲通一頓，對唐朝對南詔都有好處，但一時的犧牲是難免了。」

閣羅鳳點頭，又說：「我也作如是想，一不做二不休，我要教訓鮮于仲通這班人一頓，只不過，我常常覺得，與妳在一起耳鬢廝磨的確是好過，花太多的時間精力去計劃戰爭，憂慮天就要塌下來這些問題，是非常值不得的哩！」

瑟瑟很認真的接道：「陛下兼具大智大慧，所以如此，如今，您所憂慮的乃是與大勇牽連的枝枝節節罷了。無論如何，我們是血肉之軀，問題只能逐步求突破，走著瞧就是了……」

「是啦！」閣羅鳳露出笑容，又說：「那麼，妳還是來幫拔拔我的鬍子，讓我享受享受。」

瑟瑟為閣羅鳳拔稀稀疏疏的鬍子時，南詔王在欣賞著她足以致人於癡呆的秋波，他用手去摸她肚臍眼兒，她媚他一眼，輕聲說：「怪癢的。」

這時大殿門外奎達迪多的聲音：

「陛下，有人要覲見！」

閣羅鳳站起走到殿門問：「什麼人，怎麼說的？」

「說是為南寧大鬼主帶口信來的。」說時舉起一枚戒子，說：「他用這個翡翠戒子證明身分。」

閣羅鳳瞇眼一瞄那翡翠戒子，說：「快去請他進來！」

稍過一會，奎達迪多帶著一個人走來，那人進入大殿跪下，奏道：「我是南寧大鬼主爨仁哲派我來的，我叫阮明，是大鬼主的舅子。」

閣羅鳳示意，叫他起來，指了一個石椅讓他坐下。阮明清清楚楚的奏說：「我姐夫叫我來說，劍南節度使鮮于仲通已帶兵由南谿路而下，前哨已至曲靖，由安南都督王知進指揮的唐兵正向步頭開來，另外還有一支可能係從會同路進大理。請大王注意！大鬼主還說，他已與步頭大鬼主孟騰約好，目前裝作聽從鮮于仲通的樣子，到緊要關頭，就照大王的指點做，請大王放心！」

閣羅鳳有點緊張，也有多少興奮，對瑟瑟說：「妳的小木槌得用一下子。」

「噹！」查戈進來跪下。

「喝酒菜，快來！」閣羅鳳為爭取時間，說的很簡單。

瑟瑟倒了兩碗酒，閣羅鳳和阮明說：「青年人，別拘束，喝碗酒。」

阮明道：「大鬼主再三吩咐不許喝！」

「你會不會喝？」

「會是會。」

閣羅鳳笑了一下說：「那麼你就只喝一兩碗，離開大理，在歸途間不喝便了。」

閣羅鳳又撕了一大塊鹿肉遞在阮明手中，說：「吃！」

閣羅鳳舉碗喝盡，稍稍想了一下，示意瑟瑟偏耳朵過來聽他，閣羅鳳小聲說：「妳把金葉子拿些來，不能太重，也不能太少。」

「路上辛苦了？」閣羅鳳和阮明說。

阮明答：「不辛苦，很好玩。」

瑟瑟拿出一小袋金葉子，放在石桌上。

閣羅鳳對阮明說：「你回去告訴大鬼主，我很喜歡。叫他與附近各鬼主聯絡，大家裝聽鮮于仲通的話，時機到時再殺他們個措手不及。我也將派人去與鮮于仲通周旋，讓他膽子大大的進來。你告訴大鬼主，我有充分準備，十幾萬人的進犯我不放在眼裡，這麼多話你記得清楚嗎？」

阮明答：「我記得的。」

閣羅鳳又說：「那好極了！這些金葉子你帶去。」

阮明問：「是不是交給大鬼主？」

閣羅鳳說：「給你用，用不完的你交你姐姐就是了。」

「那麼謝謝大王！我就去了。」

阮明去後，閣羅鳳和瑟瑟商量應付鮮于仲通的辦法。兩人對閣頗的「口袋」示意相視而笑，之後倒了一滿碗酒喝完。

劍南節度使鮮于仲通充滿信心，要把姚州安寧再拿下，然後進兵大理，逼閣羅鳳簽城下之盟，甚至就把此酋斬了以防後患。鮮于仲通的第二個兒子昊也是軍中猛將，也準備在大理留點不朽功勞，唐兵中，因都想著係到南蠻地區送死，心有不甘，但表面看不出來，從上到下，一層層的壓下來，每一層對上一層的都裝出唯命是從的樣子。鮮于仲通所見的，都是威風凜凜，氣壯如虹的精兵。

鮮于仲通親自率領的大軍三萬之眾終於到達曲靖，由安南都督王知進率領的三萬人也已開到步頭地區，由鮮于仲通的大將李暉率領的四萬人正開出會同。

大和村南詔宮中，閣羅鳳叫鳳迦異和柳花巧迅速去瀾滄一趟，並且把漾濞一帶的未來任務開列帶交柳時衝，接著，把王盛、王樂寬及所有大軍將召來，詳細的討論了戰略，分配了任務，各大軍將只須根據一個由大和村指揮的戰略原則，便可獨立作戰，同時隨時選拔人才，兵士出動時每人帶著七月用之飯糰和水，每一細節都簡單明瞭，有了原則性之準備。

一切定奪之後，大殿中又盡情的喝酒吃肉，眾人摩拳擦掌，準備與唐兵一決雌雄。閣羅鳳與瑟瑟舉起酒碗，祝眾人好吃好在，大殿中彼此交談的聲音，一時顯得亂哄哄的，但酒香撲鼻，肉香四溢，使氣氛更像南詔宮殿。

閣羅鳳這時突然又高聲說道：「眾人，大家回去時要找個機會試一試，只吃飯糰和冷水是不是也很好吃？再是挨得了餓，也是頗為重要的事，這，我不要求你們試，但得有心理上的準備。現在嘛！盡情的喝酒吃肉……

會還沒散，閣頗和尚在大殿門口高聲吼道：「哈哈！哈哈！你大家多歡樂呀！老衲要告訴諸位的是，唐兵如果來攻擊南詔，他們每個人的心都是哭泣著的，因為我們這邊有『瘴氣』，碰到瘴氣他們不死也要大病。『阿彌陀佛』、『阿彌陀佛』，我佛保佑你們。」

閣頗話說完，走到閣羅鳳面前說道：「和尚又來了！我感覺得出，唐朝是會有些災難，我們南詔帶牽著要吃些苦，這是天數。」之後，閣頗便把嘴湊近閣羅鳳耳朵說：「賓川有個苦刺花村，與上關下關一般有點用處，不妨派人去清楚一下，聯吐蕃以抗唐也是一著重要的棋，雖說不是上策，但除此而外別無他著。記好！我喝碗茶就要走。」

閣羅鳳說道：「上人，怎麼總是翩然而來，匆匆就走？」

閣頗答道：「這，只是我的個性使然。」

閣頗去後不久，眾人也就散去。

閣羅鳳只和段儉衛說：「你把楊子芬和姜如之兩根找來，什麼時候都好，這兩根人膽大沉著，機智聰明，我打算派他們去與鮮于仲通周旋一下。」

段儉衛答道：「楊子芬首領和姜錄事參軍都在聖鹿，我就叫他們明早一早來。」

「是啦！」段儉衛答後，用右手抓抓頭，想了一陣，才又對閣羅鳳說：「我可以走了，陛下還有什麼吩咐沒有？」

「去吧！我沒有什麼了。」

閻羅鳳掉轉頭和瑟瑟親切的說道：「只我二人時，我總是有一種幸福之感，我想緊緊的摟著妳，天剎時黑暗，大地停止呼吸。啊！其實，妳也不過是個人，為何竟使我隨時心旌搖晃。」

瑟瑟嫣然一笑，說：「只因我實在好看，而陛下正當盛年。」

「還有，妳純樸、高人一著的見解常使我歡欣，覺得受用無盡！」閻羅鳳笑著說。

楊子芬與姜如之很快就來到大和村覲見閻羅鳳。閻羅鳳當即對楊二人說：「我叫你們來，是有一件非常重要的事要你們去辦，我要你們帶著一二親信隨員，準備幾件精緻的禮品，立刻到曲靖去見劍南節度使鮮于仲通，目前他已親自率領唐兵到達曲靖，預料他必須在曲靖有一段時間的停留。當然，我還有公文交你們帶去。我的目的是，就安寧事件對他再度表示歉意，我答應他恢復唐朝在安寧及姚州的駐節特權，但他必須停止進兵。你倆個必須臨機應變，設法看出他真正的想法與目的，如果他定要進兵，就讓他進兵，這時你們大可表示因怨恨吐蕃，影響他深入南詔腹地。你倆個都機智而能言善道，務必把鮮于仲通引入錯路。我的意思，唐兵如果再進，便給慢慢養成的問題，我們要減少鮮于仲通在這方面的憂慮，直到他深入之後才後悔不及。至於什麼是錯路，你們臨行前我會另有指示。你們今天準備離開的種種瑣事，後天黃昏再到宮裡來一趟，我會把所該帶的公文及資料給你們。就這樣，你們有別的問題嗎？」

二人都答：「沒有問題。」

楊子芬與姜如之去後，王盛與王樂寬便來到大殿，王盛呈上閣羅鳳致鮮于仲通的函件，王樂寬把賓川的地理形勢及苦刺花村的左鄰右舍各村詳細解釋一番。倆父子又把雞足山的便道和賓川通入洱海的水道圖攞出，一一指點給閣羅鳳。

閣羅鳳聽了王盛父子的解釋，更增強了與唐兵一戰的信心。便又和王盛說道：「我決定把鮮于仲通引入賓川，好好收拾，你應到賓川一轉與孟優再仔細的研究一下。」

各種事情的準備迅速而且順利，閣羅鳳所想到的，都能隨心所欲，但似乎他所有的好主意多半係來自瑟瑟，又或係來自閣頗的提醒。洪光乘和杜羅盛兩人，也曾把施望欠的高深思想奏呈了他；施望欠還有一套具體的戰略計劃，由洪杜二人親手交給閣羅鳳。

閣羅鳳愈是在興奮的時刻，愈覺得瑟瑟對他的重要，愈是緊張的到來，愈覺得少不了瑟瑟。正是他深愛著瑟瑟時，看過施望欠的戰略計劃，更覺得其人真是仰之彌高望之彌深，難怪他的女兒這般的智慧，冰雪的聰明。因此，閣羅鳳在指揮著要與劍南節度使鮮于仲通的實力一決雌雄的整個戰略計劃時，連帶的想到，他今天可以沒有王位，但不可沒有瑟瑟……

楊子芬和姜如之很快就已到達曲靖，唐朝的劍南節度使鮮于仲通接了閣羅鳳似乎認錯的公文，又接見了南詔的代表，一時趾高氣揚，問道：「南詔蕞爾小國能與天朝大軍對抗嗎？」

楊子芬答道：「似乎不能。」

鮮于答了一下說：「不能便是不能，什麼似乎不似乎？既是不能，何不投降？」

楊子芬也各自笑了一下答：「竊不以為唐朝笨到要南詔投降。」

鮮于驚訝地問：「此話怎講？」

楊子芬答：「長安的敵人不是吐蕃嗎？」

鮮于頓覺楊子芬與姜如之絕非等閒之輩，心有所思，沉吟了一下又問道：「如果我的大軍直逼大理，南詔將怎樣？」

楊子芬非常幽默，說道：「我聽了將軍之言，非常緊張。」說後對姜如之說：「請錄事參軍說說看。」

姜如之冷冷的答道：「狗急跳牆！」

鮮于仲通是聰明人，自然知道對方暗示的內容，於是說道：「唐朝與吐蕃兩者之中，我不以為南詔會選擇吐蕃。」

姜如之道：「當然是選擇長安，所以方才楊子芬指出唐朝不會笨到要南詔投降。」

鮮于自知所說的話實在草率，轉變語氣說道：「依二位意見，我該如何是好？」

楊子芬答道：「我倆無非蕞爾小國之使，還能提什麼意見嗎？」

鮮于又說：「儘管提出高見！」

楊子芬道：「唐朝三路軍直逼南詔，箭已離弦，意見管什麼用？」

鮮于抓住話柄，反駁道：「既是如此，閣羅鳳派你們來做什麼的？」

楊子芬答道：「我王的公文中不是說了，我們之來，不過表示南詔對此事之認真吧了！」

鮮于有點發怒說道：「唐朝本是直接控制了安寧和姚州的，閣羅鳳把張虔陀等唐朝官吏逼死殺死，又占了城池，這本是大逆不道的事，如今唐朝大軍興師問罪，結果只是把安寧姚州交回，南詔不掉一根毛，對不對？」

姜如之接著答道：「事皆張虔陀引起，長安不總是希望南詔掉毛的吧？」

鮮于又一次發覺自己的不高明，解釋道：「我本身只不過一個劍南節度使，事事必須聽命於長安，而今我唯一能做的，就是向大理進發。」

楊子芬故意作出難過之狀，說：「既是如此，退一步想，就只有希望唐朝大軍能做到秋毫無犯就好了，南詔民間生活是很苦的。」

鮮于聽了，心裡很不愉快，說道：「唐朝軍事移動，都有糧餉補給，問題是，如果遭到抵抗時，干戈之下，日子才不好過。」

楊子芬、姜如之都靜靜的，鮮于仲通意猶未盡，又說道：「如此看來，二位的使命未能達成，回到大理，怕就要遭處罰了？」

姜如之回答道：「閣羅鳳是在心裡做事，任何人想不到他的下一著棋。」

鮮于聽姜如之這樣一說，又提高了警惕，想到閣羅鳳恐不會這麼簡單，派了兩個人來見他，一點邊際都摸不著，就又乖乖回去，這究竟是什麼回事？於是把臉一沉，裝著發脾氣般說道：「閻羅鳳的確不簡單，我把你二人宰了，就讓他去捉摸吧！」說後，仔細看二人的反應，偏是楊子芬和姜如之無動於衷，二人面對面的在笑。

鮮于見他倆不但不懼怕，居然還笑得起來，問：「死在臨頭你倆個還笑，是什麼道理？」

姜如之反問：「將軍要誰答這個問題？」

「就你答吧！」鮮于說。

姜如之冷靜的答道：「閻羅鳳就怕你不宰我倆個，如果宰了，對他來說乃是正中下懷，再說，此舉對激勵南詔軍的士氣非常有用，我們笑，是心中覺得畢竟將軍還是逃不出閻羅鳳的手掌；至於說到死，如果聽死就撒尿，也算不得男子漢大丈夫了。」

鮮于再仔細端詳二人面色，果然絲毫未改，又見二人氣宇軒昂，突生愛意，因而問道：「你倆位是彝族還是白族？」

楊子芬答：「都是白族。」

鮮于沉吟片刻，和藹的說道：「常言道，『人望高水望低』，你二位既非彝族，又何必為閻羅鳳效勞？不如與我合作，光宗耀祖，機會就有了，怎麼樣？二位是不是願為我所用？」

姜如之反問鮮于：「怎麼個用法？」

鮮于道：「留下來一路跟著我。」

楊子芬說：「想不到將軍胃口竟這麼小。」

鮮于問道：「依你說，怎樣才是胃口大？」

楊子芬答道：「今後我隨時提供將軍點有用的山川地理資料，將軍行軍方便，其餘的以後再說。」

鮮于又問說：「倆位都如此嗎？」

姜如之答：「我二人親如兄弟，跳火坑也是可以一同跳的。」

鮮于仲通自以為得計，喚左右道：「弄點酒菜來，我要和這倆位客人喝一杯。」

楊子芬、姜如之與唐朝的劍南節度使鮮于仲通居然有說有笑，邊吃邊談，由於楊姜二人之語調輕鬆，簡單明瞭而充滿機智，似乎與漢人的嚴肅認真頗有差別，鮮于仲通特別感到興趣，於是，帶著幾分興奮，也讓二人參觀了他的軍容，楊姜二人甚且獲知其子鮮于昊也在軍中身居要職。

酒醉飯飽，楊子芬、姜如之告辭了鮮于仲通，依然領著隨從離開曲靖。之後，快馬加鞭，向大理回程。

閣羅鳳聽了楊姜二人的報告，點了點頭表示滿意，說道：「不虛此行。今後看情勢發展，如有必要，你倆大可送點我們這邊的虛假消息給他，這對我心中的戰略打算是有用的。好吧！你們勿妨也把全部情形和段儉衛大軍將講一講。」

楊子芬、姜如之去後，閣羅鳳一個人在大殿中踱來踱去。他在想，鮮于仲通顯然的志不在收回安寧姚州，那是想一顯身手了。那怕是把吐蕃也拉來，我閣羅鳳定不讓他如願以償。

閣羅鳳想到樂觀的前景時，眉飛色舞，也想到萬一時運不濟，戰爭的慘禍將不堪設想。這時，瑟瑟和顏悅色的走到他面前，閣羅鳳說：「鮮于仲通已志不在收復安寧姚州，顯然的他是想在南中為唐朝立點功勞。我氣憤長安對張虔陀之壞絲毫不聞不問，只對安寧姚州之失忍不下去，竟至分兵三路逼來，真是豈有此理！」

瑟瑟道：「陛下，長安講道理時總是堂哉皇哉，對我們總是以夷蠻看待，但有一點是不會錯的，就是他們非常現實。因此，不必寄希望於他們會講什麼仁慈，我們準備我們的吧！」

閣羅鳳接著說：「我此時老實的希望閣頗和尚會來一下；他往往會使我增強信心。」

瑟瑟接道：「陛下既然有此想，說不定他就要來了。」

閣羅鳳此時方望著大殿外，不由得笑起來，和瑟瑟說道：「是了！妳看，正走向大殿來的不正就是他嗎？」

瑟瑟向殿外望去，心中甚覺奇異，對閣羅鳳說：「陛下，是閣頗的道行實在的高呢，抑是陛下的心靈感應具有神力？閣頗上人的確是來了。」

閣羅鳳和瑟瑟都走近大殿門口迎閣頗，那閣頗滿頭大汗，一見面便說：「快給我兩碗茶水！」

瑟瑟把茶倒好擺好，閣羅鳳請閣頗上坐，閣頗不肯，說道：「不必、不必，那位子是你坐的。」說著，他已坐在邊位子，然後舉起茶碗兩口喝完，然後再倒再喝，喝了又倒。只因他右手拿著茶壺，瑟瑟要斟也無從下手。

三碗五碗茶喝下，閣頗對閣羅鳳說道：「鮮于仲通分兵三路進逼大理，陛下知道了？」

「知道了！」

閣頗道：「單此三路，我們已夠招架，看情形，鮮于仲通還有別的路數。無論南詔勝或負，將還有另有唐軍壓境而下。我此來是把此事告訴陛下，同時想知道究竟有無一個原則性的應付辦法？」

閣羅鳳答道：「鮮于仲通及其兒子鮮于昊所率領的人馬已到達曲靖，王知進也正領軍向步頭移動，這兩路人馬都將直向大理。李暉的四萬人可能經會同而來，我正想著，對付會同來的李暉，恐怕將與神州方面打個商量。如今上人說鮮于仲通還不只此，我是有點擔心了！還是請上人指點指點吧！」閣頗道：「兩害相權取其輕，我們雖不喜歡吐蕃，但唐朝既然逼人太甚，就顧不得這麼多了，因此衲的意思是，事情已迫在眉睫，就開始與吐蕃快取個默契吧。」

閣羅鳳接著說：「上人說的是重要極了！我正想著此事，也正想與上人一見，大致是佛法無邊吧？說和尚和尚到。上人，我決定從速與吐蕃取得默契，另是賓川苦刺花村的情況，我已經掌握，但雞足山下的許多問題，如果連孟優都弄不清楚時，仍得勞上人幫調查一下。」

閣頗答道：「全部地形及特殊祕密情況，衲都已交給了孟優了！陛下，記好！您只須掌握著原則啊！」

閣羅鳳點了點頭，對閣頗說：「謝謝上人指點迷津了！」接著問：「上人，有緊急事要找您時，雞足山那麼大，我該向誰去請教？」

閣頗答道：「衲已知道陛下的深謀遠慮，我此時本不該就告訴您，但您既問了，衲就趁機告訴您吧！『阿彌陀佛』、『阿彌陀佛』！記著！有緊急事找衲時，您就向山上的連雲虛真長老通風報訊就行了。連雲虛真長老就是昔時浪穹詔鐸羅望。」閣頗講了鐸羅望時，閣羅鳳不免「啊！」的嘆了一聲。

閣頗繼續說：「眾人都以為他已不在人世，其實他還好好的活著，而且正關心著南詔的生存發展，衲便是他的徒弟。陛下，就算是衲方才說的鮮于仲通的軍事部署，暗地還有數萬人深壓境而下的機密，也都是連雲虛真長老使衲來告知陛下的啊！」

這時，瑟瑟也全神貫注，她知道鐸羅望曾經是她父親的朋友，但後來她父親竟絕口不提這個名字，必然這其中還有許多祕密。

閣頗見閣羅鳳與瑟瑟有點像墜入五里霧中的神情，心知皆因一個鐸羅望所引起。於是說道：「連雲虛真長老還有一位在世的朋友，他就是施望欠。」閣頗說時望向瑟瑟，瑟瑟也迅即問道：「上人，為何我父親從來不提此事，他似乎也不知道鐸羅望還活著？」

閣頗答道：「常言道『仙機不可洩露』，這雖不是仙機，但卻是『智機』，生存在唐帝國及吐蕃的邊緣，施望欠及鐸羅望者已得到結論，如果沒有智慧，是終究要滅亡的。施望欠當然知道鐸羅望在雞足山，但卻用不著把這些祕密告訴你們。雞足山腳下就要有一場浩劫，這場生死之爭偏偏要發生在雞足山腳下，怎能教連雲虛真長老不關心呢？唉！人生來就在恩恩怨怨中長大，我這和尚也真冤孽。這一來，您們可以知道了，我為什麼來去匆匆？話就說到這裡為止。快與吐蕃取得默契，如何聯繫，陛下可以召楊利來仔細研究研究。」

「楊利，我知道了！」閣羅鳳說。

閣羅鳳這時彷彿覺得，他雖身為南詔王，不知道的東西也還很多，又想到他先父王皮羅閣，在許多方面，的確很了不起，就像鐸羅望、施望欠這般智多星，都居然甘拜下風，到了目前，又都心甘情願，願為南詔的生存發展而盡其日已落西的勢力。想到此，閣羅鳳不由得流下一串眼淚，面上露出笑意。

閣羅鳳的神情，閣頗和瑟瑟都已看在眼裡，二人對閣羅鳳今日所肩負的重任又都非常明白，對閣羅鳳的英明睿智與深謀遠慮亦深為敬佩，因而對方才所見的淚珠視為英雄的淚，仁者的淚，於是也受感染，分別下淚……

閣頗沉吟了一下，很慎重的說道：「陛下大致也都知道，連雲虛真長者的祖父，當年曾做了件轟動南中震撼長安的事，他不但把唐朝的黃門侍郎李知古宰了，且以其屍祭拜天地以為彝族復仇，而在這之前，浪穹詔豐時的親弟豐芹就是死在李知古手下的，豐芹就是鐸羅望祖父的好友，他們親如手足。陛下，您想，這連雲虛真長者是以何種心情在關心著南詔的生存與其發展？就像施望欠，他與連雲虛真長者一樣，雖曾與先父王一再衝突，但總歸是自己兄弟間的爭執，唯有對唐朝，我們的祖先為了爭取一個『以平待我』，就不知付出了多大的犧牲，與中原走在一條道路上本是吾人祖先的理想，但事與願違，就像現在我們又不得不與吐蕃攜手的情形一樣，真是可悲可嘆！『阿彌陀佛』！『阿彌陀佛』！」

閣羅鳳耐心的聽著，待閣頗說了「阿彌陀佛」後，說道：「民族仇恨是非常可怕的，最近獨錦大鬼主來見，講到李知古時氣憤填膺，無論如何對自己的民族具有愛心並沒有錯。我以為，歷史的教訓是很重要的，中原本身就一直是在一個民族問題的大海中翻滾，漢族就像滾雪球一般漸漸的脹大，而南詔偏偏處在唐帝國之邊緣，所以一直深受漢族文化影響，只憑文化的感染，實際我們南詔總歸要與中原走在一條路上，可恨漢族的皇帝以及一些封疆大臣，對邊遠各小民族採循的仍是霸道之策，真的是難以容忍。」

閣羅鳳不再說話，他靜靜的結論：「我自己過去的生命，不過是為當前的時機，為領導蒼洱區各民族這一磨難的準備；我將創造一個南詔光輝的時代！」閣羅鳳想到此，不由得用右手拳頭答左手掌心重重的敲了一記。

瑟瑟清楚的知道，閣羅鳳有百折不回的勇氣，也有一顆非常仁慈的心，見他自己敲了一下手心之後，說道：「陛下，您是深謀遠慮的王，也是悲天憫人的王，我是何等的敬仰著您啊！」

閣羅鳳因有閣頗在場，只莊重的答了一聲「謝謝！」

閣頗卻對瑟瑟說道：「常人一生所致力的乃是拾回失落的心情，但很少人能夠做到，英雄也兼具常人的情感，還必須肩負眾人的苦樂，因而英雄的心是苦的，也是極之寂寞的。我的兄長幸有如此智慧之嫂嫂在旁，衲實在的放心得多；英雄惜英雄，施望欠詔之所以不凡，萬分令人敬仰。」

閣頗說時，瑟瑟認真的聽著，兩眼發出智慧的光亮，也接著道：「上人誇獎了！上人誇獎了！我自己對上人也有個看法，要非上人至深同情閣羅鳳陛下的遭遇，也就不會這麼奔波。再說，上人所揹負的民族愛的重擔，也著實夠辛苦了。閣羅鳳陛下有上人這樣的同胞兄弟，也證明乃是有福之人；為了陛下，讓我向上人一拜！」說時已跪將下地，叩了三個頭。

閣頗趕忙合十，一面點頭說：「不敢！不敢！請起，請起！」

除了已遠赴瀾滄的鳳迦異，整個南詔，當前能與閣羅鳳的心最靠近的，就是瑟瑟與閣頗，這兩個人方才在他面前的表露和談話，當然深使閣羅鳳感動，此時閣羅鳳滿眼淚光，臉上綻出生之幸福的笑容，同時說道：「作為一個人，我是老實的幸福了！」

閣頗看了看閣羅鳳，微微的點了點頭，說：「衲要去了！」說時已站起移動腳步。

閣羅鳳和瑟瑟送至大殿門口，下了台階，閣頗回頭稍稍端詳了瑟瑟，非常微弱的嘆了一口氣。瑟瑟並沒有覺出，閣羅鳳卻捉捕到他弟弟的嘆息，心裡想，和尚大致是嘆瑟瑟之美……

閣頗去後，瑟瑟對閣羅鳳說：「陛下，想喝兩碗呢抑是讓我為您拔鬍子！」

閣羅鳳爆出爽朗的笑聲答道：「又喝又拔，我還非常的想摸摸妳的肚臍眼兒哩！」

瑟瑟媚了閣羅鳳一眼，說：「那，好癢！但癢的好過……」

南詔宮中，像這樣的時間已經很少，閣羅鳳冷冷的對瑟瑟說：「我寧願戰爭能夠避免，但事情卻已一步步逼緊，瑟瑟啊！瑟瑟，我是何等幸福！因為有妳在我身邊。」

近入秋天的大理，點蒼山分外秀麗，無風時，洱海似一面大鏡子，洱海之濱，最爽口的是雪梨，雪梨還吊在枝頭，垂到接近了地面，躺在地上相擁而臥的男女會舉手把雪梨拉近，用一根小竹管插入熟透的梨，把雪梨的水吸盡。下關有時會捲起旋風，蒼山腳下的大理，都得受狂風吹襲；下關風捲過大理，吹到上關，平靜的洱海霎時浪花四濺。賓川的苦剌花村就近洱海之濱，苦剌花村的背面便是雞足山腳，孟優不但是賓川的大鬼主，也是雞山腳下生活著的眾人之神。

大理方捲過一陣旋風，大軍將之一楊利到了南詔宮，閣羅鳳見楊利來到，說道：「我正要使人去叫你，你卻來了？」

楊利答道：「陛下，是頗鐸傳話給我的，他說他的和尚父親告訴他，要他轉告我迅速前來覲見。」

閣羅鳳心裡有數，說：「你來就好極了！那頗鐸傳，自鳳迦異去長安時來過宮中一趟，我就一直沒有見他。閣頗上人每次來也是匆匆忙忙的，所以我一直沒有關心到他。」

楊利答道：「哦！那頗鐸傳可了不起！他不但練了一身本事，左右還有一批了得的嘍囉。這個人，我想絕不簡單。換句話說，他有一番抱負。但說也奇怪，他總不時的上雞山去。」

閣羅鳳心想，這又是閣頗的招數了，這和尚是不時的有高招的，心中暗暗的歡喜，但也有點納悶，就是覺得奇怪，閣頗為何不先和他說一聲？

閣羅鳳好好的看了一下楊利，說道：「我有一件事要你去辦，你立刻到神川與吐蕃御史論苦贊一見。你坦白告訴他，劍南正分兵三路逼雲南，由李暉率軍的唐軍將自會同南下，希望他與南詔合作夾擊，李暉傾全力大約四萬人，夾擊之後，這四萬人的輜重兵甲全歸他們。如果同意，南詔將隨時有消息告知神川。」

閣羅鳳說後望著楊利，楊利聽後當即奏道：「這當是吐蕃求之不得的事！」

閣羅鳳又說：「你與前些時的尚儉贊和現在的論若贊打過交道，當然知道他肚子裡的貨色。還有，這次的不同尋常，愈是祕密愈好，劍南鮮于仲通是很精明的人。你可以完全用你的機智與見解進行，談後即刻再來見我。去時，找一件兩件好些的東西帶去送他，只說是你送的。」

楊利答：「是！」

閻羅鳳又問：「去來最快要多長時間？」

楊利答道：「快馬也需十五天左右。」

「你就去吧！所需耗用，你向上闞幕爽接洽辦理。再是你也設法通知頗鐸傳，叫他來與我一見。」

楊利去後，閻羅鳳出聲叫：「瑟瑟！」

瑟瑟穿著短衣短裙，露著腰肢，綁著腿肚赤腳而出。閻羅鳳說：「楊利驟然來，我話都說完猶不見妳出來，來吧！讓我摟摟妳的細細腰。」

瑟瑟作出一個甜甜的笑臉，說道：「陛下，我以為我們可騎馬到清碧溪一趟，輕鬆輕鬆，心之弦拉得太緊了，這些日子，是不是？」

閻羅鳳迅即順手敲鑼，查戈飛也似的跪在殿外石階上。閻羅鳳道：「去叫人備馬，還要水、酒及飯糰。」

不多時，瑟瑟揹上箭囊，二人上了馬朝清碧溪而去。兩騎並行時，瑟瑟叫了一聲：「閻羅鳳！」然後說道：「陛下，您看，蒼山的積雪披灑到了山腰，再回頭看，洱海中有我倆麗影雙雙；聽！蟬聲與水聲、風聲與樹葉兒撞擊之聲，我們難道還不是在仙境中？」

閻羅鳳笑道：「只要有妳在，我就置身在仙境中，在我眼中，蒼洱因瑟瑟而美，我因有妳而感到幸福，覺得足以驕傲。」

「陛下，我知道您深愛著我，我更是何等的幸運和足以驕傲，如果我真的算得上俏，乃是因您而俏，所有我與生俱來的聰明智慧也無非因陛下而具有、而存在。啊！閣羅鳳陛下，我是多麼的喜悅，多麼的驕傲！」瑟瑟發自真情的在說著。

閣羅鳳說道：「是啦！我想我們彝族歷史上的『薩木洛與娥萍』也不如我倆了，長安的唐玄宗與楊貴妃，除了他們的『火壇』比我們大而外，他們的愛戀和真正內心的愉快想必是及不上我倆的。妳說是不是？瑟瑟？」

瑟瑟答道：「想是的了！」

兩人到了清碧溪，下了馬坐在溪邊，就羊皮酒囊喝了酒，啃了兩嘴飯糰。閣羅鳳覺得很好過，舉起右手擦了一下嘴，「唉！」嘆了一聲舒服爽快的氣。

瑟瑟臉上綻開著滿足和幸福的笑容。

閣羅鳳突的說：「瑟瑟，妳記得起什麼民間比較俗、比較直腸直肚的情歌嗎？唱點給我聽吧！只因我生下地就是王子，而現在是南詔王，所以我想有許多民間的愛憎，我仍是不知道的。瑟瑟，妳以為我說的對不對？」

瑟瑟不答，但說：「陛下，我唱首很粗的情歌您聽：

『玫瑰花開色更多，

妹妹愛哥在心窩；
但望阿哥心不變，
二人如同膠沾著。
唉！
不是開花是落花，
隨風飄蕩不歸家；
年年花開又花落，
不見同心來拾花。
天呀天，一年又一年，
可恨三年逢兩閏，
為何不偷五更天？』……」

瑟瑟方唱完，閻羅鳳「哈哈」大笑，立即說道：「多幸運啊！我們不必偷，要怎樣縱情都可以，眼前就有翡翠清溪，兩旁便是碧綠草地，幕天蓆地，耳聽蟬鳴，花香與鳥語，要怎樣便怎樣……」

瑟瑟耳邊，閻羅鳳輕聲的說：「但願妳會生個小瑟瑟。」

瑟瑟閉著眼睛答道：「恐怕不能事事如願吧！萬一生個小閣羅鳳，鑑諸中原天朝歷史，可能就會演成悲劇了。陛下，我倆只是情到濃時如此這般。」

閣羅鳳接著道：「這不該是智者的煩惱，我必須肯定的告訴妳，南詔的天下自己人再不會爭，幾代以後很可能落在異族手裡。」

瑟瑟接道：「陛下，別懷千歲憂吧！」

「不憂就不憂！」閣羅鳳輕鬆的說。

「這清碧溪太美了！陛下，我突然想到，如我死，千萬葬我於此。」

「嘿！妳怎麼想那麼遠？妳永生不會死，記住！」

清碧溪之遊，使閣羅鳳暫時忘卻肩上的使命重擔。二人才回到大和村，王盛清平官便登殿，奏道：「鮮于仲通父子所率領的唐兵，與王知進率領的另一支人馬，正指向拓東城，這兩路侵略軍才離開曲靖和步頭，後面的供運便遭到襲擊。爨仁哲、孟聘、孟啟以及孟騰分別切斷了唐後援，拓東已成空城，鮮于仲通已開始受到糧食匱乏的威脅。看情形，鮮于仲通必向蒼洱前進，但時間已由不得他控制。」

閣羅鳳答道：「好極了！王清平官，就照我們本來的策略，在一定路線讓他們有六成糧養命，引他們到我們指定的地方。」

王盛說：「是啦！還有，陛下，我已與賓川的孟優有過詳細的研討。目前比較切要的事，就是等楊利的消息了。」

閣羅鳳非常有信心的說道：「這三五天就會有消息，我料想毫無問題。」

王盛想了一下問：「陛下還有什麼吩咐？」

閣羅鳳望一望殿外，說道：「快中午了，你吃過飯再去不遲。」

王盛答：「是！」

南詔王、王妃與清平官三人小酌，邊吃邊談。談話間，閣羅鳳對王盛說：「從各方面看來，你的公子王樂寬實在是要得，年紀輕輕就這麼的有能耐；他好像還沒有結婚？」

王盛答：「還沒有，他希望遲一點。」

閣羅鳳又說道：「他的漢文讀得怎麼？」

王盛答：「樂寬的漢文非常的有基礎，他一直對漢文化很有興趣。」

閣羅鳳說道：「漢文化是高深莫測，對我們地區特別的有吸引力，歷來都有人窮一生精力去習漢字讀漢書，只可惜我們所面對的卻是霸力的侵襲，真乃悲劇！」

王盛心中也覺沉重，答道；「看悲劇演過之後，長安會不會醒悟，漢人會不會真正的做到孔丘的『推己及人』？其實，漢人的孔孟之道其境界是很高的。」

閣羅鳳舉起酒碗喝了一大口，和王盛說：「我有個感覺，只與劍南的武力搏鬥，我們有取勝的機會，但我們所有小民族要想反抗漢文化潛移默化的同化力量，恐怕是絕望的掙扎。除非像你方才所說的，如果長安實踐一下孔丘的『推己及人』的胸懷，無止境的兵戈才會有希望停止上演。王清平言，今後如有機會，我們應該使有南詔的官知道這些。」

王盛微低下頭，答：「這是陛下有遠見，我一定要根據陛下這一指引，實實際際的做一些事情。」

飯吃飽，酒也喝得差不多，但說話的興趣猶濃。這時，鳳迦異王子與儲妃柳花巧已來到大殿石階，後面還帶著一匹馱著東西的馬。王盛見鳳迦異等來到，覺得是告辭良機，便起身向閣羅鳳告辭，王盛與殿中兩代四人分別招呼後走出大殿。

瑟瑟見到柳花巧，分外的歡喜，拉著手講話，親切的了不得。鳳迦異揚手叫殿外跟馬的把馱著東西搬進大殿，然後稟告閣羅鳳，說他岳父柳時衢送的東西，有遠自白馬國來的精巧玩意兒。

東西放好，鳳迦異把一雙玉手鐲遞給柳花巧，柳花巧拿了奉給瑟瑟，說是她媽媽送給的。瑟瑟接了，看了又看，說那是非常非常好的玉鐲。鳳迦異又和閣羅鳳說，禮物中有一支犀角，據說非常珍貴，已是幾百年前的東西了。

坐定之後，鳳迦異又仔細的報告了瀾滄的情勢，特別是瀾滄北面漾濞江的地理形勢極為險要，但這一帶，已在柳時衢屬下嚴格的控制之下，吐蕃歷來的滲透用心均未得逞。

鳳迦異報告了瀾滄的一般情勢後，閣羅鳳很認真的對兒子講了鮮于仲通正分兵三路進逼大理的事，特別的也把將與吐蕃進行夾擊的計劃說了。鳳迦異認真的聽著，最後向閣羅鳳奏道：

「父王，如此一來，我們蒼洱地區，得立刻備戰了。至少，老弱婦孺必須開始疏散到更安全的地方，例如柳花巧，因身懷六甲，也須疏散。」

閻羅鳳見兒子這麼有趣，把事情輕鬆表露出來，另是一套功夫，「哈哈」大笑起來，之後對瑟瑟說：「柳花巧要做媽媽了，瑟瑟，倒碗酒來慶祝一下，我快做爺爺了啊！」

喝了幾大口酒，閻羅鳳由衷的高興，說道：「依照我們蒙氏家譜的順序，鳳迦異，若是將來生男孩，他名字就是異牟尋了，記好！」

柳花巧因得到瑟瑟的愛，又見父王那麼輕鬆開朗，很合自己心意，因此一直笑瞇瞇的。

閻羅鳳道：「兒子，你來的好！你想到的疏散問題也棋高一著，你就即刻與段儉衛好好的計劃這個問題。擬訂範圍及步驟。」

鳳迦異答道：「遵命！」

閻羅鳳又問鳳迦異：「你們要在大和村吃晚飯，還是要回聖鹿坡呢？」

鳳迦異答：「要回聖鹿。」

瑟瑟問柳花巧：「妳目前還騎馬？」

柳花巧答道：「只不跑，騎馬走路一點影響都沒有；在我們瀾滄，挺著大肚子騎馬乃是司空見慣的事。」說後柳花巧湊近瑟瑟耳朵說：「我才是知道有這回事，還早呢！」

閻羅鳳與兒子兒媳團聚了一陣，瑟瑟也歡喜了一陣，鳳迦異與柳花巧便步出大殿。

閣羅鳳與瑟瑟站著望他倆離去。這時，瑟瑟小聲的向閣羅鳳：「恭喜！」

「這是我們的喜。」閣羅鳳說。

「是了！陛下，閣羅鳳快要做爺爺了！」

閣羅鳳道：「我做阿爺，妳也是阿奶了！」

「陛下，看情形您是洪福齊天，事事都隨心所欲了。」瑟瑟說出心裡的話。

閣羅鳳道：「我以為妳才是我最大福，妳使我無時不歡，妳使我感覺生之美好！」

瑟瑟說道：「是了！陛下，我倆是如此的幸運，萬分的快樂了。」

閣羅鳳卻又想到心中憂愁著的國家大事，說：「就只是即將到來的浩劫，使我無時忘懷。」

瑟瑟趕忙安慰閣羅鳳：「悲天憫人，所以您是仁者，把大任當著樂事，未嘗不可？」

閣羅鳳答道：「但願我閣羅鳳有此能耐。」

兩人儘管多麼深深的愛著，沉醉在愛的海洋中，惟其因為深愛著，感覺著生之幸福，所以不免因所面對著的苦難而生悲感，以至無言以對……

專程到神川會見吐蕃御史論若贊的楊利，終不負閣羅鳳的期望，完成了與吐蕃的默契。楊利回到南詔宮，見到閣羅鳳時，奏呈了論若贊的反應。論若贊對楊利說，立即開始，只要有唐軍南下，雙方便夾擊不讓生還，目前在神川前後，吐蕃已駐屯著三萬兵力，以逸代勞襲擊遠來的唐兵，真是輕而易舉。

閣羅鳳問楊利道：「對於夾擊後的問題論若贊有什麼表示？」

楊利答道：「論若贊說，如無需要吐蕃立刻離開南詔的領土，絕不會傷害南詔民間情感。」

閣羅鳳說：「很好！從現在開始，你就與神川保持聯繫，機動處理局勢。除此以外，你想一下還需要什麼補給，什麼後備？計劃一下，趕速告訴段儉衛調度。」

楊利答：「是啦！」

楊利去後，閣羅鳳的心情又是輕鬆又是沉重，輕鬆是因為已取得吐蕃默契，教訓鮮于仲通的目的已胸有成竹；沉重的是既與吐蕃聯盟，與長安和解的希望愈更渺茫，這原非他的本意，而且與吐蕃一經密切來往，以後不免又會有其他問題發生，癥結在南詔所屬各族與中原人種差別不大，歷來受漢化影響已相當深，與吐蕃差異很大，特別是吐蕃歷來顯得野蠻，而且密宗的那套思想很難理解，甚至有點可怖。今已勢與願違，捨易求難。閣羅鳳心中在低語：「長安啊！長安，為何如此之不智，硬逼著我走原非我願意走的艱險之路？」

閣羅鳳莫名的憂慮與煩惱是有理由的，也是必然的；就在拓東地區，災難已經迅速到來，鮮于仲通父子所率領的唐兵，與王知進所帶領的人馬都已密集，他們的後援補給已多被切斷，六萬人的糧餉都得就地尋覓，終於拓東地區的人紛紛逃往山區，使鮮于仲通的困難加深。鮮于仲通已只有一條路可走，就是向大理出發，迅速趕到大理周圍逼閣羅鳳簽城下之盟，提供糧餉，似乎向前進比後退容易，而且還非常的有希望，最重要的是他的心腹大將李暉，就將以四萬人由會同南下直指大理。

鮮于仲通的六萬人在半饑餓狀態中，緩慢的向大理移動，其行軍的方向早已在南詔的掌握中，移動的速度也已身不由主。

就算到了安寧，鮮于仲通也不敢停留，因為他已經發覺，雲南境內，即使是彝族以外的其他民族，已都早不站在唐朝一邊，找了早期就已移居前來的漢人詢問究竟，連這些漢人也對歷來中原派來的邊官萬分痛恨，特別是具有遠見的漢人，都不忍見天朝對南詔採取強硬措施，兵刀相對。但鮮于仲通性既褊急，一心想建奇功，所以軍令如山，一層層的控制，所有兵丁怨聲載道。

六萬人緩慢的移動，稍老弱的已經死於道途，一路上不幸遇到唐軍的壯丁都被強迫勞役。鮮于仲通的隊伍遠去之後，各地大鬼主聚會商討，把練就的精兵遠遠跟隨在唐軍後面。

唐朝討伐南蠻的大軍，在寸步難移的艱苦歲月中終於到達鳳儀，已離大理不遠，賓川就在前面，所搜集到的情報是賓川民間積糧豐富，移師賓川後便可一飽，而且可以駐紮下來等李暉南下的消息。六萬唐兵於是開入賓川，果然不錯，賓川的糧倉都是滿的，而且四周種的雜糧正秋收時節，不過，賓川的人卻跑光了，終於，大軍總部在苦刺花村進立，由鮮于昊坐鎮，鮮于仲通與王知進則在雞足山腳下的漢人寨住下，這寨子十分險要，而且居高臨下可以遙控苦刺花村。鮮于仲通能找到糧食，甚至找到像漢人寨這樣安全的險要地方指揮戰事，都靠奸細提供的情報。

無論是鳳儀，是賓川以及洱海周圍都已了無人跡，鮮于仲通判斷，就像拓東一帶，人都逃入深山去了，但遠看大理，似見旌旗飄揚，估計南詔的精兵必集中保衛大理。鮮于仲通與王知進等曾認真的研究，閣羅鳳不致就這麼豆腐，大和村後面便是蒼山，從蒼山而下非常容易，南詔精兵要是躲在蒼山間，唐兵如果進逼大和村，必然就要受到重創。鮮于仲通不是不知兵法，也更懂得兵不厭詐的哲學，因此他步步為營。目前他必須忍耐，等待李暉南下，一旦李暉南下，他便直撲大理，活捉閣羅鳳不也就如探囊取物？把閣羅鳳用囚車裝到長安去，這一功還了得！他雖寢食難安，但卻有想入非非的理由……

鮮于仲通當然也隱憂，就是時入冬季，眼看蒼山積雪，寒風刺骨時，眾兵丁必由衷惶恐，時間再拖，苟李暉三月兩月不下，這六萬人勢將面臨又饑又寒的威脅，那就不堪想像。

才三兩個月的變化，大和村南詔宮已面目全非，大殿前面，盡是傳訊快馬，大和村後，齊集了七千多匹戰馬，以及二十頭戰象。大和村後有進入蒼山腹地的便道，蒼山後有一萬精兵待用，個個銅筋鐵骨，精神飽滿，這些精壯中，有來自哀牢以西的恕人，有獨錦族射手，有卡蘭喀欽派來的武士。

閣羅鳳的幽默感並無絲毫消逝，他和隨時準備騎上飛馬便可戰鬥的瑟瑟說道：「我們的日子是大大的改變了，至少在這大殿中拔鬍子和摸肚臍兒的機會是暫時沒有了，是不是？」

琵琵答道：「只可惜熄了蠟燭不能拔鬍子。」

閣羅鳳笑了一下，說：「只摸不拔還是不過癮，真的是，顯然的，我們到清碧溪草地上隨便滾的日子恐怕不易得了？」

「但是，陛下！我們把鮮于仲通捉到後，用籠子把他當猴子養著不是也快樂嗎？因此，我們目前便不能事事隨心所欲了。」琵琵說。

閣羅鳳聽了，當然覺得高興，事實上也並非沒有這種可能。唐朝六萬人目前還能走得脫嗎？只不過，要對付這六萬人也不是容易的事。

南詔的主力，能征慣戰的五萬戰鬥兵現在祥雲與雞足山之間，孟優手下的四千殺手也潛伏在雞足山的左翼。這支武力，正把鮮于仲通的六萬人圍在內圈，可惜鮮于仲通還在鼓裡，要是他明白賓川的地形，必會嚇出一身冷汗。

雞足山在這些年來，並不是像表面那麼清靜無為，以連雲虛真長老為首，他正用許多管道，把一個對付唐朝的戰略傳遞給閣羅鳳。鮮于仲通之駐紮賓川苦刺花村，以及鳳迦異之祕密駐在祥雲地區，再是孟優在賓川的佈署，所有這些，都不是簡單的事，這套戰略之孕育，也非一朝一夕的事。當然，最令連雲虛真得心應手的，乃是閣羅鳳的聰明智慧，只須稍一指點，提頭知尾，閣羅鳳便清楚領略，巧於應用。

寒天日愈接近，那唐朝的李暉就選在寒天才從會同南下，因為他治軍很嚴，選在寒天進軍南詔，使他的人馬不敢逃散，他連火種都控制著，兵卒一旦離開隊伍便失去溫暖，離開會同進入鶴麗劍地區便是大雪山，誰也不敢逃。

李暉估計，南詔全部實力只八萬人，大部分將由鮮于仲通和王知進所帶領進入大理附近的隊伍所牽制，他的四萬人，是很容易直逼大和村的。李暉不知從何處聽到？施望欠的女兒非常好看，現在是跟閣羅鳳一起在著。這個美人，對他竟有一種引力，他暗想，那雲南太守張虔陀連命都送了，可見這稱為瑟瑟的美人，必是極之好看的，一旦打到大理，那還有什麼客氣！

瑟瑟的美之傳聞，使李暉在飄雪花的日子雄心萬丈的進入大雪山區，四萬人非常辛苦的移過恕山支脈，由南詔大軍將王天運所率的騎兵已橫在前面。李暉在高處往下望，橫在前面的騎兵似不足一萬人，不消滅尚待何時？於是便下令直衝，立刻展開慘烈戰鬥。正當此時，吐蕃論若贊帶著兩萬多人從山後掩來，李暉這方發覺已陷入兩面夾擊之中，立刻為之喪膽，對瑟瑟的非非想也煙消雲散。李暉是鮮于仲通手下的名將，視死如歸。這一遭遇，雙方近七萬人就展開慘烈殺砍，倒地流血的，血結成冰，受傷不起的，臥在冰地上，漸漸結成冰塊。時近黃昏，李暉見取勝無望，趕忙叫身邊圍繞著的數騎回頭逃，大致四萬人，就那麼一場夾擊便宣告命喪大雪山脈。王天運見李暉逃跑，勒馬便窮追，才追了一小段山路，冷不防中了一隻毒箭，翻身落馬，隨即被其部下扶在馬上運往吐蕃論若贊處，由吐蕃軍中醫師包紮吃藥，但王天運自知必死，和他親信沙斗說道：「你回到大理，報告這次勝利的情形，但有一點你必須和大軍將首領段儉衛說，我之死訊，千萬別讓我母親知道，必須瞞著我的高堂老母直至她歸天為止。」王天運斷斷續續的把話說完，氣絕而亡，沙斗為之泣不成聲，萬分悲痛。

夾擊戰方結束，楊利已帶著一彪人馬趕到，檢查戰績，遺憾的是放走李暉，南詔最大的損失是犧牲了王天運。楊利最大的任務，是把一批乾肉酒禮送結吐蕃軍，把戰地上的有用兵甲及部分馬匹獻給論若贊，而最大的目的，是不讓吐蕃軍，繼續前進。

論若贊是聰明人，深知楊利此來目的，無非阻止吐蕃武力侵入南詔，收了酒禮兵甲，當即表示就要回程。但臨別時，說了一句話：「幸好！我的士卒只犧牲八千左右。」

楊利答道：「這我一定會奏呈閣羅鳳陛下。」

論若贊說：「這只是你的責任，但我的用意是說，唐朝大軍並不是多麼可怕，南詔與吐蕃攜手起來，是彼此都有利的，請將軍代我向閣羅鳳陛下致敬！托他的福，我出師告捷。」

這一戰，南詔除王天運外，死傷竟不及千人。楊利把論若贊送走，立刻飛馬把消息送往祥雲及大和村。那知閣頗的消息比楊利快，才兩天一夜，鳳迦異與孟優便已知道詳情。就在當天，苦刺花村的唐兵都吐洩不止，人人以為已經著了瘴氣，死期不遠，大起恐慌。原來賓川的水皆來自雞足山，通往苦刺花村的溪流繞過沙子街後，就分為八條細水灌入洱海濱各村，然後進入洱海。當閣頗把李暉在大雪山慘敗的訊息告訴孟優與鳳迦異後，藏在雞足山左翼山後的四萬南詔軍隊即刻準備夜襲苦刺花村唐軍兵營，所以事前把藥物灑入水中，先讓唐兵吐洩，走動不得。孟優雖身為賓川大鬼主，但他本身醫術高明，對雞足點蒼乃至大雪山怒山的藥草及有毒植物瞭如指掌，灑入水中使六萬唐軍吐洩的藥末，便是孟優的傑作。夜襲苦刺花村的艱苦戰役，係由鳳迦異王子躬親領導，他只帶兩萬人，在月黑之夜一口氣殺入苦刺花村，這兩萬人已訓練了足足兩個月，個個年輕力壯，膽識過人。鳳迦異的午夜偷襲戰術，說起來就令人恐怖，所有參與夜襲戰鬥的南詔兵，一律不穿衣服，只有一條布包著下體，腰間繫著幾個飯糰及一小袋食水，每人手中持著一把利刀。除此以外，就再沒有其他，各人的目的就是殺死唐軍。夜襲之日，鮮于仲通與王知進坐鎮之漢人寨已被孟優監視，孟優在寨子遠處燒起一陣清煙，漢人寨裡的鮮于仲通等只覺得要打瞌睡，大家昏昏入睡，天黑定之後，鳳迦異親身帶著兩萬人向苦刺花村出發，待接近村子時，鴉雀無聲，獨立作戰；這獨立作戰的方法很簡單，就是向唐軍住處摸將進去，只要手一接觸，摸著的人是穿衣的，就砍將去，若是摸到不穿衣的，必是自己人，規定殺到天亮，料定可以全部解決。

苦刺花村的唐兵，在鮮于昊帶領下，根本料不到賓川這邊會有南詔軍，加上人人吐洩，一點提防都沒有。所以，當鳳迦異率領著的赤體兵殺來時，就像破瓜切菜一般，只聽到慘叫，多數的挨了一切之後連聲音都沒有，整個兵營，根本沒有抵抗，漸漸的，出現哀號之聲，簡直慘極了！南詔兵個個殺得興起，居然精神百倍。

鳳迦異自己，逢摸到穿衣的便揮刀亂刺，弄到精疲力竭，他心裡知道，已砍死了八個人，多半只叫了一聲「哎呀！」在紛亂中，終於他聽到一句：「將軍，快裝死！」他趕忙望向前面的黑影，然後死命追上，黑影倒地，鳳迦異撲將過去，迅即騎在黑影身上，揮刀亂刺。剎時間，他的一隻腳被人抱緊，那個人告訴他：「你已刺死鮮于昊，他真該死！」說了這句後，顯然還在說什麼，但鳳迦異一點也聽不到，但他的右腳始終被兩隻手緊緊的抱著不放，他反過身來摸索，抱緊他腳的人已經斷氣，由於他氣力已盡，又無法掙脫，終於昏睡過去。

漸漸的天光，南詔軍竟也缺少了一千七百二十多名，他們到哪兒去了呢？鳳迦異的副將希拉丁迅即發覺，鳳迦異竟然無影無蹤，一時竟大哭起來。

苦刺花村的唐兵全數慘死，鮮于仲通異日才得訊息，要非他的兒子鮮于昊也未得生還，他自必趕快遁逃，既確定鮮于昊已死，他便把心一橫，在賓川漢人寨，甚至沙子街逢人便殺，也不知他何處得來的消息，說這苦刺村的慘劇，計策係出自閣羅鳳的和尚弟弟閣頗，於是，鮮于仲通居然領著三千近衛，爬上雞足山尋拿閣頗。鮮于仲通畢竟也是精明之人，他終於找到閣頗所在，閣頗發覺唐軍到來，而且八面包圍，最後，閣頗和尚竟落入鮮于仲通之手。鮮于仲通把閣頗綁下雞足山，把他裝入鐵籠，準備運往西川。

夜襲苦刺花村的南詔軍，天亮定後，所見都是死屍，遍地都是血跡，死屍中有的還未斷氣，也還聽得到痛苦的呻吟，真是一片地慘天愁。希拉丁因尋找不到鳳迦異，苦刺花村竟又大捷，便派人找到船隻橫越洱海，到大和村把情形奏呈閣羅鳳。閣羅鳳方為大雪山的夾擊李暉成功心裡萬分高興，又獲悉鮮于仲通喪師賓川苦刺花村，剛要大笑兩聲之際，又才知鳳迦異失蹤的訊息，一時心如刀割，說不出話。閤羅鳳頓時滿頭大汗，心緒零亂。沉吟了一陣之後，閤羅鳳決心親至苦刺花村一查究竟，便告訴了瑟瑟，要她坐鎮大和村，他須往賓川一行。因唐朝大軍都慘敗，瑟瑟見閤羅鳳去賓川的意志堅決，也就只好同意。

閤羅鳳叫人備了船隻，把他的寶馬也帶上船，帶著一批精幹，連夜向賓川苦刺花村駛去。到了苦刺花村，眼見屍橫遍野，耳中猶聞哀號之聲，不免心寒，又想到鳳迦異可能的結局，不禁悲從中來，眼淚涔涔沿腮而下。

這時閤羅鳳騎上他的寶馬，一方面告訴同去的精幹，盡可能從死屍之間尋找鳳迦異，他自己揚鞭而去，想從四周及附近去找兒子，閤羅鳳直覺，他兒子不致於這麼無用。

閤羅鳳一邊揮淚一邊加鞭，快要走出遍佈屍體及呻吟呼號的苦刺花村戰地時，躺在屍體間一名唐兵突然揮動長刀，砍中閤羅鳳座騎前腳，馬失前蹄，跪將下去，閤羅鳳迅即滑下馬背。方才揮動長刀的唐兵見閤羅鳳回頭向他奔來，拼命繞個小圈，想越過滿是屍體的戰場向山邊逃跑，閤羅鳳心中懷恨著鳳迦異的可能下場，窮追不捨，但剎那之間，逃跑的唐兵已墜入深坑，閤羅鳳因煞不住猛跑的腳腿，也跟著墜將下去。在深坑裡，那唐兵已迅速閃動著手中長刀，防備對方襲擊，閤羅鳳身體靈活，雙手握著兩把鋒利鐸鞘，兩人睜大眼睛對峙著，準備拼個你死我活。這時，一臉流著汗的唐兵用彝族語罵道：「你想殺死我，不是那麼容易！」閤羅鳳覺得奇怪，問：「你是彝人還是漢人？」

對方答：「你奇怪吧？我當然是彝人。」

閤羅鳳頓時覺得已掌握生機，嚴肅的責備道：「你既是彝族同胞，為何充當鮮于仲通的走卒？真不要臉！」

那人笑道：「同胞啊！同胞，我如果是鮮于仲通的忠心走卒，就不會裝死躺著了；我有深仇大恨，所以終於又來到這蒼洱地區，我想殺幾個南詔蒙氏的人，死也才甘心呀！」

閤羅鳳冷笑了一下說道：「所以你先砍斷我的馬腳；現在讓我二人一拼，但憑你這點樣子，你多半是毫無機會的，倒不如告訴我，究竟有什麼深仇大恨？」

對方用左手揮一下臉上的汗，非常氣憤的說道：「什麼深仇大恨？告訴你吧！南詔皮羅閣用狡計殺害了我父親，吞併了蒙雋的土地，他的兒子閤羅鳳，現在還拘禁著我的兒子；我有殺父之仇，亡國之痛；家破人亡，這還不是深仇大恨嗎？」

閤羅鳳心裡有點驚惶，問道：「你是誰？」

那人理直氣壯的答道：「我是照原，我的先父王是佉照，我的兒子是原羅，現在，請你告訴我你是南詔軍裡的什麼身分？」

閤羅鳳心想，如果他知道我就是閤羅鳳，定必拼命，雖他無法取勝，定必死在我鐸鞘之下，則豈不冤枉？最好把他說服，爭取過來，至少讓他父子團圓，也算還他一點公道，於是答道：「我是軍中一名酋望。」

照原譏笑道：「憑你手中的鐸鞘，就知道你絕非酋望之輩，你對我說句真話，也許我們可以化敵為友。」

閻羅鳳心下輕鬆了些，接著說：「照原啊！照原，看你絕非愚蠢之人，你父親被皮羅閣所害，你又來殺他的兒子，他的兒子勢必又要殺死你的兒子，是不是？但問題卻並沒有解決。你不知吃盡多少苦頭？受盡多少委屈？今既來到蒼洱，你何苦為唐朝的侵略而喪命在自己民族的土地上，為何不想想辦法，問問你兒子原羅的下落？與閻羅鳳取個諒解，然後來個父子團圓。這樣，我想佉照在天堂有知，也會拈鬚而笑的，你想想我說的對不對？」

照原反問道：「你說的固然對。但，第一原羅究竟是否還活著？很難說；第二，閻羅鳳是否有這麼仁慈，有這種胸懷？也是問題。」

閻羅鳳當即答：「只要你決心，由我保證，還有什麼說的？」

照原這時輕鬆了許多，持刀的手也不那麼用力，他累得很，幾乎想坐下地。閻羅鳳見此情形，把兩柄鞘拋將過去落在照原面前，說道：「你可以坐下養養神了；擺在眼前的事是你能殺我，我只有被殺的份，你放放心心的坐下吧！」

照原深知，就算能殺死對方，他也沒有生的希望，又見對方這麼有氣魄，心中不由的萬分敬佩，所以不但不彎身去拾鐸鞘，也把手中大刀往前面一丟，坐將下去，立即用右手往面上擦，但兩眼睜著，好好的看著閣羅鳳。

閣羅鳳見照原坐下，也即坐將下來，冷冷的說道：「照原啊！照原，你想一想，我倆今僵持在這土坑裡，不渴死也得餓斃；要爬出去嗎？也得費盡吃奶力氣，好慘！」

照原聽了，毫不動容，自言自語的說：「這二十年來，我已習慣生死置之度外；人總不免一死，也許只是多痛苦點或少痛苦點有所不同，詔也得死，清平官大軍將也得死，現在的南詔閣羅鳳也不能長生不老。」

閣羅鳳「哈哈哈」笑了起來，和照原說道：「我也與你一般的看法，但一個人，何必不先想生的責任和樂趣？現在，讓我告訴你件事，你的兒子原羅活得好好的，他在巍州，與巍州大鬼子尹仁樂平吃平坐，無憂無慮；如果他知道你回到蒼洱，不知將多麼高興？」

照原聽了非常動心，立即問：「你說的都是真的嗎？你怎麼知道這麼詳細？」

閣羅鳳知道，已把照原玩弄於股掌之上，開玩笑地答道：「尹仁樂與我義結金蘭，我當然知道巍州的一切事情。」

照原問：「你究竟是誰？」

閣羅鳳答：「段儉衛。」

「啊！你原來是大軍將首領段儉衛，那麼我應該相信你了；你定能與閣羅鳳求情，讓我與原羅一見！」照原已由衷的歡喜，把內心的希望脫口說出。

閻羅鳳又道：「照原，那閻羅鳳是有遠見的明主，主張冤仇宜解不宜結，你這願望合情合理，用不著求，他也會同意的。但只是，如果我帶你去見閻羅鳳時，你突然興起報父仇之念，與他扭打拼命，豈不好笑？」

照原答：「只要原羅果然還在人間，我便不殺閻羅鳳。」

閻羅鳳加重語氣問道：「你果然不殺他了？」

照原答：「大軍將首領，我保證不殺閻羅鳳。」

閻羅鳳忍著不笑，問道：「真不殺了？一定不殺？」

照原竟不正面答覆，有點惱怒的吼將起來：「他媽的！你什麼大軍將是這麼嚕嗦；我餓得要死，還得跟你談笑。」

閻羅鳳一點不動氣，說道：「難道我不餓，我也是人啊！」

這時，土坑外傳來聲音，閻羅鳳心裡明白，有人來找他了，頭稍一偏，要聽清楚是幹什麼的？但立刻就已聽清楚，有人在大聲的喊道：「閻羅鳳陛下，您在哪裡？」瞬間，照原亦已發現閻羅鳳的喜悅之色，即至聲音漸近，閻羅鳳和照原說道：「照原，你答吧！說閻羅鳳在這裡。」

照原吃驚，反問：「你不是說你是段儉衛？」

閻羅鳳依然輕鬆的答：「所以我才要你答。」照原還在猶豫，閻羅鳳高聲叫道：「我在這裡！我在這裡！」

照原有些慚愧，但很佩服閣羅鳳的機智與冷靜。和閣羅鳳說：「陛下，您真教人由衷佩服，玩了這麼一場貓戲老鼠，我始終被蒙在鼓裡……」

顯然的，土坑外已有不少人，而且已經發現閣羅鳳和一名唐兵在下面。閣羅鳳卻說道：「快把水袋和飯糰拋下來，我們兩個人餓得好慘！」

立刻，兩個水囊及兩個飯糰掉落土坑。

閣羅鳳遞一份給照原，自己喝飽了水後，又大聲的問：「有沒有鳳迦異的下落？」土坑上面立刻傳來鳳迦異的聲音：「父王，鳳迦異在這裡！」

閣羅鳳萬分歡喜，說不出話，眼淚涔涔流著，但喜形於色，不由得又和照原說道：「哪個父親不愛他的兒子？照原，不到七天，保證原羅就到大理與你會面。如果你不嫌棄，我依然派你到蒙嶲去統領一切。」說後，啃了一口飯團，然後大大的喝一口水。

照原卻答道：「謝謝陛下，但我見原羅一面後，還是到感通寺出家去為善。」

土坑上瞬即開了小路，閣羅鳳叫照原先走，自己離開數步，從容而上。

方走出土坑，鳳迦異前來跪下，抱著閣羅鳳的雙腿，抬起頭，滿眼淚光，看向閣羅鳳的臉。原來，在還沒有找到閣羅鳳時，鳳迦異以為，他父親中伏歸天去了，至於鳳迦異本身，也算是死裡逃生，當他殺入苦刺花村時，因只顧殺敵，忘記喝水啃飯團，一連砍死了八個唐兵之後，已筋疲力竭，頭昏眼花，搖搖欲墜，不料兩腿被垂死的唐兵拖住，死不放手，他終於昏了過去，直睡到翌日方甦，但兩腳卻掙不出死人的手，又因附近還有未死的唐兵，也就不敢移動身體，靜候轉變，直到閣羅鳳帶來的近衛發現，才用刀把死屍的手割下，鳳迦異才得鬆脫。之後，就又跟著尋找閣羅鳳，內心中是何等的難過痛心！而今總算父子團圓，所以喜極而泣，恍如隔世。

但無論如何，鳳迦異此次是嚇壞了；他的健康情形嚴重，臉色也有些發綠，但在這個時候他的這些情形，連他自己也不曾發覺。

在賓川苦刺花村洱海之濱，閣羅鳳等迅速登船駛向大理。但在雞足山下，閣頗和尚被鮮于仲通用鐵籠囚著，準備運往中原。閣頗自被捉到，怎樣也不開口。鮮于仲通手下用盡一切辦法，軟硬兼施，閣頗就是不出聲。但下得雞足山不及三天，鮮于仲通又已獲悉，李暉所率領自會同而下的四萬人亦已被消滅，如此一來，不說無法運送囚著閣頗的鐵籠，就是逃命也不很容易，心中非常納悶，想不出一個萬全之計，終又想到閣頗的智慧高人一等，倒不如求他出個主意。於是，鮮于仲通把閣頗開釋，和他一起共吃素餐，然後向他問計。最後，閣頗仍不開口，後來鮮于仲通明告閣頗，他已深知侵入南詔之不智，如能生還中原，將建議長安修改對南詔的政策。

鮮于仲通說了半天，閣頗看了他一眼後說道：「都是你的政策，一手遮天是做不到的。」

鮮于仲通無話可說，笑了笑，改口讚閣頗道：「長安都知道，閣羅鳳有個和尚弟弟，很不好惹！」

閣頗道：「阿彌陀佛！你仍把我囚到鐵籠子裡吧！」

「那對你有什麼好處？」鮮于問。

閣頗答道：「吃苦。」

鮮于仲通想了一下說：「我想與你做個朋友，我建議由長安請你去講經，下一步，唐朝與南詔重修舊好。但，你得先指引我一條逃出雲南的道路。」

閣頗立即說了聲：「阿彌陀佛！」

鮮于仲通再把口氣軟化，說道：「難道你不願放我一馬？南詔與唐朝間的糾紛，當不是幾個人命可以解決的。」

閣頗答道：「你連一驢都不放，還說衲不願放你一馬？」

鮮于笑將起來，說：「原來雞足山的和尚這般會開自己的玩笑。」

飯後，閣頗便盤膝打坐。

過了好一陣，和尚和鮮于仲通說道：「如果你身邊還有三兩千人，大可從原路而回，但必須把衲裝入鐵籠，一路上有困難時，衲自會見機而為你說話了。」

鮮于仲通心想，除此而外，也無其他方法，反正這和尚還算個人質，必要時也可當作談判的本錢。於是說道：「那就這樣辦吧！但委屈你了。」

閤頗道：「衲就喜打坐，在鐵籠裡生活，對我來說，並非委屈。」

鮮于仲通與王知進領著一萬左右人，押著一輛囚車，膽顫心驚的離開賓川向鳳儀回程。就在鳳儀山道上，殺出三千多精壯，鮮于仲通的兵人人厭戰，都只退後，想溜之大吉。在鐵籠中的閤頗一望而知是他兒子頗鐸傳的人馬，深恐在激戰中遇害，趕忙和押囚籠的人說，快去稟告節度使，棄下囚車，才有希望逃脫，話方說出，押車的人趕快走遠。頗鐸傳迅即奔至鐵籠，放出閤頗。山間道上，一場激戰，唐兵因為心虛，死傷慘重，王知進囚身先士卒，東西奔跑指揮戰鬥，終被頗鐸傳手下一個叫飛矢的，遠遠以一個鵝卵石擲在他臉上，「哎呀！」一聲便告沒命。

閤頗為了守信，吩咐頗鐸傳罷兵，放走了鮮于仲通。

堂堂天朝的劍南節度使鮮于仲通，出師十萬之眾，自己親率六萬人征南詔，全軍覆沒，死了兒子，僅以身免。

坐鎮大和村的瑟瑟，自閤羅鳳去後坐臥不寧，廢寢忘食，也曾由快馬帶來訊息，陛下遇到危險。閤羅鳳遇到危險的訊息，使瑟瑟幾乎昏蹶，但因南詔軍的勝利消息頻傳，她得撐持著聯絡各事。幸好心碎日子迅速成為過去，閤羅鳳安然回到大和村，鳳迦異也居然活著歸來。一見閤羅鳳時，瑟瑟竟哭將起來，不顧大殿中有其他人員，投入閤羅鳳懷抱。

閤羅鳳自然也深受感動，和瑟瑟說道：「我們已擊敗鮮于仲通的十萬唐兵，一切已成為過去，快備酒菜來慶祝！」

瑟瑟方離開閣羅鳳的懷抱，「噹！」小鑼響過，查戈飛入大殿，閣羅鳳說：「你去叫奎達迪多來！」

稍後，閣羅鳳對奎達迪多說道：「你立刻備快馬到巍州，告訴尹仁樂，把原羅送到大理來，愈快愈好。」說後揮手，奎達迪多迅即離去，照原見此情形，知道閣羅鳳並未欺騙他，確信他的兒子活著，心中萬分快樂，又見南詔宮中情景，不但有氣派，而且人人聽命，忠心耿耿，閣羅鳳處事那麼簡單明瞭，令出必行，不由得生了崇拜之心。但瞬即想到父仇，臉上又突的掛上愁容，慢慢的又才想在土坑裡閣羅鳳所說的話，冤仇宜解不宜結，何況此番得與兒子團圓，還有什麼說的呢？情緒方轉平靜。閣羅鳳不時注意照原，當然很明白他的情緒，但故意的裝作不知，而心中想，照原所遭遇的幸好是我閣羅鳳，如果碰上無仁無義的人，將多麼冤枉？

酒菜擺上，鳳迦異之外，他的副將希拉丁、照原與閣羅鳳、瑟瑟同坐，其他四十多人另在一邊吃喝；照原坐下後，心裡很是不安，但閣羅鳳舉起酒碗對他說：「敬你一碗，謝謝你不殺我！」照原抬起碗把酒喝完，答道：「陛下鐸鞘留情才是真事；此後，我的命就只有沾陛下的福澤了。」

瑟瑟聽得有趣，問起原因。閣羅鳳這時才告訴她，此人乃是照原；也為照原介紹，她是施望欠的姑娘。照原聽後，更感驚異，但也更加的佩服起閣羅鳳來。過了一會，終於鼓起勇氣說道：「施望欠當時與哶羅皮及鐸羅望，曾合力攻擊南詔先王皮羅閣，一度是不共戴天仇人；我有個感想，陛下實在已具有統一的胸懷，我本身流亡在西川近二十年，深深感到與異族之不易相處，彝族和我們的兄弟族不能攜手合作才是悲劇。陛下，我現在才知道您不殺我的原因了。」

閣羅鳳道：「過去的事，都不用再提，我們面對的日子也許還要更艱苦，兄弟間小小的恩怨實在是不宜記在心的。對不對？照原，你說。」

照原誠懇的答了一聲：「是啦！」

這一頓酒菜，因為談資太多，又都緊張刺激，各人都又是歡喜又是驚奇，於是，酒顯得更香，菜顯得更有味。災難驚險既成過去，戰爭勝利的興奮卻充滿南詔宮，充滿大和村，充滿大理。閣羅鳳當然得意，但卻帶著幾分莫名的憂傷……

瑟瑟覺察出閣羅鳳在勝利之後有憂愁之感，心裡很是難過，但只細心探察，故意裝作不知。閣羅鳳的心事是，與長安結下仇恨，又與吐蕃勉強合作，都不是心裡願意的事，顯然的，這一恩怨完全來自誤會，來自氣憤，來自無知，而且偏遇到一個鮮于仲通；苦刺花村之役，偏偏他與王知進又不在其中。他想，殺死鮮于仲通，才是我的願望。

酒後，閣羅鳳望向鳳迦異，發覺兒子一臉發綠，心知是嚇傷了，不由得感到一陣難過，接著吩咐鳳迦異快去看柳花巧，又叫希拉丁把照原送到喜洲，南詔宮才又暫時恢復寧靜。

事隔三日，頗鐸傳護送著閣頗來到大和村。閣羅鳳自在賓川苦刺花村墜入土坑，然後匆匆歸回，竟不知道闍頗被鮮于仲通捉到，而且關入鐵籠，從而在鳳儀山道上由頗鐸傳救出的一段驚險。即至闍頗講過後，閣羅鳳才嘆了一口氣，說道：「我倆兄弟幾乎因鮮于仲通而死啊！此賊不除，我恨難消。」

闍頗道：「是衲放他一馬。」

「什麼？放他一馬，你這禿顱！」閣羅鳳聽了大怒，他從來很賞識很尊敬闍頗，此時卻居然罵得出來，但罵出口之後，立刻道：「上人，原諒我發脾氣。」

闍頗見閣羅鳳如此氣憤，當然有其原因，一點也不介意；不但不介意，而且還笑瞇瞇的望著閣羅鳳。稍後，闍頗見閣羅鳳略有歉意之色，才用輕鬆的語氣答道：「陛下啊！陛下，衲放他一馬，也無非報他先放一驢之恩。」

閣羅鳳聽了大笑起來，說：「好啦！好啦！如是別人，我絕不饒他，以驢換馬，兩不吃虧，也算是這場戰爭中的插曲了。」話雖如此，閣羅鳳對闍頗之放走鮮于仲通是耿耿於心的，只不過他素知闍頗眼光長遠，或者他另有打算也說不定。

闍頗當然曉得閣羅鳳的心意，又說道：「如果他是一匹駿馬，衲自然便不會放；這隻劣馬今後還要闖禍，放走牠，長安才會有醒悟的一天。」

閣羅鳳接道：「是啦！憑鮮于仲通那點貨色，怎能取勝？因他不是東西，我倆兄弟也才有今日。好啦！暫時把他置諸腦後吧！」

閣羅鳳然後看向頗鐸傳，說：「前些日子楊利和我講過你勤練武藝的事，這回你用上了；你救了閣頗上人，我是紮實喜歡。我想，就讓你好好訓練一支隊伍，準備有所發揮，你是否願意？」

頗鐸傳恭敬的答道：「願意，但我喜歡出奇制勝，恐不能與他人合作。」

閣羅鳳說：「這我當然知道，要非出奇制勝，那王知進就不會死在鳳儀山道上了。我們犧牲了一個王天運，唐朝死了個王知進，一王換一王，也真巧極了！你殺死一個都督，鳳迦異殺死鮮于昊，兩兄弟各立了一功。」

不經提醒，大家也不在注意，一旦識破，又都覺得的確是巧之又巧的事。

閣頗父子說完了話，就起身辭去。閣羅鳳趕忙說道：「上人，面臨的問題還多，您要不時來指點迷津才是。」

接著又和閣頗說道：「我看鳳迦異的臉色很不好，可能是嚇破膽了！上人，請向孟優請教一下，弄點藥給他吃，我是紮實的擔心！」

閣頗答：「衲就去辦這件事，請放心。」

自從大雪山區與賓川若刺花村，以至於鳳儀山道上之戰後，南詔方面也死了一萬多人，受傷的不計其數，最嚴重的是雙方這麼多人死傷，大理人心理上總覺得有點不祥，賓川洱海之濱，似乎陰深恐怖，閣羅鳳在忙碌中，也還沒有忘記處理龐大屍體的善後問題，下令把所有唐兵屍體運往下關，掘一大坑掩埋起來。南詔方面的屍體則埋在上關。

在大理與上關之間的喜洲，照原住下後，不久便與他兒子原羅團圓，父子相見時，抱頭痛哭，原羅說道：「爹呀！我以為此生再見不到您了。」

照原也說：「我冒九死一生之險重新來這裡，為的也不過是我兒；兒呀！你大致吃盡苦頭了吧？」

原羅答道：「說實話，我並沒有吃過什麼苦頭；我是一直被好好的養起的，就像豬一般吃吃睡睡。」

照原講了在土坑中的一段驚險，便又和他兒子說：「只有一件事我仍耿耿於心，就是為你祖父報仇的事，自我對閣羅鳳有了認識，我這念頭就變了。我不知怎樣自圓其說？祖父地下有知，怎會原諒我呢？」

原羅趕忙說道：「爹呀！自相殘殺的歷史不可重演，閣羅鳳一直有這個器度。這些年來，他一直努力於不但是彝族自己的團結工作，雲南地區各兄弟族都已覺醒，深知在吐蕃與唐帝國邊緣，如果不攜手起來，毀滅只是時間問題，所以我勸爹不要再有報仇之念。」

照原答道：「我就是取消了這個念頭，才對你講的，何況閣羅鳳實在也算是鏵鞘之下留情，他是有意與我講和，讓我們父子團圓的啊！」

「爹啊！聽說目前閣羅鳳身邊的婆娘，就是施望欠的女兒瑟瑟公主。你想，這是多不簡單的。」原羅還以為他父親不知此事。

照原道：「我見過了！那的確是施望欠的姑娘。還有，閣羅鳳告訴我，那鐸羅望就在雞足山上修行，暗中也關心著南詔的前途發展；你想，施望欠鐸羅望這些老英雄都在幫忙閣羅鳳，南詔的天下是非常牢固的了。作為一個彝人，自不能因小失大，還要去反他。我倆父子既得團圓，就好好在大理生活了。」

兩父子當然又談了許多失散後的遭遇，不免感慨萬端。

南詔宮中，閣羅鳳安排了各種緊急的事後，稍稍鬆一口氣，與瑟瑟相對，眼中人那麼麗質天生，華貴高雅，自自然然，心中好不愉快。

瑟瑟細看閣羅鳳，雖依然是神采飛揚，但顯然的已掛上風霜，似乎已老了許多，不由得為眼前的英雄而悲從中來，敬愛他和同情他。從瑟瑟的眼中淚，彷彿洱海倒映著蒼山，一目瞭然。閣羅鳳當然發覺眼中人的感慨，窺悉了意中人的心事，不由得流出晶瑩的淚來，說道：「幸好南詔是打了勝仗；戰事畢竟太慘酷，多少人妻離子散！這次使我於心不忍的是大軍將王天運，臨死寄言，叫千萬瞞著他家中老母；孝子將死，其言也孝，多麼感人！」

瑟瑟道：「陛下，所以仁者的負擔份外的重，我就是因您繫念之繁而感到心痛；我很希望能分勞於萬一就好。」

閣羅鳳說：「啊！妳豈只分勞？假使沒有妳在我身旁，我想至少我是會爆炸的；我心中滿腔氣憤，滿懷感傷時，往往因見到妳的笑容而心平氣和，而勇氣百倍。」

瑟瑟又以笑臉望向閣羅鳳，說道：「陛下太愛我了！我時常因陛下的果斷和丰采，想到我父親的眼光，我是何等的幸運啊！」

大理已進入冬天，寒風侵襲下的蒼洱民間，心情是複雜的，戰勝了唐朝大軍，人人從心底歡躍和驕傲，但周圍死了那麼多人，卻令人覺得陰風慘慘。在泛靈教、吐蕃密宗和雞足山佛教的影響下，大理人是很怕鬼的；天氣既冷，夜幕方垂，家家便關門閉戶，怕鬼闖進門來。閣羅鳳深知民間心理，本來已把唐兵死屍集中掩埋，今又把雞足山和尚請下山，做了一番法事，又在大和村及賓川苦剌花村分別唸經超渡，同時動員了所有覡爹，跳神跳鬼，使人人心裡覺得平安無事，之後就又發動慶祝，大吃大喝的玩喝了幾天，才算輕鬆起來。閣羅鳳已為南詔開創了一個有希望的局面，周圍遠至白馬交趾，都已刮目相看，在這種情形之下，閣羅鳳發現，未來最大的問題，就是與吐蕃間相處的藝術了。

至於鮮于仲通喪師的事，他因朝中有楊國忠之故，敗訊一直被封鎖著，鮮于仲通從鳳儀驚魂敗逃，沿著舊路，最後僅剩千多心腹，總算逃歸西川。一來，兒子已死在大理，把安南都督王知進也喪了命，對長安怎麼交代呢？終於，他找到方離雲南不久的李宓，把他說服，答應他一旦把南詔平服，即保薦他任劍南節度使，鮮于仲通表示，他很想到長安去，像章仇兼瓊一般高官厚祿。李宓既曾一度做過雲南都督，對南中民富稍有明瞭，很想作孤注一擲有所表現，再加他深悉鮮于仲通與楊國忠的關係。鮮于仲通既有求於自己，豈非千載難逢機會？

鮮于仲通先問他要多少人？李宓想，傾西川兵力也僅十萬左右人，對付南詔可算牛刀殺雞，要幹就幹個痛快，答道：「如能給我十萬人，定能毀滅南詔，擒閣羅鳳！」

鮮于仲通當即說：「就十萬人，你由西川率八萬人南下直逼大理，我再情商廣府節度何履光動員兩萬，包括中使薩道懸遜帶一批造船技工前往雲南。你可先占據鄧川，然後進據洱海，一舉而下南詔。我坐鎮西川，只要你稍有捷訊傳來，我便再調精兵迅速支援，務求一勞永逸。」

李宓本是有冒險性格的人，又是好色之徒，一旦離開中土，便能在邊遠地區任所欲為，乃大為高興。不必說，李宓心裡也還有個祕密，早就聞悉那瑟瑟美豔之名，前此張虔陀也就因垂涎瑟瑟，才至遭到身死；只是他太笨吧了。如是我占據大理，擒了閣羅鳳，略施小技，還怕瑟瑟有飛天的本領？想到瑟瑟，李宓居然有點飄飄然，心想當時張虔陀憑花甲之年，還受不住瑟瑟的引力以至昏聵，可想而知這南蠻美人，是何等的教人挨受不住？

鮮于仲通開始奏報長安，指出南詔的行釁，同時表奏，派李宓征南詔之必要；李宓也開始準備，延攬了不少他得心應手的人。整個西川，卻因征兵的事鬧得風聲鶴唳，因前此西川兵卒已隨李暉遠征喪失大半，要湊足八萬人談何容易？於是，唐朝又要大舉征南詔的傳聞四佈。南詔駐麗江的大軍將楊利聞悉之後，迅即飛馬報告閣羅鳳。閣羅鳳獲知前雲南都督李宓又將率大軍進犯，心知當然就是鮮于仲通要洗雪恥的行動，絕不可掉以輕心。又估計此來，其中必不乏高手，單憑南詔力量，無異螳臂當轅，聯絡吐蕃雖非所願，但事已至此，也就無可奈何。

閣羅鳳招回楊利，命他再至神州與論若贊交道，不料楊利去來報說：「那論若贊說，唐軍再來，料非輕易可敵，前此大雪山區之役，吐蕃也死了八幾千人。這一回，他已不敢輕舉妄動。」

閣羅鳳早已料到，吐蕃此際定不會輕易拔刀相助，條件是要苛些了。心想，此事只有一問閣頗，才會放心的幹。想到此，不免又想起他放走鮮于仲通之不智，不由得搖了一下頭，嘆了一口氣。

瑟瑟獲知此事，居然一點不緊張，和閣羅鳳說道：「唐軍來犯，終歸是遠來之軍，怕死厭戰者多，南詔只要好好調度，再給唐軍一個慘敗並非不可能。陛下，大可應用雲南團結一致之心，勝利之勇氣，再來一次大捷！」

閣羅鳳聽後，不發一言，只呆呆的欣賞著瑟瑟說話的嘴。稍後卻說道：「遺憾的是我們得與吐蕃愈走愈近。」但閣羅鳳始料所不及的卻是吐蕃軍在鹽井及德欽地區大舉結集，南詔駐紮金沙江上游石鼓的前哨，已快馬向楊利報告，閣羅鳳接獲此訊，知道局勢已不簡單，如不是南詔與吐蕃聯合抗唐，便會有唐朝與吐蕃瓜分南詔之局面出現；想必吐蕃當局也正在權衡，究竟要趁此番唐朝襲南詔之機會，從南詔取得多大利益？閣羅鳳想到此，只得把心一橫，乾脆與吐蕃認真結盟，抵擋過唐朝的攻擊，再作計議。

前路只有一條，閣羅鳳既橫了心，便請來閣頗上人，要請他帶領一個使團前往吐蕃商談大計；出乎閣羅鳳意料，閣頗竟毫無異議，一口答應。經詳細商討後，使節團中包括了幾個重要的人，一個是趙佺鄧，一個是閣頗的兒子頗鐸傳，還有一個深悉吐蕃內情的楊傳磨侔，一共達六十人之多前往吐蕃，商討結盟的初步協定。之後，吐蕃即遣宰相倚祥葉樂率員到達鄧川，冊封閣羅鳳為「長壽贊普鍾」，吐蕃與南詔為兄弟之邦，即南詔此後必須視吐蕃為兄長，目前緊急的事是聯合對付唐朝。

當閣頗完成使命回到大和村時，閣羅鳳曾小聲問閣頗，何以輕易同意此舉？閣頗答說，此與他的意思符合，因為如不擺出此種姿態，南詔將兩面受敵，而且亡國之禍就在眼前。閣頗甚且告訴閣羅鳳，連雲虛真長者對南詔的指導原則，無非是把南詔放置在唐朝與吐蕃之間的平衡上；南詔只有在這種三角關係的應用上方能生存，但應用之妙，存乎於心，以當前情勢而論，南詔已只有靠緊吐蕃一途，已經沒有取巧的機會，也再沒有猶豫的時間，所以是毅然同意。

閣羅鳳露出笑容，但神氣之間已有些沈重。

稍後不久，吐蕃神卸史論若贊到大理來晉見閣羅鳳。完全出乎閣羅鳳的意外，四十多歲，風度高雅的論若贊一點不像一個能征善戰的將軍，他彬彬有禮，談吐斯文，一次見面，就深深贏得了閣羅鳳與瑟瑟好感。論若贊甚至在談話間也還稱讚唐朝文物衣冠之盛，又對孔孟之道十分推崇，從而巧妙的對蒼洱鶴麗劍人傑地靈多所標榜，甚至也指出吐蕃習之粗獷近乎野蠻。閣羅鳳與論若贊談話時，瑟瑟曾仔細的端詳了這吐蕃御史，論若贊卻不正視瑟瑟一眼，他嚴謹地正襟危坐，不苟言笑，總是以卑下的態度在閣羅鳳與瑟瑟面前小心應對，大有唯命是從的樣子。

從神川到大理，騎馬也得十幾天路程。但論若贊不以為苦，他不時前來，言行舉止規規矩矩，久而久之，南詔所有高官都已對他印象深刻，非常喜歡。如果吐蕃人個個像論若贊，怎麼會野蠻呢？一般見過論若贊的人都有這樣的想法。

寒冬瞬即過去，南詔和吐蕃均料到，春到人間，大地稍為暖和，李宓的軍隊就會南下，唐兵遠道而來，就讓他深入吧。閣羅鳳衡量了自己的條件，由楊利與論若贊研究了一個誘敵深入的辦法；凡唐軍所過之地，居民疏散，不加抵抗，在北邊，待唐兵進至鄧川便切斷其後路，在東南面，也讓唐兵過了鳳儀，始行切斷，使兩路來的唐兵都到達洱海邊緣，這時他們必設法進攻大理，激戰才真正開始。

南詔與吐蕃的精兵和糧食，都已準備周全，吐蕃結集了四萬人在神川附近，隨時可以切斷唐軍後路，而且迅速開入南詔腹地。南詔方面，能征慣戰的主力都隱入點蒼山及雞足山，又都能從便道迅即保衛大理。在鄧川與上關之間，山中駐的正是頗鐸傳的猛虎部隊，這支隊伍有便道進入雞足山險要，春天一到，便枕戈待旦。

在西川，三月間還帶寒意，但李宓已經不耐煩，他下令向南移動，時近五月，李宓的精銳設法渡過瀘水，一部分從麗江分三路出發，一路西下石鼓，一路南下朵美，另一路東下監視鐵索橋。另一方面，何履光也真的帶著兩萬人經廣西進入雲南，直向大理進發，一心想在征服南詔之戰中分一杯羹，他當然非買鮮于仲通的賬不可，而今的長安，楊國忠與章仇兼瓊正在當權，這兩個人又都依靠著他的奧援。

李宓一心想征服南詔，掃平南中一切對唐朝的反抗勢力，當然要深入；深入本就是他的目的，不入虎穴焉得虎子？李宓心中還在想著另一個人；這個人的影子，這個人的名聲使他勇氣百倍。大軍渡過瀘水，各路進發絲毫未遇抵抗，使李宓躊躇滿志，雖說兵士在渡瀘前後死了不少，畢竟是五月渡瀘，除了蜀漢時的孔明，誰還有這麼大的膽量？愈是怨聲載道，李宓愈是軍法嚴厲，稍有遲疑，便有被推出斬首之虞。

八萬人終於只剩下六萬多，也終於到達了鄧川，前哨已到了上關，大理已經在望。何履光統率的兩萬人到達鳳儀，甚且獲知李宓已到達鄧川。於是，從鄧川到鳳儀，唐軍已面臨缺糧的恐怖，因為後援都被切斷了，如不迅速攻下大理，把閣羅鳳拉出來下令要糧，不敗也敗。何履光這時開始自己的打算，他選擇了三千人，控制了一些糧食，溜之大吉。李宓令薩道懸遜在喜洲造船，準備以水陸兩路直逼大和村，可是，李宓做夢都沒有想到，吐蕃論若贊帶著兩萬多人殺來，王樂寬以清平官地位指揮著從雞足山便道衝出來的南詔精兵，唐軍一時不知所措，李宓忙登上大木船以避陸上逼來的無數人馬，但船方駛出，便被飛快而至的南詔戰船所圍困，行動不得。南詔軍一時衝將過來，進行鑿破大木船，不到半個時辰，李宓沉江而死，近十萬人的唐兵根本乏力抗抵，落得身死異域。李宓大軍敗得比鮮于仲通還快，只走脫了一個何履光和他的部分隨從。

收拾了李宓大軍，閤羅鳳才算喘了一口氣，趕快召集清平官、大軍將及各地區大鬼主會議。閤羅鳳告訴眾人，南詔雖勝，實際上的困難卻愈深，最切要的問題是吐蕃軍已進入南詔腹地，不會輕易言退，因而在艱苦中，南詔仍得充實兵力。南詔於是在不知不覺中，變成了一個軍國。與吐蕃之間，接觸到希望吐蕃兵撤出南詔地區的問題時，吐蕃總是滿口答應，但實際偏有不能貿然撤走的道理。閤羅鳳對此一籌莫展，論若贊見他時，不但說得頭頭是道，也把責任推得一乾二淨。

吐蕃以閤羅鳳所無的能耐，用軟的手段與閤羅鳳折衝，彼此既是兄弟之國，計較這等小事，在大敵當前，是頗為不智的。那曉得吐蕃還有一著棋，當年與皮羅閣作對的咩羅皮自敗走吐蕃後，一直被養在拉薩。閤羅鳳心想，從前與他父王爭天下的三位英雄，鐸羅望在雞足山變為連雲虛真；施望欠成了自己的岳父，咩羅皮難道還有什麼打算？但，問題是吐蕃必然的會利用這顆棋子。這也是論若贊提醒他的，論若贊要他注意拉薩的小法。

閤羅鳳必須全盤的衡量，必須將每個漏洞堵塞，必須使吐蕃放心，更將令吐蕃懼怕，然後求取一個平等安全的相處之道。

閣羅鳳也與瑟瑟講到哶羅皮，瑟瑟突然想到，即使是他父親，似乎也曾和她講過，在被皮羅閣天涯追蹤時，吐蕃也有合作的獻議。說穿了，當然也不算什麼？唐朝不也是一直挑撥離間，各個擊破的嗎？南詔要生存下去，大致總得不靠北便靠西。

整軍之餘，閣羅鳳終於採取主動攻入西川，因為唐朝的北兵統帥安祿山造反，閣羅鳳認是時機，乃以趙佺鄧與洪光乘分兵兩路攻入嶲州，王盛王樂寬父子也打從姚州插入會理，嶲州都督楊廷璡及西瀘縣令鄭回亦被俘虜，整個嶲州會理地區的財物，甚至技術工匠一概成為南詔軍的戰利品，其中包括畫家張勝漫，建築家恭韜，金銀財寶糧食人材一概被帶回大理，一路哭哭泣泣，慘極人寰。

王盛把鄭回帶到大理後，先把他當僕人看，但談話非常投契，終與之義結金蘭，稍後不但發現他是一代大儒，而且對唐朝內幕非常清楚，便推薦給閣羅鳳。慢慢的，閣羅鳳發現鄭回是一個很有智慧的學者，對唐朝官場的腐敗非常不滿。閣羅鳳向他請教，鄭回建議，南詔處在中原邊緣，必須對漢文化有所注意，閣羅鳳因心裡有他的打算，便把鳳迦異從軍中調回，要他繼續研習漢文，鄭回於是便以老師的身分在大理居住下來；許多時候，閣羅鳳甚至以南詔國政向他討教，鄭回所說，盡皆擊中要害，他能既把握現實又不違背理想，處處為南詔著想，鄭回總是不卑不亢，有時不惜與閣羅鳳爭得面紅耳赤；他為儒家的王道思想與閣羅鳳爭論，他終能以大原則戰勝閣羅鳳的情感用事；他告訴閣羅鳳許多做人的道理，提昇了閣羅鳳對人的意義的認識，使閣羅鳳知道，講仁講義，威武不能屈，民族的界線也可置之度外。

閣羅鳳漸漸的覺得，自己對中原的認識實在有限，不夠深刻。進一步，鄭回把歷來劍南節度使的弊病與弱點告訴閣羅鳳，遠的不說，就像章仇兼瓊與鮮于仲通之流，都是褊激而好大喜功，特別是現在，楊國忠當權，因此鮮于仲通與李宓相繼喪師，唐玄宗仍被蒙在鼓裡。

閣羅鳳無形中受到鄭回儒家思想的影響，也感染了忠恕之道的做人哲學，因而他對中原對天朝的不滿有了改變，已把問題癥結放在人的品德上來考慮。不過，無論如何，南詔與唐朝間的關係是壞極了。

南詔與長安的關係固是壞極，鄭回很沉痛的告訴閣羅鳳，安祿山既反，長安的太平日子已經結束，天朝與邊緣各國的關係將有改變，他獻議閣羅鳳，提防和謹慎的維持與吐蕃的關係，凡事不可情感用事。

事實上，鄭回已成了閣羅鳳的智囊。

吐蕃進入南詔腹地的兵甲雖無撤退的跡象，雙方關係卻很友善，特別是論若贊，已在大理住下，神川由他的副將駐節。南詔對論若贊是喜歡的，因而他與王盛、王樂寬父子，與段儉衛、趙佺鄧這些有實力的軍頭，都相處得很融洽，來自吐蕃的精巧工藝，甚至從天竺傳來的金質佛像，論若贊都帶入南詔宮送給閣羅鳳，閣羅鳳和瑟瑟當然對論若贊非常好感，禮尚往來，對他也多有餽贈。

目前，長安正忙於應付安祿山之造反，吐蕃也曾趁火打劫派兵進入西川擄劫，滿載而歸，也在西川部置了陣地，準備不時之需。南詔方面，緊張於消化擄來的物資人材，戰爭中的嚴重損失，已由從西川擄來的戰利品加倍補償，大批的漢人青年男女被派充勞役，大軍將及一般酋望家中，添了漢女奴僕。李知古當年把南中貴族子女帶回中原充當奴隸，事到如今，也有今日，南詔貴族中的褊激人士是得意極了！

閤羅鳳並未為勝利沖昏頭腦，他要積極的建設南詔，這時從西川擄來的工匠，交由恭韜調度，要他建造佛塔寺廟；也善用漢人製造了紡紗織布的機器，教導彝族白族民間織布紡紗；陶瓷品的製造，繪畫及縫紉工藝迅速蓬勃，漢文化的侵入與襲來，居然已變了大理民間的面貌，儒教的精髓，由鄭回向閤羅鳳，向鳳迦異滴滴灌輸。

戰爭的慘酷擄劫，帶來文化的浸灌交流，精明細心的論若贊觀察入微，他感覺到，吐蕃兵的駐紮，對吐蕃與唐朝在南中的爭勝已微不足道，在長遠的戰略上來看，吐蕃之與中原，仍不過是小巫與大巫的鬥法；從而他懷疑，他窮畢生之努力，究竟有什麼意思？

論若贊心裡，有了別的打算。

這些日子以來，打獵已成了南詔貴族的娛樂，彝族自古以來就善於射獵，但從來是自己的事。閤羅鳳、瑟瑟，以至鄧川各區大鬼主，喜洲、賓川的大戶集合行獵的場面漸漸的由小而大，這種組織活動，就是論若贊的努力所至，他把吐蕃帶有刺激性的集體娛樂帶入南詔，也把不少喇嘛介紹到大理寺廟，密宗在南詔也因此逐漸抬頭。

又一度大理的三月街過去，論若贊向南詔宮傳達了一個吐蕃宰相倚祥葉樂即將前來向閣羅鳳祝賀勝利的訊息。

倚祥葉樂所帶領的人員達三百七十位之多，其中有雜技及舞蹈演員。南詔方面得訊後，也就開始準備，所有的歡迎節目中，還包括兩次出動兩百左右騎的射獵；就射獵節目而論，名是娛樂，實際卻有競技的味道，特別是在射獵活動中，瑟瑟總是射藝驚人，即使是飛狐，也逃不過她，對飛奔的野豬，她可以連發三箭，箭箭命中；打獵的人都怕碰上野豬，因為牠中到一箭後會向獵者奔來，如果第二箭射不到要害，獵者便有危險；瑟瑟不但不怕野豬，她還對射野豬最有興趣。

倚祥葉樂帶領著三百多人的使團結於來到大理，這位吐蕃具有最高聲望的宰相還帶著她的掌珠拉吉真前來；拉吉真高頭大馬，鼻高眼大，活潑可愛。在南詔宮的盛宴中，在帶有神秘色彩的吐蕃樂器聲中，拉吉真曾與她父親的隨從希嘉舞蹈起來，未之前見的靈活舞姿，吐蕃青年男女的神采飛揚，為南詔王宮帶來了異國春天。

歡宴中，瑟瑟諳藏語多陪倚祥葉樂，拉吉真一再與閣羅鳳講話卻需論若贊傳譯。其餘所有官員也都陷入一種新的刺激之中，從外表看來，吐蕃並沒有什麼不好，只不過遮身衣袍太複雜，眼睛看人時那麼咄咄逼人，至令人覺得帶著一種神祕力量。

論若贊神通廣大，居然也知道從西川擄來的俘虜中，有一個很有學問的鄭回，已經和閣羅鳳相處得很不錯；他很關心這件事情，但無從詳細打聽。

所安排的射獵區是點蒼山中段雙鴛雞與隱溪之間山腰。說穿了，意不在獵，只是一場交際活動，甚至互相顯顯本領，騎馬的本領和身體矯健的表演；吐蕃文質彬彬的論若贊，經常的娛樂也是騎射，自他在大理定下來後，隨從盡是駿馬騎士。依照他的觀察，南中地區的各種民族，都生就健朗的身體，特別是彝族，勇敢靈活，就像閣羅鳳，雖身為國王，依然騎馬四處奔跑，自然活潑，似乎城府不深。

倚祥葉樂乃是吐蕃贊普乞黎蘇龍臘贊的代表，閣羅鳳為贊普鍾，自應禮貌周旋，隨時準備鬥智一番。在論若贊刻意安排下，閣羅鳳與倚祥葉樂的交談當然也不專賴瑟瑟傳譯，專門任傳譯的，居然是一個漢人尹猶光，南詔宮歡宴倚祥葉樂那天他也在場，但他未參與閣羅鳳與倚祥葉樂的談話，事後他告訴論若贊，瑟瑟的藏語就像吐蕃人說的一樣。

往蒼山射獵之日，閣羅鳳自應與倚祥葉樂走在一道，多半是併騎而行，而隨時由尹猶光傳譯；瑟瑟則陪著拉吉真，有說有笑；她倆把春天帶到點蒼山，所有行獵隊伍莫不以瑟瑟拉吉真的行蹤馬首是瞻；論若贊在隊伍間流動不定，顧前顧後。閣羅鳳的隨從中，包括著段儉衛、趙佺鄧與頗鐸傳等人；吐蕃宰相的從騎，不乏英姿偉岸的弓箭手，個個眼光銳利，提高警覺。閣羅鳳身邊的能人，只缺了一個沙多朗，沙多朗目前在何處，連閣羅鳳都不知道。

近百騎的行獵隊，終於到達山腰，在雙鴛溪近處，一眼望去盡是蒼然古松，彎彎扭扭，奇形怪狀，蒼松間飛騰跳躍的白色松鼠，也稱雪鼠。這時瑟瑟與拉吉真看得出神，近處樹梢上蹲著一對白松鼠也望向她們，拉吉真不聲不響從囊中摸出竹筒，含在嘴裡用力往樹梢一吹，其中一隻落將下地。瑟瑟見此情形，張弓搭箭迅即射落另外一隻。這時，拉吉真對瑟瑟說：「以箭射松鼠，豈不因小失大？」

瑟瑟答道：「不可一概而論，妳既吹矢使一隻致命，另一隻孤獨難活，所以我救牠，要死便雙雙死去。」

「原來如此！」拉吉真經瑟瑟一說，真是茅塞洞開。

瑟瑟也就問拉吉真：「吐蕃人講究不殺生，為何喜好射獵？」

拉吉真也答了一句：「不可一概而論。」

兩人談得非常投機，瑟瑟發現拉吉真純潔聰明，與她說道：「貴國神川御史論若贊，看起來文質彬彬，談吐高雅，學問淵博，真是一位了不起的人才。」

拉吉真答：「也曾聽家父說，論若贊是非常了不起的，但我覺得他計謀深遠，莫測高深，以致缺乏真誠，沒有溫情。」

瑟瑟聽後，心中打了一個寒噤，趕忙說：「這是很正常的，他身負大任啊！」

兩人正說得投機，論若贊已揚鞭而近，他先向瑟瑟微微點首，說道：「但願今天有機會欣賞到王妃的射技。」之後便和拉吉真說道：「令尊有一事要問妳，以便對南詔贊普鍾說明，請妳動駕到他倆位近處一下。」

拉吉真當即向瑟瑟說：「我去一下將再來與王妃一道。」

拉吉真馬一掉頭，論若贊的坐騎迅即與瑟瑟併在一起。論若贊這時慎重其事的對瑟瑟說道：「恕我現在要稱妳為公主；瑟瑟公主，我現在要和妳商量一件很重要的事，令尊大人施望欠一生的願望，乃是取蒙氏而代之；公主如與本人合作，此事易如反掌。」

瑟瑟未料論若贊講出這樣的話，同時預感到事情並不簡單，沉吟了一下，很肯定的答道：「御史大人，此乃過去的事，南詔的局勢不可改變。」

論若贊笑了一下，接著說：「如果妳不幫助令尊，我就只好轉而成全在拉薩的咩羅皮了，公主還是好好的想一下。」

口氣已有點咄咄逼人，瑟瑟有點惱怒，即刻反問：「如果我拒絕合作，御使又能怎樣？」

論若贊道：「咩羅皮還在拉薩，吐蕃製造一個傀儡還不簡單；公主難道一點不為令尊大人著想？」

「家父已無此念頭。」

「那因公主是婦女之故，令尊與蒙氏有深仇大恨；他把公主許配閣羅鳳當不會沒有打算，事不宜猶豫，公主究竟怎麼個想法？」

「我堅決拒絕，並且痛恨卑鄙手段！」

「如此說來，卑鄙的倒是令尊大人了。」

「家父做人光明磊落！」

「未見得！」

瑟瑟已沉不住氣，斬釘截鐵的質問：「論若贊，何以見得？」

論若贊從懷中取出一塊白布，遞將過去，冷笑地答瑟瑟：「這是令尊與吐蕃簽的契約，妳斟酌一下是真是假？」

瑟瑟斷定，此必是從前寫下的契約，惱怒非常，正想兩手撕碎，被論若贊一把搶回。甚且說道：「公主，妳合作了，令尊便統治雲南；拒絕，妳也就完了啊！」

瑟瑟罵道：「莫非你敢殺我不成？」

論若贊答：「殺公主的當是閣羅鳳。」

「放屁！」

論若贊見計不得逞，瞬即改變口氣，溫和的說道：「想不到公主對閣羅鳳的情這麼堅貞，請把我方才說的都當是放屁好了。再是我在公主心目中也完了，就此告辭。」話說完，兩腿一夾，坐騎跑向一邊，彎下身體彷彿要跟馬講話一般。

就在這個時候，瑟瑟背部中了一箭，瑟瑟「哎呀！」一聲，幾乎摔下馬來，段儉衛遠處望見，飛馬前來。論若贊也顯出驚恐，張弓搭箭，他手下一名弓箭手立刻中箭墜馬。才一會兒功夫，眾騎趕到瑟瑟近處，閤羅鳳怒髮衝冠，把瑟瑟抱下馬，只見瑟瑟流淚不止，但掙扎著和閤羅鳳說道：「陛下，我將死，您必須堅強；記住：吐蕃絕不可靠……」到此，再也說不出話，但還有一絲呼吸。

就在這一小段時刻，倚祥葉樂父女，以及論若贊已被趙佺鄧、頗鐸傳及其他數騎所監視。論若贊氣的青筋暴露，指著被他射死的吐蕃弓箭手說不出話，在忙亂中，有人從斷了氣的弓箭手袋中搜到一方白絹，絹上彝文寫道：「為父報仇。」倚祥葉樂宣布：「大家察明事情真相。」

當下最迫切的，是把瑟瑟帶回大和村；閤羅鳳一直沒有開口說話，他流汗，緊咬著牙關，心想，瑟瑟如果無救，必定報仇；堅強！我一定要堅強。

閤羅鳳騎上馬，段儉衛再把瑟瑟抱起放在閤羅鳳懷中，閤羅鳳雙手抱著瑟瑟，頗鐸傳騎在馬上，兩手並用，牽著閤羅鳳的坐騎下山。在馬上，瑟瑟勉強睜眼看向閤羅鳳，閤羅鳳心如刀割，流淚難止。瑟瑟一直流著血，顯然的，方才敷上的止血藥效用不大；瑟瑟的血從馬上一滴滴的滴在翠綠的點蒼山上，所有行獵的人都跟在後面，議論紛紛。

「為父報仇的人究竟是誰？」

「什麼『為父報仇』，工具吧了！」

「誰主謀殺死瑟瑟？」

「為什麼？」

「施望欠本就不是等閒之輩。」

「咩羅皮還在拉薩呀！」

「此事定是論若贊幹的。」

「論若贊似乎不可能幹這種傻事。」

「離不了是吐蕃的花樣，定有陰謀。」

「說不定是劍南節度使幹的，漢人中的高手才多啦！」

「閣羅鳳大王始終沒有講一句。」

「講了沒有用，大王當然不講。」

「大王多愛瑟瑟；瑟瑟一旦死了，怎麼辦？可憐極了！我們偉大的詔。」

「那吐蕃宰相的掌珠拉吉真或者將嫁給我們的詔，這並非不可能。」

「別胡說！瑟瑟一定不會死。」

射獵隊伍回程到了大和村，論若贊與倚祥葉樂到了南詔宮門口，才轉身回駐節之所，南詔方面的所有官員都很不開心，都以不滿的態度望向吐蕃來的人。

段儉衛、頗鐸傳等自閣羅鳳手中接了瑟瑟，閣羅鳳下了馬，就由段儉衛把瑟瑟抱入大殿。

剎時間，南詔的醫師們已趕到。瑟瑟又睜開眼睛，嘴皮微微的動了一下，一位醫師馬上知道她口渴，叫拿清水來，然後用象牙小匙舀水餵她。閤羅鳳輕聲的叫：「瑟瑟！」

瑟瑟略舉起手，閤羅鳳握緊。

這時瑟瑟掙扎著說出：「閤羅鳳……」未能繼續出聲，玉殞香消！閤羅鳳見瑟瑟頭倒斷氣，大叫：「瑟瑟！妳不能死！」

醫師說：「中的是毒箭。」

南詔王閤羅鳳開始大哭，在場者莫不鼻酸，也有的悽然下淚。

自瑟瑟在蒼山中箭，滴血送回南詔宮以至斷氣，雖閤羅鳳未說過什麼，也不曾暗示什麼，旅居在大理的吐蕃人當天就被宰殺了三十七名，論若贊知事態嚴重，趕忙保護著倚祥葉樂父女等回往神州。

閤羅鳳痛哭時，心中彷彿出現瑟瑟的聲音：「我死，葬我於清碧溪。」及至精疲力竭，閤羅鳳方漸漸恢復理智，驟然間想到論若贊；這個人偽裝得那麼天衣無縫，此事非他幹還有誰？但死了一個瑟瑟對吐蕃應該是有害無益，或者果然是「為父報仇」者所為也說不定。但無論如何，閤羅鳳已恨死吐蕃，接著又想起瑟瑟中箭後和自己講的話，「吐蕃絕不可靠」；她必是從論若贊口中得知了什麼。然而，論若贊當時也似乎驚恐異常，不似偽裝……

大哀默默！閤羅鳳始終不開口說話，他指揮著依照瑟瑟的意思，把瑟瑟的屍體用絲絹層層疊疊的包紮起來，葬在清碧溪畔，並且把她的遺物全數陪葬，自此，閣羅鳳少有笑容，樂觀豪爽的性格也有了改變。

閣頗和尚來見過他，他告訴他，連雲虛真長者轉告，望他節哀順變，以國事為重。還有，要他相信，身在吐蕃的咩羅皮絕無異心；咩羅皮與施望欠一樣，也與他一樣，誠心誠意希望閣羅鳳好好治理南詔，在唐朝與吐蕃的夾縫中，使所有兄弟民族少遭荼炭。

閣羅鳳和閣頗說道：「上人，您想我該怎麼辦？我能立刻反過臉來對付吐蕃嗎？」

閣頗答：「陛下堅強處理國政，忍下這口氣慢慢再作打算，是為上策。」

只因蒼山雙鴛溪一箭，使吐蕃宰相倚祥葉樂驚恐地逃出大理，直到進入神州才安了心，倚祥葉樂問論若贊：「瑟瑟之死，對南詔會有什麼影響？」

論若贊答：「除非閣羅鳳失常，吐蕃方能控制南詔；瑟瑟死，閣羅鳳將逐漸失常。」

倚祥葉樂笑道：「閣羅鳳可能失常，也可能因此昇華，若係後者，吐蕃與南詔的聯盟終將解體。」

論若贊無言以對，深覺倚祥葉樂所說非常有理，不禁悲從中來，過了一會說道：「至少，我這麼多年的努力已付之東流！」

倚祥葉樂安慰道：「不過，我深知御史對國家的偉大貢獻，就經營南詔而論，閣下的功勞勢將永垂青史。」

「謝謝宰相！」

素來足智多謀的論若贊知道，此事並非鑄成大錯而不自知，而是利用施望欠當年密約威脅瑟瑟事敗，退而求其次，寄希望於向閣羅鳳重擊一拳；雖事後被擊者並未倒地不起，揮拳者的本意卻仍係出自赤膽忠心，論若贊深知，這話只有倚祥葉樂為他講了，所惋惜的是，可能再無機會重遊大理，欣賞蒼洱風光了；再細想，忍心殺害那麼美那麼聰明智慧的瑟瑟公主，雖有多麼冠冕堂皇的理由，作為一個人來說，也的確是禽獸不如了。政治謀殺是何等的殘酷卑鄙，毫無人性，不由的自慚形穢，嘆了一口長氣。

時隔不久，中原傳來消息，唐朝征南詔大捷。接著，楊國忠居然又身兼劍南節度使，長安的變化消息輾轉傳到大理，令人覺得一波未平一波又起。唐兵征南詔大捷從何而來？遠在大理的鄭回聞悉後，不禁搖頭慨嘆，楊國忠啊！楊國忠，唐朝的江山就要敗壞在你們楊家的手裡了。

慨嘆的又僅止遠在天涯的鄭回？身在長安的李白筆下寫道：「雲南五月中，頻喪渡瀘師，毒草殺漢馬，張兵奪秦旗，至今西洱河，流血擁僵死……」

接著傳來的是：「漁陽鼙鼓動地來，驚破霓裳羽衣曲。」

不久，唐玄宗幸蜀，帶著馬嵬坡斷腸的情懷遠離西安！

天朝一連串的事變，閣羅鳳都聽取鄭回的分析評述。鄭回感慨系之的和閣羅鳳說道：「大王，長安這些日子以來的變化實在快極了；唐玄宗的下場，可以說與歷屆劍南節度使的庸碌有關。」

閣羅鳳問：「老師，唐朝的國運就將如此不濟了嗎？當然，我所關心的是南詔將採取什麼對策。」

鄭回謹慎的答道：「老朽只敢就愚見所及談一點對中原方面的看法，至於南詔該採何對策？愚蠢如老朽，大王是問道於盲了。」

閣羅鳳搜盡枯腸，找出適當的漢語認真的和鄭回說：「請不要客氣！我是直心直肝的人；我正考慮委老師為南詔清平官。這樣，你就方便說話了。」

鄭回心中覺得歡喜，但口裡卻說：「老朽身為俘虜，豈敢接受大任？望大王不必有此念頭。」

閣羅鳳看了鄭回一下，以堅定的口氣對鄭回說：「我意已決！你且告我以治國之道吧。」

「治大國如『烹小鮮』，這是老子說的話，意思是要有耐性，拿準火色，不緩不急。」

閣羅鳳當然還不能體味這句話的哲理，但已覺得鄭回頗為高深，很得體的笑著說道：「是啦！是啦！輕不得重不得，或者也輕而易舉；你的學問紮實的好了，紮實的好了！」

還不等鄭回開口，閣羅鳳又問道：「長安這一段時間的變化，比較關鍵性的問題出在什麼地方？願聞其詳。」

鄭回想了一下，仍以輕鬆的語氣講道：「長安有位術士有一段隱語，他說：『燕市人皆去，函關馬不歸；若逢山下鬼，環上繫羅衣。』四句話，安祿山造反、哥舒翰失關、西走馬嵬坡及楊玉環上吊。前面兩句，也就是關鍵性問題所在了。」

顯然的，閣羅鳳聽了很感興趣，又問道：「那楊貴妃果然是吊死了的嗎？」

鄭回答：「是！」

「唉！」閣羅鳳嘆了一口氣，心中實在是又想到了瑟瑟；美人，何以遭遇竟如此之慘？鄭回看出南詔王內心的悲戚，轉了話題，小心的戲弄道：「大王洪福齊天，將士用命，國運昌隆；唐玄宗也該自嘆不如才對！」

鄭回言外之意，閣羅鳳迅即領悟，「哈！哈！哈！」笑後，和顏悅色的說道：「南詔蕞爾小國，豈能與堂堂天朝相提並論？我以為只有一點促使我警惕的是，唐玄宗可以幸西蜀，我臥榻之側卻有人公然鼾睡。」

鄭回欣賞了閣羅鳳的幾個小回合，內心裡大有「孺子可教也！」的想法。

終於，閣羅鳳與自西蜀擄來的鄭回無所不談，以至委任了他作為南詔清平官，並教導鳳迦異習漢文——讀經史。

神州冷靜的注意鄭回在大理的飛黃騰達，論若贊對拉薩的祕報，指鄭回成俘虜本就是「苦肉計」，其人與長安的關係絕不尋常。倚祥葉樂等雖匆匆離去，吐蕃在南詔腹地的兵力卻保持戒備。長安既然搖搖欲墜，吐蕃的重頭戲已推往德格乃至甘孜上演，準備時機成熟時攻取長安，南詔在吐蕃心目中乃屬次要。

鄭回既對唐朝官場的腐敗失望，又見南詔閣羅鳳的幾乎言聽計從，已存心在大理建立新的理想，便認真研究南中情況，特別是蜀漢時孔明在南中的一切做法，甚至也特別對漢時班超、蘇武、李陵的事蹟有了興趣。

當然，閣羅鳳不時的想起瑟瑟，一想到他心愛的人之慘死，便想立刻要做點事使吐蕃難受一下，但又免不了想到張虔陀一類漢官之卑鄙齷齪，鮮于仲通之咄咄逼人，方又冷靜下來。這期間，閣羅鳳不斷的召來各方大鬼主，彼此交換想法。處在唐朝與吐蕃的夾縫中，不能不步步為營，在委屈求全之中尋求發展。

在掌握了所有南中地區兄弟民族的意見後，閣羅鳳把鄭回請來，披肝瀝膽的和他說道：「南詔與唐朝的關係這般惡劣，看情形吐蕃還隨時想向西川發展，苟南詔進一步與吐蕃合作，分一杯羹如何？」

鄭回答道：「陛下，千萬使不得！」

閣羅鳳耳朵很靈敏，對著鄭回好好的望了一下，帶笑問道：「清平官前此稱我為大王，今番卻改了口是何道理。」

「當然有道理！前此我身為俘虜，現在臣是臣了啊！」鄭回答。

「原來如此！那我高興極了。」閣羅鳳接著說：「清平官，你還沒有答我『分一杯羹』的問題啊！」

鄭回答道：「臣明知陛下志不在此。」

閣羅鳳本意在鄭回，料不到鄭回明察秋毫，乃笑道：「清平官，你的確是不凡。我所想的，是南詔與唐朝之間的鴻溝，究竟要多少時間方能填平？」

「陛下，事不宜急。」鄭回答。

閣羅鳳嘆了一口氣，自言自語：「我幾乎窮一生之力想擺脫中原勢力的影響，但卻終於掙不脫漢文化的羈絆……」

鄭回也各自說：「大道之行也天下為公！這人間，文化應該沒有領域；漢文化其實並非純漢族自己的文化……」

閣羅鳳覺得既新鮮又受用，內心又正徬徨歧路，乃問鄭回：「鄭清平官，所謂『漢文化』或『中原文化』究竟是要教人怎麼做的？請簡單的指點指點，希勿吝教誨。」

鄭回答了一聲「不敢！」之後，小心翼翼的說道：「陛下，嚴格的說，中原所推崇的孔孟之道，不外乎教人做人，講究精神人格吧了！所以，臣方才說文化應該沒有領域。孔子所強調的做人之道係以一個『仁』字為主，就是講求人的本性；所謂『仁』，乃是衡量萬物而得其當的可能性。因此，中原文化有極大的寬容性，幾乎可以說，圓滑兼具世故，惟其如此，高貴的人性得以存在，人格的力量賴以滋生，儘管世道渾渾噩噩，每個人——特別是帝王仍可由本身做起，擇其善者而從之。」

閣羅鳳彷彿鄭回的話是針對他內心的徬徨而說的，靜了一會，感慨的說道：「我之與唐朝鬧翻，原非我個人之錯；南詔與唐朝之間的鴻溝，留給後人去填吧。鄭清平官，在天朝帝王的眼中，南詔也許不算什麼，但我知道，我們也是人。因此，我的努力無非讓中原知道我們也是人！鄭清平官，請把我與唐朝之間的經歷事績，原原本本書之於文，讓歷史作個見證，可使待？」接著又加一句：「寫好後，刻之於石！」

鄭回深能領略閣羅鳳的心情，答道：「刻之於石，稱之為『德化碑』。臣將盡力將陛下畢生努力與耿直精神躍然於碑中；開始之句乃是：南詔王性業合道，智睹未萌。隨世運機，觀宜撫眾。退不負德，進不慚容！」

鄭回夾帶著本身的感慨，說得激動而口沫橫飛。

閣羅鳳趕忙打斷鄭回的激昂朗誦，說：「清平官，注意『不卑不亢』，必須經得起時間的考驗；閣羅鳳的精神不能因天朝邊官的墮落而遭剝蝕。」

鄭回接道：「務必要貶章仇兼瓊鮮于仲通李宓這些敗類。唉！要非這批畜牲，不但南詔不會與中原交惡，唐玄宗也就不至於幸西川了。」

閣羅鳳見鄭回愴然感慨，輕鬆的安慰道：「但也有一個好處，就是我這番王與您一代鴻儒有機會在這蒼洱區一論天下大勢，不亦樂乎？」

深情感動　無法釋懷

——「金沙作品集」在台出版校後記／林煥彰

金沙先生是我最景仰的一位泰華資深報人、知名作家，我敬仰他的人品、文品和文學成就；他有剛直的個性、正直的人格，有愛鄉愛國的情懷，一生安於清苦；他一生從事媒體工作，擔任過泰國華文報主筆，長期撰寫社論，又從事文學創作和有關南詔等史學研究；他的文學創作，包括新詩、散文、小說；小說又含短、中、長篇及極短篇；而樣樣精彩。

金沙先生生於一九二二年雲南建水，一九四八年旅泰，去年（二〇〇九）十一月五日不幸病逝於他定居六十二年的曼谷，享年八十八歲；我相當難過，痛失一位文學與人生的導師；在守靈期間，為了由衷表達對他的景仰與不捨，熬了幾過晚上，我寫下多達十六頁的悼念文章〈擎泰華文學殿堂一根巨柱〉，心情仍難平復！

金沙先生生前有個想望，可他又向來低調、客氣，不為別人添麻煩；他的想望是，希望有一天他的著作能在台灣或中國大陸同時以正、簡字版印行；這個心願，我一直擺在心裡，直到前年秋天，我和秀威宋總經理政坤、出版部林經理世玲談起，並獲支持，而徵得他老人家同意、簽下合作出版計畫；可因為出版時程排序以及老人家身體突發狀況，竟未能讓他親眼看到這套書的出版，是最大遺憾！

現在，這套書，包括散文集《活著多好》、短篇小說集《渡》、長篇小說集《閣羅鳳》、中篇小說集《寧北妃》（含〈點蒼春寒〉）共四部，同時推出正、簡字版，除遠在曼谷的金沙先生二三小姐妮妮和飛飛參與初校外，我也逐字看完初校和二三校稿；而每看完一篇或一部，便有更多更深感觸、感嘆和感動；無論散文、短篇或長篇小說，每每看到情真情深處，無不讚嘆落淚，無法釋懷！

金沙先生的為人和文學成就，是無話可說的！他的作品集能在逝世周年前，在台灣出版，以正、簡字版紙本及電子版發行全球，做為晚輩及文學愛好者，個人感到可以向金沙先生在天之靈告慰。

二〇一〇年八月廿一日正午
於台北縣汐止研究苑

語言文學類　PG0455

閻羅鳳

作　　者／金　沙
校　　對／妮　妮、飛　飛、林煥彰
責任編輯／林世玲
圖文排版／賴英珍
封面設計／陳佩蓉

發 行 人／宋政坤
法律顧問／毛國樑　律師
印製出版／秀威資訊科技股份有限公司
114台北市內湖區瑞光路76巷65號1樓
電話：+886-2-2796-3638　傳真：+886-2-2796-1377
http://www.showwe.com.tw
劃撥帳號／19563868　戶名：秀威資訊科技股份有限公司
讀者服務信箱：service@showwe.com.tw
展售門市／國家書店（松江門市）
104台北市中山區松江路209號1樓
電話：+886-2-2518-0207　傳真：+886-2-2518-0778
網路訂購／秀威網路書店：http://www.bodbooks.tw
國家網路書店：http://www.govbooks.com.tw
圖書經銷／紅螞蟻圖書有限公司
114台北市內湖區舊宗路二段121巷28、32號4樓
電話：+886-2-2795-3656　傳真：+886-2-2795-4100

2010年11月BOD一版
定價：300元

國家圖書館出版品預行編目

閣羅鳳 / 金沙着. -- 一版. -- 臺北市 : 秀威資
訊科技, 2010.11
面； 公分. --（語言文學類 ; PG0455）
BOD 版
ISBN 978-986-221-618-7（平裝）

857.7　　99018720

讀者回函卡

感謝您購買本書，為提升服務品質，請填妥以下資料，將讀者回函卡直接寄回或傳真本公司，收到您的寶貴意見後，我們會收藏記錄及檢討，謝謝！

如您需要了解本公司最新出版書目、購書優惠或企劃活動，歡迎您上網查詢或下載相關資料：http:// www.showwe.com.tw

您購買的書名：________________________________

出生日期：________年________月________日

學歷：□高中（含）以下　□大專　□研究所（含）以上

職業：□製造業　□金融業　□資訊業　□軍警　□傳播業　□自由業

□服務業　□公務員　□教職　□學生　□家管　□其它______

購書地點：□網路書店　□實體書店　□書展　□郵購　□贈閱　□其他

您從何得知本書的消息？

□網路書店　□實體書店　□網路搜尋　□電子報　□書訊　□雜誌

□傳播媒體　□親友推薦　□網站推薦　□部落格　□其他__________

您對本書的評價：（請填代號　1.非常滿意　2.滿意　3.尚可　4.再改進）

封面設計____　版面編排____　內容____　文／譯筆____　價格____

讀完書後您覺得：

□很有收穫　□有收穫　□收穫不多　□沒收穫

對我們的建議：________________________________

____

____

____

請貼
郵票

11466

台北市內湖區瑞光路 76 巷 65 號 1 樓

秀威資訊科技股份有限公司 收

BOD 數位出版事業部

（請沿線對折寄回，謝謝！）

姓　　名：＿＿＿＿＿＿＿＿　年齡：＿＿＿＿　性別：□女　□男

郵遞區號：□□□□□

地　　址：＿＿＿＿＿＿＿＿＿＿＿＿＿＿＿＿

聯絡電話：(日) ＿＿＿＿＿＿＿＿＿＿ (夜) ＿＿＿＿＿＿＿＿＿＿

E-mail：＿＿＿＿＿＿＿＿＿＿＿＿＿＿＿＿